あかずの扉の鍵貸します

谷 瑞恵

Mizue Tani

We Lend Keys for Mysterious, Unopenable Doors

集英社

目次

あかずの扉の鍵貸します

一章　開けっぱなしの密室

「朔実ちゃん、あたし、あかずの間がほしいのよ」

唐突に、不二代がそんなことを言い出した。朔実は疑問符で頭の中がいっぱいになったものの、何から聞き返していいのかさえわからずに、みかんを剝く手を止めた。

「なあにそれ、食べ物？」

もしかしたら、アカズノマなんていう昔のお菓子があるのではないか。このところほとんど食欲のない不二代だが、おいしいものを思い出すことはときどきあって、食べたいとつぶやくことがある。

「あら、若い人はあかずの間なんて知らないのかしら？」

「閉じられたままの部屋のこと？」

「知ってるじゃない」

不二代は浅い息を吐いて笑った。

四人部屋の病室だが、とても静かだ。ほかの患者は検査に出ているか、眠っているかで、自分たちのひそめた声しか聞こえてこない。窓の外は明るい光に満ちて、カーテンを開けていれば不二代のベッドもやわらかな日差しに包まれる。

老いて痩せた腕、くぼんだ目もこけた頬も痛々しいが、白い肌は光を受けて血色よく見える。

今日は調子がよさそうだと、見舞いに来た朔実は胸をなで下ろしている。

「でも、不二代さん、あかずの間がほしいってどういうこと？　部屋を借りたいの？」

斜めに起こしたベッドに背中をあずけ、不二代は考えているのか目を閉じる。祈るように組んだ指の隙間から、息がこぼれている気がして、朔実はじっと見守る。話をするのも億劫だろう彼女が、口を開くまで待つことにする。みかんを剝く手をまた動かす。

安川不二代は、朔実にとって親代わりで、たったひとりの家族だ。高校生のときに、千葉にあった自宅の火事で両親を亡くした朔実は、遠縁だという不二代に引き取られ、都内で暮らしはじめた。不二代は、朔実にとっては記憶にない祖母の縁者らしかったが、そのときが初対面だったから、見知らぬ他人と暮らしはじめたようなものだ。独り身で子供もいない、高齢の不二代だが、他人と暮らすことに抵抗はなかったらしく、気負いもなく朔実を受け入れてくれた。

『この歳になって家族ができるなんて、観音さまの御利益かしら』

そんなふうに言った不二代は、たびたび鎌倉を訪れ、浄智寺の子安観音にお参りをしていたようだ。そして朔実は、不二代のやさしさやおおらかな愛情や、ひとりで生きてきた強さに包まれて、自然と彼女を慕うようになっていった。

遠慮なく言いたいことを言い、ときには親子のように口げんかもしたが、一晩経てばお互いに忘れた。

大学生になっても、不二代との同居は続いた。不二代のいるところが、自分の家だと思えたからだ。サークル活動やバイトや大学の課題と、家で過ごすことは少なくなっていたが、それも家があるという安心感から得られた自由だったのだろう。

一度は家族も家も失ったから、もう孤独にはなりたくなかったのだ。なのに今また、朔実は置いてけぼりになってしまいそうな不安に怯(おび)えている。不二代が病に倒れ、入退院を繰り返すことになったのだ。

症状は悪化するばかり、そんな病床で深刻な目をした不二代に、朔実は頼み事をされた。とても奇妙なものだった。

「どうしても、あかずの間がいるの」

再び口を開いた不二代は、重ねてそう言った。そうして彼女は、いつも大事にしているビーズのがま口を、枕の下から取り出した。開けて、一枚の名刺を朔実に差し出す。〝幻堂風彦(げんどうかざひこ)〟と書いてあった。

朔実の知らない名前だ。幻堂設計事務所・一級建築士との肩書きがある。

「この人に会って、頼んでほしいの」

あかずの間を？　建築士が設計してくれるとでもいうのだろうか。

長い間がま口に入っていたからか、名刺はくたびれていた。もらったのは何年も前なのだろう。裏側には、〝新築・リフォーム・あかずの扉　ご相談ください〟と書いてあった。

あかずの扉の相談に乗ってくれると聞けば、古い家や蔵などで、鍵もなくなった扉を開けてくれるという意味にも取れるが、不二代はあかずの間を都合してくれると考えている。病気は進んでいるが、頭はしっかりしているはずだ。

どうしよう、この人に会って、不二代の望みを伝えたら、笑われたりしないだろうか。考えながら朔実は、皮を剥いたみかんを小さめに切って器に入れ、ベッドの上のテーブルに置く。不二代はその、果汁をたっぷり含んだ果実を眺め、香りを楽しむが、口に入れようとはしない。今日は食べられそうにないようだ。

「みっちゃんのみかん、来年もたくさん取れるかしら」

不二代の友達の家で取れるみかんだ。毎年楽しみにしていた。来年は、口にすることも、香りを楽しむこともできないかもしれないと悟っているように思え、朔実はつい目をそらす。

笑われたっていいじゃない。迷っている時間はない。朔実は、不二代の頼み事をしっかりと胸に刻む。急いでこの人に会わなければならないと、名刺をなくさないようバッグにしまった。

*

北鎌倉のはずれにある住所は、不二代がときどき訪れていた子安観音に近いらしい。朔実にとって鎌倉は、大学の友達と遊びに行くこともある場所だが、観光地ではない地域となると、まったく土地勘がなかった。

横須賀線（よこすかせん）に乗り、駅からはバスに乗った。停留所をおりて、しばらく歩いたが、迷うほど道があるわけではなかったのは幸いだった。住宅街は間もなく途切れ、両側に木々が生い茂る森の中へと道は続く。長い上り坂を突き進むと、突然道は狭くなり、急な傾斜が現れる。このまま進めば、山奥へと迷い込んでしまうのではないかと不安になりはじめたころ、道にまではみ出した枝葉に、すっかり埋もれてしまいそうな鉄門扉が現れた。

見上げると、斜面に建つ洋館がちらりと見える。ホラー映画にでも出てきそうな建物だった。灰色の外観はごてごてとした印象で、塔のような六角形の部分が、不規則に突き出している。ところどころに張り出した窓やひさしは、いびつな巨木の節々か、フジツボが張りついた岩を思わせる。

しかしそんな姿も、建物を囲む木々にさえぎられ、外からでは全体像を把握するのは難しい。ただ塔屋が三つ、木々の上に顔を出していて、屋根にとまるガーゴイルが坂道を見おろしている。たまたま近くを通りかかれば、ぎょっとさせられるかもしれない。

錆（さ）び付いて傾いた門や、その向こうで建物の姿を覆うほどに茂った木々、手つかずに見える荒れ果てた庭は、まるで廃墟（はいきょ）の様相だ。本当に人が住んでいるのだろうか。

人の背より高い門扉は、長い槍（やり）に蔦（つた）がからまったような装飾で、西洋のお城にありそうな立派なものだが、傾いていて、風が吹くとキイキイと鳴る。細い獣道みたいなアプローチが、どうにか雑草の隙間を縫っているが、なんだか不気味で、はじめて来た人なら、ここへ入っていくのはためらわれるだろう。

しかし朔実は、不思議と歓迎されているように感じていた。たぶん、傾きながらも門扉は、人が通れるくらいに開いていたからだろう。すり抜けるようにして入っていくと、しだれかかる枝が風になびき、朔実のくせ毛にからまった。

門番に引き止められたかのように感じ、そばの木を見上げた。また風が吹いて、枝はするりと髪から離れる。そのとき朔実は、入場を許されたのだろうか。木はアプローチを埋めてしまいそうに張り出して茂っているが、もう、枝が髪に引っかかることはなかった。

大きなしだれ桜だった。春になればさぞかし見応えがあるのだろうと思ったが、今は九月、そのとき館の周囲には、金木犀（きんもくせい）の香りが濃く漂っていた。

正面玄関の扉の上には立派なレリーフがある、民家というよりお屋敷（やしき）だ。そんな洋館の住人、幻堂風彦は、夕方の影のようにひょろりと細長い人だった。着ているのは一見流行遅れにも見えるスーツだが、洋館の厳かな玄関に現れた彼は、きちんと分けた髪も、襟の高いシャツもクラシックなベストも、古い映画のように完璧だった。

この人は、洋館の一部、いや逆だろうか。

「こんにちは。昨日お電話しました、水城朔実と申します」

朔実は深々とお辞儀をした。彼が何も言わずに突っ立っているので、なんだか柱に向かってお辞儀をしているような気分だった。

「水城……さん？」

やっと彼は、怪訝そうに口を開く。

「すみません、突然ご連絡をして。今日は、安川不二代さんの代理でまいりました」

事前に電話をしてあった。そのとき出たのは年輩の女性らしい声だったが、朔実の話は風彦にちゃんと伝わっているのだろうか。

「ああ、聞いてます。てっきり安川さんがいらっしゃると思っていたので」

三十代前半くらいだろうと思われる風彦は、不二代とどの程度の交流があったのだろう。どういう知り合いなのかも、想像がつかない。

「あの、安川さんのことはよくご存じなんですか？」

「何年か前に、知り合いを通じて縁談を持ち込まれたことが。そのときに一度お目にかかったきり、ご無沙汰していました。おぼえていてくださったんですね」

不二代は面倒見のいい人で、生け花を教えていたこともあり、生徒やそのお嬢さんたちに縁談の世話をすることもあった。それで彼と知り合ったらしいと納得すると、朔実はようやく地に足がついたような気がした。あかずの扉のことも、名刺の名前の人も、不二代の妄想かもしれないと、どこか現実ではないような気がしていたからだ。

朔実は、自分と不二代の関係を説明しようと口を開きかけたが、中へと促されて話すタイミングを失った。たぶん、そんなことは彼にとってどうでもいいことなのだろう。

案内されたのは、広い応接間だ。廃墟みたいな外観とは違い、館の中はいかにも邸宅といった雰囲気だった。金色の模様が入った壁紙に重厚なアンティークの家具、ドアを飾るのはアールヌーヴォーふうのステンドグラスだ。

なのに、ずいぶんいろんなものであふれている。椅子やサイドテーブルが不必要なほど多いのは、家具店の展示みたいだし、本や書類やいろんなもので雑然としている。ドアの向こうに小部屋があり、本棚やキャビネットや製図台やパソコンや、そんなものがちらりと見えたが、応接間以上に散らかっていた。あれが設計事務所であるようだ。おそらくここは自宅で、一部を事務所にしているのだろう。

「あ、散らかってますが気にしないでお掛けください。助手が急にやめてしまって……。で、あかずの扉を借りたいということでしたね？」

風彦は笑みを浮かべたが、愛想笑いというふうではなく、やけに楽しそうに見えた。そうして、いそいそと説明をはじめる。

あかずの間ではなく、あかずの扉だと彼は言った。部屋というほど広くはないスペースもあるからだそうだ。いずれにしろ、施錠できる扉がついていて、鍵がなければ開くことはできない。貸し出す条件としては、一度閉めたら、依頼人はけっして開けてはならない、のだそうだ。そうしてもし誰かが、故意にしろ不注意にしろ、鍵を使うにしろ扉を壊すにしろ、開けて中のものを持ち出したとき、あかずの扉の貸与契約は終了するという。

「あかずの間がご希望なら、部屋といえるくらいのものを提供しますよ。ちょうどひとつ空きがあります」

「本当にあかずの間を貸してくれるんですか？」

「はい」

「その、おいくらかかるんでしょう」

「お代はいただいていません。ここには、扉のついた使い道のないスペースがいくつも余っていますから。ただ、代わりにお願いしたいことがあります」

「どんなことですか？」

「安川さんがあかずの扉に何を封印するのか、僕に見せていただきたいんです。もちろん他言はいたしません」

そうすれば、無料で部屋を貸してくれるのか。いったいこの人にとって何の利益があるのだろう。朔実は首をひねりたくなるばかりだ。

「はあ、それは安川さんに確かめてみます。ただ、こんなことを申し上げていいのかどうかわかりませんが、依頼人の安川不二代さんは、余命わずかと診断されています。もし依頼人が亡くなった場合は……」

考えたくはないが、不二代はそのことも伝えてほしいと言っていた。

「ご心配なく、ずっとそのままです。誰かが、中身を持ち出してしまうまでは」

「あの、扉の鍵は誰がどう保管するんでしょうか。場合によっては、誰かが勝手に開けることも難しくないのではないでしょうか」

「鍵はご本人にお渡ししますが、こちらであずかることもできます。この世にひとつだけの鍵ですので、ほかの人には、その鍵で開ける扉がどこにあるのか、持ち主自身が託さないかぎり、知ることはできないことになります」

　風彦の言葉を聞きながら、朔実はなんだかそわそわした。けっして誰にも開けられない場所に、しまわなければならないものって何なのだろう。この館には、秘密をおさめたあかずの扉がいったいいくつあるのだろう。玄関前から見上げたとき、意外なほどたくさんの窓が見えたのを思い出す。不揃いな小窓が、不規則に壁にくっついていて、何階建てなのかも判然としなかった。ここは、あかずの扉のために建てられたのだろうか、なんてことも考えてしまう。

「ほかにご質問はありますか？」

　大切なことを思い出した朔実は、あらためて居住まいを正した。

「そうだ、忘れるところでした。じつは、とある屋敷にもあかずの間があるらしいんです。お借りするあかずの扉には、そこにあるものも入れたいということなんですが……。不二代さんが言うには、幻堂さんは、あかずの間を研究していらっしゃるとか？　だから、力を貸してくれるはずだと」

　そんな研究があるのか、と朔実は不二代の話を半信半疑で聞いていたので、笑われたらどうしようと思いながらも言ってみた。

「研究というか、まあ趣味みたいなものです」

　やっぱり楽しそうに微笑む。この人、きっと変わり者だ。

「で、その屋敷から、ご希望のものを持ち出してほしい、ということでしょうか？」

　やや体が乗り出し気味になる。本当に、あかずの間に関心があるらしい。

「なかなか興味深い依頼ですね。どこのお屋敷です？」

「不二代さんが以前結婚していた、井森さんというかたのお屋敷です。後妻として入って、しばらくして離婚したとか。先妻の息子さんがひとりいらっしゃるものの、横浜市内に家をお持ちだそうで、実家のほうはもう無人だそうです。最近、そこが壊されると知ったので、不二代さんは、あかずの間があばかれてしまうことを心配しているようなんです」

「それで、代わりのあかずの間が必要なんですね」

風彦は、問題の屋敷の住所をメモし、神妙な顔でひとり頷いている。

「安川さんは、奥さんとしてその屋敷で暮らしていたわけですよね？　あかずの間の由来や、建物のどのあたりにあったかなど、わかることがあれば訊きたいのですが」

「体調のよさそうなときに訊いておきます。でももう、あまり込み入った話はできないかもしれません」

朔実は、努めて冷静に返事をした。

結局、不二代から詳しい話は聞けないままだった。あかずの扉を借りる手続きもままならず、彼女はほとんど眠っていて、そうしているときだけはおだやかな顔をしているから、起こすのはためらわれた。

朔実は、不二代のノートに訊きたいことを書くことにした。気分のいいときに朔実が近くにいるとは限らない。夜中に目覚めていることもある。だから最近は、ノートをよく使うようになった。そのぶん、意識がはっきりしている時間が少なくなってきているということだ。

目が覚めているときに、してほしいことなどを不二代はノートに書いていた。買ってきてほしいものや、家の中のあれこれや知人への伝言、借りていた本を返しておいてくれないかとか、そんなことだ。

なるべく長い文章は書かないよう、朔実は心がけている。頼まれ事についての報告や、誰それからお見舞いの電話があったなど、簡単なことばかりだ。それでも、この数日で急に不二代の文字が弱々しくなって、返事も一言、二言しかない。筆談での細かなやりとりは、もう難しいだろう。

そう思いながらも、朔実はノートを開き、なるべく大きく文字を書いた。

井森家のあかずの間が、どこにあったかわかりますか？　どんな部屋でしたか？

そこから、何を持ち出せばいいですか？

不二代が返事を書いてくれたのは三日後で、〝およめいり道具の部屋〟〝たたみの間〟と書いてあったが、何を持ち出すかは書いてなかった。部屋が見つかればわかることなのだろうか。

〝朔実ちゃん、ありがとうね〟

質問の返事のほかに、ノートの隅にぽつりとそう書かれていた。何気ない言葉に、どきりとした。不二代は、ありがとうとよく言ってくれる。ペンを取ってくれる？　ありがとう。テレビをつけて。ありがとう。ごく自然に、そうやって言葉にする人だ。ノートに書かれたのも、朔実が幻堂設計事務所へ行き、あかずの扉を借りる手続きをしていることに対して、自然に出てきた言葉だろう。

朔実にありがとうと言ってくれる人は、もしかしたら不二代しかいないのではないか。ふとそう気づいてどきりとしたのだ。

このところ、朔実は就職活動が長引き、友達ともあまり会えない。卒論にも追われている。彼氏とは、お互いに感謝できるような関係を築けないまま、半年前に別れた。これからどこかに就職して、誰かにとって必要な人間になることがあるのだろうか。〝ありがとう〟と言い合えるような人に出会えるのだろうか。

朔実は、薬で眠っている不二代の手に触れた。ノートの言葉が、最後になってしまわないようにと祈りながら泣いた。


その日、不二代のノートのことを伝えようと、朔実は再び設計事務所を訪れた。

うっすら開いた門扉をすり抜けると、急に金木犀の香りがせまってくるかのようだ。香りの中を泳ぐように、張り出した枝葉をかきわけて玄関までたどりつくと、ドアに張り紙がしてあった。

〝水城さんへ　お入りになって応接間でお待ちください。すぐ戻ります。　幻堂〟

ドアに鍵はかかっていなかった。連絡をしておいたとはいえ、こんな張り紙までして、不用心ではないだろうかと思ったが、廃墟のような外観を思えば、ここまで入ってくるのは泥棒でもためらうかもしれない。

朔実は、この前に通された応接間へ入ったが、そのとき、どこかから物音と話し声が聞こえ、驚いて廊下を覗(のぞ)き見た。

誰もいない。しかしやはり、話し声が聞こえる。自宅兼事務所なら、家族がいても不思議ではない。そういえば、最初に電話したときに出たのは誰だったのだろう。助手はやめたと言っていたし、母親とか、それとも妻？　不二代が世話をしたという縁談はどうなったのかと頭をよぎるが、その後不二代とは会っていないのだから、妻がいるとしても別の人だろう。

どちらにしろ、玄関に張り紙をしていくのだから、今は留守番がいるわけではないことになる。

なのに、人の気配がする。

ぱたぱたという足音から、なんとなく朔実は、子供がいるのではないかと想像した。

どこかでドアが、ばたんと音を立てて閉まるのを聞き、朔実は音のするほうへ、そろりと廊下を歩きだしていた。

あかずの扉を貸し出している館だ。どこにどんな扉があるのだろうと、好奇心が頭をもたげる。それに、古くて立派な洋館だというだけでもめずらしい。廊下のモザイクタイルや階段の手すりも装飾が凝っていて、もっとよく見てみたいと思ったのだ。

上階に人がいるのか、天井がきしむように鳴っている。金木犀の香りが漂う廊下を進んでいくと、突き当たりには階段が三つもあった。物音は急にやんで、もう何も聞こえない。適当に上へ上がってみる。とりあえずひとつ、開けてみたドアの内側は、六角形の広い一間だった。残りの壁面にはそれぞれ五つのドアがついていて、どのドアもデザインや大きさが違う。人を惑わせるかのように、身を屈(かが)めなければ入れそうにないドアや、巨人が出入りするのかと思うほどの大きなドア、中世の牢獄(ろうごく)を思わせる鉄格子のついたものもあれば、複雑な彫刻が施された豪華なものもある。

ふつうの住居じゃない。いったいこの建物は何なのだろう。不思議の国に迷い込んだアリスの心境で、朔実はドアになぞなぞが示されていないかと近づいてみる。何のメッセージもなかったが、こうなるともう、他人の家を勝手に歩き回るというマナー違反をしてでも、ドアを開けずにはいられなくなっていた。

大きさはふつうだったが、一番豪華なドアを開けてみることにした。細く暗い通路が現れる。ほかのドアも確かめてみたが、似たような通路だったから、とりあえずひとつの方向に進んでみることにした。

印象的な小部屋がいくつかあった。五角形や三角形、不規則でいびつな部屋に複数のドア、そんな場所をいくつか通り抜けるともう、自分がどこにいるのかわからなくなった。窓から外を見ても、階段を上がったはずなのに、すぐそこに地面があったりする。

斜面に建っているせいだろうけれど、戻ろうにも、戻りかたがわからない。家の中で道に迷うとは思わなかった。それに、道を訊こうにも誰もいない。耳をすましても、もう、足音も話し声も聞こえない。

どうしよう、と階段に座り込む。

「あら、あなた、どうかしまして？」

突然声をかけられ、朔実はあわてて顔を上げた。目の前に、お下げ髪の少女……、いや老女が立っていた。白い髪に赤いリボン、振り袖の鮮やかな紫が目に染みる。

「まぼろし堂の新しい下宿人のかた？」

彼女はそう言ってにっこり微笑んだ。

「まぼろし……？」

「ここ、まぼろし堂って呼ばれてるのよ。ほら、門柱に幻堂って表札があるでしょ。あれを読んでまぼろし堂。間違えて読む人、意外と多いの。そのほうが、この建物にぴったりでしょう？」

煉瓦（れんが）作りの門柱にはめ込まれた、すっかり錆び付いている金属製の表札があったのを朔実は思い出した。異世界から現れたかのような、見慣れない建物であるうえ、幻想的といえば美しいが、あの世とつながっているかのような廃墟の風情から、そう読んでしまうのも無理はないのかもしれない。

「下宿人と言いますと……、ここは下宿なんですか？　幻堂さんの設計事務所ですよね」

「そうよ。設計事務所だけど、下宿もやってるの。部屋が余ってるからって。気に入った部屋に住めるわよ」

そのうえあかずの扉も貸している。

「あ、わたしはその、下宿人じゃないんです。設計事務所へ来たんですが……、迷ってしまって」

じっと待っていられずに、人の家を歩き回ったなんて、朔実は恥ずかしくて顔が赤くなるのを感じたが、お下げ髪の老女は、眉をひそめるでもなくニコニコしていた。

「事務所はこっち。案内するわ」

立ち上がりながら、朔実はお礼を言った。

「慣れない人はみんな迷うわよ。あたしだって、ずっと前からここに住んでるけれど、ときどき方向がわからなくなるもの」

「そういうときはどうするんですか？」

老女について歩きながら訊く。

「誰かが来るのを待つの」

「もし誰も来なかったら……」

「そうねえ、どうなるのかしら。永遠に迷い続けるしかないのかも」

ちょっとした冗談だろうかと顔をうかがう。目を細め、かすかに笑みを浮かべた彼女は、まるでさまよい続けることにあこがれているかのようだった。

「ねえ、あなた、本当はあかずの扉がほしくてここへ来たんじゃない？」

たしかにあかずの扉を借りに来たが、不二代の代理だ。朔実自身にあかずの扉が必要なわけではない。しかし、不思議な身なりの老女に問われ、どきりとした朔実は、あかずの扉という言葉に急に魅力を感じていることに自分でも驚いた。

「ここへ来るのは、たいていそういう人なのよ」

あかずの扉、というものは、たまたま存在するだけであって、望んで手に入れるようなものではないはずだ。でももし手に入ったら、人には見られたくないものを、永遠に閉じこめておけるのだろうか。

「あたしも、持ってるの。あかずの扉の鍵」

そう言って彼女は、帯の下から黒っぽい鍵を取り出した。

「それ、落としたりしたら誰かに中を見られてしまいません？」

「大丈夫よ、扉がどこにあるかわからないでしょ？　ここにはあかずの扉がたくさんあるけど、この鍵がぴったり合う鍵穴はひとつだけ。隠した秘密を誰にも覗かれることはない。もしかしたら、死体を隠してる人がいるかもしれないわね」

突然の物騒な話に、朔実はおろおろしてしまう。

「……まさかそんな」

「金木犀の香り、強いでしょう？」

一説には、臭いを消すために植えられるという謂われもある木だ。ますますぞくりとした。

「この館、下宿人が突然いなくなることがあるの。迷路から抜け出せなくなったのか、それともあかずの扉が人をとり込んでしまったのか……」

「ランさん、お客さんをおどかすようなこと、言わないでください」

背後で声がした。振り返ると、風彦が立っていた。あまりにも急に現れたものだから、朔実は不躾にもまじまじと見てしまう。彼のそばに、壁と同じ色をしたドアがうっすらと開いていた。

「あら、ごめんなさい。でもほら、風彦さん、このあいだも、いなくなった人がいるじゃありませんか」

「まったく、夜逃げをされるとは。しばらく下宿代を滞納したままで、痛手ですよ」

「なんだ、夜逃げなんですね」

ほっと胸をなで下ろす朔実に、ランと呼ばれた老女は残念そうな顔をした。

「つまらないわ。せっかくこんな、ミステリアスな建物なんだから、もっとわくわくすることが起こらないものかしら」

「いやいや結構ですよ。あなたの小説じゃないんですから」

「そうね。じゃあお嬢さん、またね」

ランは軽く手を振って、狭い廊下を戻っていった。風彦が現れて、もう朔実を案内する必要はないからだろう。

「今の人は……」

「野々宮(ののみや)ランさん。怪奇小説家です。あまり有名ではないようですので、知らなくても彼女は気にしませんよ」

怪奇小説だなんて、ずいぶん古めかしい言いかただと思ったが、この館ではしっくりくる。

「お待たせしてしまいましたね」

風彦がそばのドアを開けると、そこはもう玄関ホールだった。

「いえ、……不思議なお屋敷ですね。わたし、洋館が好きなもので、つい気になって歩き回ってしまってすみません」

「見学ならいつでもどうぞ。建築に興味があるんですか？」

「大学では英文学を専攻していますが、建物には興味があります。ここは、アメリカン・ヴィクトリアン様式ですか?」

「よくご存じで。ここはクイーン・アン様式も混ざっているようです」

「たまたまです、あの様式に惹かれるものがあったもので。ゴシック小説に似合いそうだから」

「『アッシャー家の崩壊』、とか?」

朔実の中に浮かんだ言葉が、風彦の口から不意にこぼれる。朔実はドキリとし、同時に奇妙な親近感がわいてくる。

「あ、はい。あの世界に迷い込んだかのような気がして、少しわくわくしました」

「ここは崩壊しないといいんですが」

「……不吉ですね、すみません」

「いえ、そういう意味では。古くて、修復が追いつかないんです。ポーの小説は僕も好きですから」

それから彼は、あらためて自分の家を確かめるように、ホールのドーム状になった天井を見上げた。

「ここが複雑なのは、増改築を重ねているせいなんですが、そもそも最初から完成していなかったらしくて、年輪のように館が成長しているのがわかっておもしろいですよ」

そんなに増改築をしているのか。しかしいったい何のために?

「そうだ、もしよかったら、これからいっしょに井森家を訪ねませんか? 安川不二代さんのあかずの扉に入れるもの、さがしに行きましょう。井森さんの家も、大正時代に建てられた見応えのある洋館ですよ」

朔実にとってありがたい提案だった。不二代のことをできるだけ知りたい。彼女がこだわるあかずの間と、その洋館が見られるなんて願ったりかなったりだ。

でも、不二代はそこまで朔実が踏み込むことを望んでいるのだろうか。

「実をいうと手伝ってほしいんです。依頼人のことを一番よく知っているのがあなたでしょうから」

不二代の過去のことは、ほとんど聞いたことがない。その一方で朔実は、自分の一番の理解者は不二代だろうと思っている。

だからこそ、不二代が最後に願ったこと、昔のあかずの間のことを知りたいと思うけれど、同時に怖くもなった。朔実はもうすぐ、そんな貴重な人を失ってしまうことになる。

せめて、不二代の役に立てるだろうか。ノートでやりとりした言葉、ありがとうと書いてくれたことを思い出しながら、知りたいという思いよりも強く、応えたいと真剣に思った。

「わかりました、お手伝いさせてください」

「ではさっそく行きましょう」

どうやら彼は気がはやっているらしい。朔実は、言おうと思っていたことを急いで告げなければならなかった。

「あの、不二代さんに訊いてわかったことなんですが、井森家のあかずの間は、〝およめいり道具の部屋〟で〝たたみの間〟だそうです。今のところ、それだけなんですが」

「じゅうぶん重要な情報です」

ジャケットを羽織り、帽子を深くかぶると、風彦は玄関を出ていく。大股で歩く彼に、朔実は小走りでついていかねばならなかった。

「井森さんの家には、本当にあかずの間があるそうですよ」

ガレージは、門を出て坂道をぐるりと下まで回り込んだところにあった。ミニバンには建築関係の測定機器や工具箱、ヘルメットも積まれている。朔実を助手席に乗せ、風彦は運転しながら詳しい説明をしてくれた。

「井森信夫（のぶお）さんは、安川不二代さんの義理の息子さんだった人ですが、実家でもある古いお屋敷を相続したものの、使う予定もないから手放すことを考えているのだとか。ただ、あかずの間があるのでどうすればいいか悩んでいると言ってましたね」

「不二代さんの話をしたんですか？」

「いえ、そこは立ち入った話になってしまうので、とりあえず、僕があかずの扉を研究しているのでお宅を拝見したいという話にしました」

　不二代は後妻、つまり信夫にとっては継母（ままはは）だから、難しい関係かもしれない。現に朔実は、今回のことがあるまで、不二代から井森氏の話を聞いたことがなかった。

「それに信夫さんは、古い建物なのでもしかしたら価値があるのかどうか、知り合いの建築関係者に相談してまして、僕の耳にも井森邸が解体されるかもしれないという話は入ってきていたんです。で、その鑑定もしたいと申し出たところ、ぜひにということで」

「幻堂さんは、建物の鑑定のような仕事もされてるんですか？」

「近代日本の西洋建築が専門なんです。しかし、由緒ある建物として価値があっても、維持管理ができなくて解体されることがほとんどです。所有者に財力があるか、管理できる団体が買い取るか、文化財として指定でもされないかぎり、なかなか保存は難しいのが現状で。そこをなんとかしたいので、僕としては古い建物の修復や再利用に力を入れています」

「これまでは、古くなれば壊すのがふつうでしたよね。最近やっと、壊すよりも修理するのがおしゃれだって考えも出てきましたけど、耐震の問題もありますから、簡単じゃないですよね」

「ええ、あくまで個人のものですから、どうにもできないことは多いです。でも、井森邸もそうですが、建築物というのは、目につくというだけで公共性があるんじゃないでしょうか。たとえ個人の家でも、と僕は思うんです。建物は、いわば町のシンボルです。そこに暮らした人や、周囲の人にとっての思い出や、町の歴史さえも、壊してしまえばすべて失われてしまうんです。でも、建物はほうっておけば維持できるわけじゃない。常に手を入れなければいけないし、難しい問題です。当時の工法や構造を損なわないように、外観も昔のデザインをしっかり残しつつ、今の生活に合うように設計できれば、レストランやホテルとしても利用できますし、買い手もつくんじゃないかと思っているんですけどね」

　風彦は、意外なほど饒舌に話してくれた。

「幻堂さんの、あかずの扉に詳しいという評判、もしかして、持ち主にさえ見捨てられそうな古い建物を見つけ出すのに役立っているんでしょうか」

「ああ、そういえばそうかもしれません」

「でも、どうしてあかずの扉に興味があるんですか？　わたしにはどうしても、悪いものを閉じこめておくような、ちょっと怪談じみたイメージがあります」

　井森家も、あかずの間があるなんて不安だから、専門家に頼りたくなるのだろう。しかし、建築家はあかずの間の専門家なのだろうか。むしろ霊能者に視てもらうとか、お祓いをしてもらえるような専門家のほうがいいのではないか。

　けれど、風彦は大きく首を横に振る。

「怖くも悪くもないですよ。結局はただの開かない扉であり使われていない部屋ですから。物置と呼ぶか、あかずの間と呼ぶかは、持ち主しだいだというだけです」

三鷹にある井森邸は、閑静な住宅街に建つ、和洋折衷の大きな屋敷だった。瓦屋根のついた数寄屋門の内側に、チューダー様式の車寄せが見える。ファサードの奥には日本庭園があるのか、松の枝が視界をさえぎっている。見るからに由緒ある建物なのに、持ち主が手放せばきっと壊されてしまうだろう。もったいないと朔実には思えるが、手入れが行き届いていないようで、風雨にさらされた横木や剝がれかけた漆喰、欠けたタイルなどが目についた。世間から見れば、ただのボロ屋なのかもしれない。

「はっきり言って、この家はお荷物なんだ」

井森信夫は、五十代くらいの、態度も口調も堂々とした男だった。勤め先の会社ではそれなりの役職にあるようだ。

「このままじゃ、税金ばかりがかかってしまうからね。今のところ、建物ごとほしいという人がいないので、やはり壊して売ってしまおうかと思っているところだよ」

応接間の立派なソファに深く腰かけ、腕組みしている。

「しかしあかずの間があるんですよね」

風彦が問うと、うんざりしたように信夫はため息をついた。

「私の祖父が、この家にはけっして開けてはならない部屋があるとよく言っていた。私にとってよくないことが起きるとか、そんなふうにおどかされてきたんでね、祖父はとっくにいないし、私もこの家から離れてからは忘れかけていたんだが、いざ壊すとなると気になってしまって。子供がいたずらをしては困るようなものが入っていただけかもしれないんだが」

　頷きながらメモを取り、風彦は言う。

「その部屋はどこにあるんでしょうか」

「それが、わからないんだよ」

「つまり、鍵が閉まったままといったような部屋は、見あたらないということなんですね？」

　信夫は頷く。だったら、あかずの間なんてないのではないか。朔実はそう思ったが、風彦はますます興味を感じたらしく、身を乗り出した。

「では、いくつか立ち入ったことをお訊きしますが、かまいませんか？」

「ああ、それであかずの間のことがわかるというなら」

「ここに住んでいたのは、おじいさまと、そのほかにはどなたでしょうか」

「私が子供のころは、祖父母と両親、そして私と、住み込みの家政婦がひとり。母が早くに亡くなって、そのあと、家政婦の女が父と再婚したんだ」

　言いながら、信夫は眉をひそめた。どうやら、父親の再婚をよく思っていなかったようだ。

　その家政婦が、不二代だということだが、朔実は少し驚いていた。不二代は、結婚する前から家政婦として井森家にいたことになるのに、そんなことは言っていなかった。どうして言わなかったのだろう。

　その後の家族構成は？　と風彦はさらに問う。家族構成とあかずの間は関係があるのだろうか。

「私が中学生のころ祖母が亡くなり、大学生のときには祖父も。私は結婚して家を出たが、しばらくして父が離婚、ずっとひとりで暮らしていたね。その父も鬼籍に入り、もう十年も空き家になっていたよ」

「お父さまはどうして離婚されたんでしょうか。あなたと義理のお母さまの関係はどうでしたか？」

　立ち入った質問をすると断ったとはいえ、なかなか答えにくいことではないだろうか。信夫は少々気色ばんだ。

「それが、あかずの間と関係があるのかね？」

「あかずの間は、そもそも建物にあるのではなく、住む人によってつくり出される、いわば一家の歴史です。ご一家を知ることが、あかずの間を知るには一番の近道なんです」

「設計の専門家なら、建物の構造から隠し部屋を見つけられたりはしないのか？」

「隠し部屋ならわかるかもしれません。でも、知りたいのはあかずの間ができた理由とその中身ですよね。開けてはいけないと言われているから、開ける前に中のことを知りたい。謂われを知り、開ける決心ができれば、あなたはこの屋敷を解体すべきかどうか決められる。そのための調査を僕に依頼されたわけです。それとも隠し部屋さえわかれば、なぜそこが隠されたのかはわからなくても、ドアなり壁なりを壊して確かめますか？」

　風彦はたたみかけた。それにしても、この一家を知る由もない風彦に、あかずの間がある理由や中のものを知ることなどできるのだろうか。朔実だって、手伝えることなどなさそうな気がしてくる。そんな心配をよそに、彼は専門家らしく堂々としている。一方で信夫は、苛立ちを抑え込みながら風彦をじっとにらんでいた。

「私は、部屋も建物も壊したからって何かが起こるとは思っていない。妻が気にするから調べようかと思っただけだ。妻は結婚した当初から、この古い家のことを気味悪がって、あまり近づきたがらなかった。そもそもは義理の母と折り合いが悪かったからだ。私の継母だが、なんというか陰気な人で、いるだけで気が滅入ってくるんだ。あの人のせいで、母は死んだようなものだからね。妻はそういう、迷信めいたことを気にするたちで、不幸は感染するんだとか、あの人が不幸を家に持ち込んでいるなどと信じていた。たしかに、あの人がこの家へ入ってから、事業は傾き、借金だらけになって。どうにか家だけは残ったものの、祖父は体を壊し……」

つい話しすぎたと思ったのか、信夫は言葉を切る。

「いや、あの人のせいじゃないのは頭ではわかってる。たまたま、不幸なことが重なっただけ。縁が切れてほっとしているが」

それにしても、朔実の知る愛情深く明るい不二代と、信夫が語る不幸の象徴のような女とがうまく重ならなかった。不二代はやさしくて、誰彼区別なく親切で、入院中も病室内の空気を明るくしている。陰気、なんて言葉は当てはまらない。この家が、不二代をそうさせたのだろうか。

「その、後妻さんのせいでお母さまが亡くなったというのはどういうことでしょうか？」

そこは朔実も引っかかっていた。風彦も聞き流さなかったようだ。

「あの人は、父の愛人だったんだろう。だから母は嫌っていた。母といっしょにいたときに、急にあの人が、怒鳴りながら駆け込んできたことがあった。母と争いになって、母は私を戸の向こうに押し出したんだが、ふと振り返ると母が倒れて、頭から血を流していた記憶がある。あの人は、倒れた母のそばに突っ立って、冷淡に見おろしていた」

「まさか、そのせいでお母さまが命を……？」

朔実はつい口をはさんでいた。

「いや、怪我は大したことはなかった。しかしもともと体が弱かった母は、精神的にももろくてね。ショックだったのか、それから見る見る衰えていった」

「あなたが何歳のときですか？」

「たぶん、六、七歳くらいだ」

「お母さまが亡くなったのもそれくらいですね？　で、後妻さんを迎えたのは？」

「ほとんどすぐだったように思うね。実際に入籍したのはもう少し後かもしれないが、母がいなくなって間もなく、その人が母親のように振る舞いだした。私のことが嫌いだったのか、何かときつく当たられたよ」

これでいいのか？　と信夫はなげやりに言う。しかし風彦は、さらにいくつか、家族について細かいことを聞き出し、昔のアルバムまで要求した。一枚だけ、若いころの不二代が写っているものがあった。信夫のお宮参りのときだろう。母親に抱かれ、モノクロの写真でさえ豪華だとわかる祝い着をまとった信夫から少し離れた場所で、若い不二代はやわらかく微笑んでいた。

「とりあえずはこのへんで。もしかしたら、もっと詳しくお訊ねすることがあるかもしれません」

うんざりしたように、信夫はため息をついた。それでも風彦を追い返さないのは、あかずの間について頼れそうなところがほかにないからだろう。

「では、お屋敷の中を見せていただけますか？　隠し部屋があるかどうか調べてみます」

風彦が言うと、信夫はそそくさと腰を上げた。

ホールの一角にある階段は、三人をささえるのも苦しそうにキシキシと鳴く。手すりの装飾はねじり形で、踊り場にはミミズクの彫刻がある。すり切れた絨毯やほこりがたまった横木は残念な印象だが、修復と手入れをきちんとすれば、今はそうない建築物として価値が出るのではないだろうか。朔実には、ほこりをかぶっていても宝物のように見える。

信夫の案内で、建物の中をくまなく見て回りながら、風彦はあちこちを写真に撮っていたが、ほとんど無言だった。彼が足を止めたのは、白い家具とサーモンピンクのソファーが置かれた、いかにも女性のものらしい部屋だ。そこは、信夫の実の母親の部屋だったらしい。

「この家具は、お母さまの嫁入り道具ですか？」

そういえば不二代は、あかずの間はおよめいり道具の部屋だと書いていた。風彦はそこに注意して部屋を見回っていたのだろう。朔実ときたら、ぼんやりと見物していただけだった。

「いや、どうだろう。この部屋にあつらえたかのようだから、結婚してから買ったのでは？　隣の部屋にも揃いの家具を置いているよ。そうだ、嫁入り道具なら、桐箪笥（きりだんす）がそっちにあったはずだ」

母親の部屋に続く奥まった空間は、着替えや化粧をするための部屋だろう。花柄の壁紙には不似合いな、立派な桐箪笥が、洋風のクローゼットや白いドレッサーと並んでいた。風彦はそれも写真におさめた。

「お母さまの部屋は、後妻さんが使ったりはしなかったんですか？」

「ああ、さすがに使う気にはなれなかったのか。父も、手をつけようとしなかった。母の幽霊でもいたのかもしれないな」

室内で人が動いたからか、レースのカーテンが風にゆれて、朔実はぞくりとした。

「ここをあかずの間にしたわけではないようですね」

「私は自由に出入りしていたし、祖父もとがめなかった」

たぶんここではない。不二代はたたみの間だと書いていた。

「和室のほうも見せていただけますか？」

もちろん風彦も、そのことを念頭に言ったのだろう。

和風建築の棟は、洋館からは庭園に面した渡り廊下でつながっていた。赤い絨毯が敷かれた廊下の、ガラス戸の向こうは木々が茂り、池が見える。手入れがされていないため、もともとどんな庭園だったのかはよくわからないが、日本庭園には間違いなさそうだ。

広々とした和室が二間続いていて、奥にはこぢんまりとした茶室がある。外から射し込む光を障子がやわらげ、ほんのりとした薄暗さが洋館にはない空気で建物を満たしている。ふすまで隔てられただけの部屋は、どこもあかずの間になりそうにない。三畳ほどの納戸があったが、いろんなものが詰め込まれた物置で、そこもふつうに出入りできた。

ちゃんとした間取り図を起こして、後日調査結果を連絡すると告げ、風彦は井森邸を出た。

「いい建物でしたね。アーチのある窓とか、外から見るのとは印象が違って、部屋の中はとても明るいんですね。それに、古いガラスがずいぶん残ってました」

朔実は興奮気味に言う。

「そうですね、古いガラス独特のゆがみが、光をやわらかく取り入れて。ああいうガラスはもうつくれないものだから、なんとか残したいですね」

頷きながら、彼は塀に沿って歩く。もういちど外観を確かめようというのか、ぐるりと一回りし、納得した様子で、道の先に見える児童公園へ向かって歩き出した。

大きな滑り台のそばに立ち、ひょろりと長い手足で、細い階段を素早く上までのぼっていくと、一番高いところに立って、また井森邸のほうに視線を向けた。青い手帳を取り出し、ペンを走らせる彼は、屋敷の外観をスケッチしている。使う道具がアナログだ。さっき室内の写真を撮っていたカメラも古そうだったし、トラディショナルなファッションといい、そういうこだわりなのだろう。朔実も階段をのぼり、建物を眺める。

「隠し部屋、ありそうでしたか？」

「なさそうですねえ」

あっさり答える。

「それじゃあ、あかずの間はないんでしょうか」

鍵がかかったままといった部屋もなかったのだ。

「それは何とも。隠されていないあかずの間もありますからね」

「隠されてない……ですか？」

「出入りできるけれど、使う必要もないから入らない部屋です。信夫さんは、あかずの間がどこにあるかわからないのですから、生活には必要ない、誰も入らないだろうという部屋に、見られたくないものがしまわれている、という可能性はあります」

それって、あかずの間といえるのだろうか。

「井森邸、大正後期ごろに建てられたチューダー様式の洋館で、当時流行したスクラッチタイルが取り入れられていましたね。フランク・ロイド・ライトが旧帝国ホテルを設計し、このタイルが国内で流行したころの建築です。さっき見たかぎりでは、大きな増改築をしたような痕跡もなかったから、建築当時から隠し部屋のようなものはなかったでしょうし、近年にそこを取り壊したこともなさそうです。そもそもあかずの間は、開ければ信夫さんによくないことが起こるというのだから、彼だけに関係がある。つまり、あかずの間ができたのは、信夫さんが生まれてから。一九六〇年代以降ということになります」

風彦は、話しながらもペンを動かし続けていた。

「あかずの間は、信夫さんのおじいさまがつくったんでしょうか」

「そう考えるのが自然でしょう。そうして、開けるなと言い残したんです」

不二代は、あかずの扉を借りようとしている。そして、中に、井森家のあかずの間にあるものを入れたいという。あかずの間は、信夫に関係があると同時に、不二代にも関係がありそうだ。

「安川さんが前の奥さんとトラブルになったという話が鍵なんじゃないでしょうか。その場に信夫さんもいて、お母さんが怪我をするのを目の前で見ています」

風彦が言う。同じことは、朔実の頭にも浮かんでいた。

「その出来事を忘れさせようと、おじいさまは部屋をあかずの間にしたんでしょうか。嫁入り道具の部屋で、畳の間を……」

「でも、そんな部屋はありませんでしたよね。桐簞笥があったのは、洋室でしたから」

「あ、当時は和室に桐簞笥があったのかも。それで、簞笥を移動することで、当時の部屋がどこか、信夫さんにわからないようにしたとか」

「ああ、いいセンですね」

ほめられて、朔実はちょっとうれしくなる。

「しかし、信夫さんはその出来事をおぼえています。なぜ部屋がどこなのか、わからなくする必要があるんでしょう」

「部屋に入れば、彼が何かもっと別のことを思い出してしまうとか？」

「別のこと……。何でしょうね」

たぶんもう、不二代しか知らないことだ。そして不二代がいなくなれば、誰も知る人はいなくなる。なのに彼女はその秘密を、あかずの扉に入れようとしている。自分の死後にさえ、秘密が漏れることを心配しているのだろうか。

風彦は手帳を上着のポケットにしまうと、滑り台を滑り降りた。あとに続いて滑った朔実は、しりもちをついてしまい、もたもたと立ち上がろうとする。風彦が手をさしのべてくれる。

彼の手は少し冷たい。心の中はどうなのだろう。ほとんど初対面の人に、そんなことをふと思った自分が不思議だった。

＊

食事の時間でも、不二代は起きない。それに病院は完全看護で、朔実にできることはほとんどない。

朔実はカーテンを開け、朝だと知らせるように窓からの光を取り入れる。ベッドの周囲が明るくなると、枕元の台に置かれた不二代のノートが目についた。

〝これを、幻堂さんにわたしてください〟

そう書かれたノートの下に、ずいぶんと古そうな青い風呂敷(ふろしき)に包まれたものがあった。平たくて硬い、手鏡。持ち手のついた形が手触りでわかる。

「おじゃましてもいいですか？」

手鏡の輪郭をぼんやりとなぞっていた朔実は、声にはっとして顔を上げた。風彦が、花を手にして立っていた。

「安川さんのお見舞いに」

帽子を取る仕草がきれいに型にはまっていて、病院では浮きそうなスーツも、差し出された花束にも、しばし見惚（みほ）れてしまう。

「あ……、わざわざありがとうございます。ちょうどよかった。不二代さんから、これを幻堂さんに渡してほしいというメッセージがありました」

朔実は花を受け取り、代わりに風呂敷包みを手渡した。

「あかずの扉に入れるものでしょうか」

「たぶんそうだと思います」

「開けてもいいですか？」

朔実は頷く。風呂敷包みをほどくと、やはり手鏡だった。手桶（ておけ）くらいの大きさで、つややかな木目に藤の花が彫刻されている。古そうだけれど、彩色されたみずみずしい花は、少しも色あせていなかった。

しかし、鏡は大きくひび割れている。とても使い物にならない状態だ。なぜこれを、不二代は修理もせずに持っていたのだろう。それも、あかずの扉に入れたいものなのだ。

「これと、井森家にあるというものをあかずの扉におさめればいいんですね」

「でも、井森さんのところに何があるのかはわからないんです」

「この手鏡が手がかりになるかもしれませんね」

風彦は手鏡をまた風呂敷に包み、「たしかに、おあずかりします」と不二代に向かって言った。

「ところで水城さん、井森邸の写真をプリントしてきました。間取り図とあわせて、あなたに見てもらおうと思いまして。お時間はありますか？」

可能なら、不二代に見てもらいたくて、彼は病院まで来たのだろう。

それから朔実たちは、病院のそばの喫茶店へ移動した。

風彦は、運ばれてきたばかりのコーヒーカップをよけて、写真をテーブルに並べた。昨日、井森邸の各部屋を写したものだ。

「嫁入り道具らしきものは、やはりこの桐簞笥くらいですね。畳の間は、和風建築の棟にしかありませんから、このあたりのどこかです」

結局、嫁入り道具のある畳の間は、発見できていない。

「畳の間は、ふすまや障子で仕切られているだけなので、あかずの間にはなりにくいと思うんです。例外なのは、引き戸がひとつだけの納戸です。ここに桐簞笥が入っていたのでは、とも思ったんですが、出入り口が狭いので、あのサイズの簞笥を入れるのは無理なんですよね」

納戸の写真も撮っていたが、いろんなものが雑然と詰め込まれた物置だった。

「簞笥、大きかったですもんね。それにかなりの高級品でしたね」

写真で見てもうっとりする。見事な彩色は風に舞うような扇、おめでたい模様だし、金箔(きんぱく)も施されている。

「でも、こんな大きなお屋敷に嫁ぐならともかく、最近はこういう嫁入り道具って、もうほとんど見かけないですよね。マンションじゃ階段や廊下も狭いし、エレベーターに入るかどうかもわかんないし、もはや庶民には無駄なものですよね」

すてきだとは思うが、もし朔実が結婚するとしても、嫁入り道具としてほしいかどうかは微妙だ。

「残念ですね。西洋の重厚なアンティーク家具のように、日本の伝統的な簞笥も魅力的だと思うんですが」

写真の桐簞笥をじっと眺めながら、風彦はまたしばらく考え込む。朔実はオレンジジュースに口をつけた。

「それにしても、洋室に桐簞笥って似合いませんね。なんだかもったいないな」

「そうですか？　使い方しだいでは、洋室に和風の家具も新鮮な雰囲気になりますよ」

「でもここは、ちぐはぐです。ああそうだ、この白いドレッサーがいかにも西洋風で、壁紙や出窓と似合っちゃってるから、桐簞笥が浮いてるんですね」

朔実の率直な感想で、風彦は何かに気づいたのか、顔を近づけて写真を覗き込んだ。

「なぜドレッサーなんでしょう。嫁入り道具なら、簞笥といっしょに鏡台も持ってきませんか？」

「和風の鏡台ですか？　折り畳める三面鏡になってて、下に引き出しがついてるような。畳の間で正座して使うやつですよね」

「それです。漆塗りや螺鈿（らでん）細工の美しいものを見たことがありますよ。この簞笥と並べて見劣りしないようなものだってあるでしょう？」

「椅子のあるドレッサーじゃないと、洋室では使いにくいからじゃないでしょうか」

「たしかに、ドレッサーなどの洋家具一揃えは、あとから買ったのではと信夫さんも言っていました。でももし、お母さまが嫁入り道具として鏡台も持ってきていたなら、もういらないからと捨てるでしょうか」

あの簞笥に似合う鏡台なら、捨てるなんてもったいない。それに、せっかくの嫁入り道具を簡単には捨てられないだろう。

「あ、そっか。それがあかずの間に入ってるかもしれないですね」

朔実は手を打った。風彦も大きく頷く。

「鏡台ならそう大きくはないですし、この納戸にも入ります」

あまりにものが多くて、写真では納戸に何が入っているのかよくわからないが、段ボールや布団袋の向こう側に、鏡台が隠れている可能性はある。

「信夫さんに訊いてみましょう」

風彦は、愛用の青い手帳に何やら書き込んで、それから冷めかけたコーヒーにやっと角砂糖を入れた。


数日後、信夫は横浜の会社を出たその足で、幻堂設計事務所へやって来た。井森邸をもういちど見たいと風彦は伝えたようだが、休日しか三鷹まで行く時間がないからと、とりあえずは事務所へ話を聞きに来たようだった。

朔実も呼ばれ、〝まぼろし堂〟の応接間で同席することになった。

風彦は写真を取り出し、信夫の前に置く。写っているのは、豪華な桐箪笥のある部屋だ。

「ここにドレッサーがあるんですが、なぜ洋風のドレッサーなんでしょう。ふつう、箪笥とセットで和風のものを買うんじゃないかと思ったんですが」

「そういえば、別の部屋で鏡台を見たような気がするな。もしかしたら祖母のだったのかもしれないが、畳の部屋で使うような、低い鏡台だった」

「今もまだありますか？」

「いや、もうなかったような……」

見かけたのは子供のころだった気がすると彼は言う。

「もしかしたら、あかずの間に入っているのかもしれませんね」

「祖父があかずの間に入れたものが、鏡台だということなのか？」

「あかずの間にした部屋に、たまたま鏡台があっただけかもしれません。お母さまが倒れたという部屋、どこだったかわかりますか？」

信夫は眉をひそめた。

「母が倒れた部屋が、あかずの間だというのか？」

「そうです」

風彦は断言した。

「ほかに、ひとつの部屋からあなたを遠ざける理由はなさそうですから」

「……そういえば、あの部屋にはあれ以来入った記憶がないが、単に近づきたくなかったからだと……」

風彦が描き起こした、井森邸の間取り図を見ながら首をひねる彼は、部屋がどこだったのか思い出せない様子だった。

「和室だった。でも、和風建築の棟ではなかったような気がする」

「洋館に和室、ありませんでしたよね」

朔実がつい口にすると、風彦も悩みながら、テーブルの上の間取り図に目を落とす。

「ほかに、何かおぼえていませんか？　お母さまが倒れたときのことを」

「母が倒れて、あの人が家の者を呼びに行ったってことくらいだ。ほら、家政婦の安川……」

その名前は、なるべく口にしたくないらしい信夫は、言いかけたものの口を閉ざした。

「母は、美しくてきびしい人だった」

不二代の記憶を追い払うために、彼は母親の記憶を呼び起こしたのだろうか、急にそんなことを語り出す。

「私がもっと小さいころは、やさしいときもあったんだ。そう、あの部屋ではやさしくしてくれた。好きなだけあまえるのも許してくれた」

あの部屋とは、あかずの間かもしれない和室のことか。

「しかし倒れたあのころは、母は四六時中不機嫌で、私にも八つ当たりがひどかった。あの人のせいだよ。父との関係を、母が気づいたからああなったんだ」

「家政婦さんとお父さまのことは、あなたはのちに知ったんですよね？」

「そりゃ、当時は子供だったからね。しかし成長すれば、なんとなくわかってくる。もしかしたらあの和室は、母にとって、悩み事やつらいことを忘れられる部屋だったんじゃないだろうか。狭くて窓もない、母が好みそうなものなんて何もない部屋だったが、そのほうが落ち着く気持ちはわかる。私が子供のころは、クローゼットがそうだったからね。叱られるたびに、クローゼットに隠れたものさ」

狭くて窓もない和室は、そこを好んだ女性を不幸にするような事件を機に、あかずの間になった。しかし信夫は、母親が倒れたことをおぼえている。そこを封印する意味がない。

もっと別の、衝撃的な出来事を彼は忘れているということだろうか。

あかずの間が本当にあるのか、そこに何があって、どうして封印されたのか、朔実もどんどん気になってきている。他家の事情を覗き見するような感覚ではあったが、当事者もよくわからないものなのが〝あかずの間〟だ。そうして、見ないほうがいいと言われるほど見たくなる部屋は、もしかしたら、いつかあばかれることを望んでいるのだろうか。だから、赤の他人の好奇心までかき立てる。

「ああ、なるほど、わかりました」

写真と間取り図とを交互に眺めていた風彦が、突然そう言った。

「あかずの間、開けに行きましょう」

「ええっ、わかったんですか?」

「どこだ? どこにあるんだ?」

信夫も、我を忘れたように身を乗り出すが、風彦はゆっくりと答えた。

「後日、ご実家へ行ってご説明しましょう」


井森家のあかずの間について、風彦は朔実にも詳しくは教えてくれなかった。信夫にはああ言ったが、まだ曖昧なところがあるからだという。井森邸へ行く日が決まったら連絡すると言われたが、なかなか音沙汰がなかったので、気になった朔実は設計事務所を訪ねてみた。

いつもそうなのか、傾いた門扉は今日も少しだけ開いていたし、玄関の鍵はかかっていなかった。いちおう呼び鈴を鳴らし、玄関上のレリーフを見るともなく眺める。枝を広げた木と、その根に抱かれるように、カタツムリみたいなものが彫られていた。

結局誰も出てこないから、朔実はホールへ足を踏み入れる。声をかけても返事はないし、すぐ横にある事務所や応接間を覗いてみたが誰もいない。

どうしようかと思ったとき、どこかでドアが開閉する音が聞こえ、窓からの西日に大きく映し出された影が、ホールを横切った。柱に隠れるような位置にいた朔実は、こっそり影の主を確かめる。体の大きな老人だった。声をかけづらいほど強面(こわもて)で、片方の目元に大きな傷があるのに気づき、朔実はかすれた声を呑み込む。

ゆっくりと階段を上がっていく老人の、手すりに置かれた手は、つかまるというより撫でるかのようだ。悲鳴のようにきしむ階段を、険しい顔つきに似合わずやさしい手つきでなだめながら上っていくと、朔実に気づかないまま、ドアの向こうへ姿を消した。

「誰だ、あんた?」

直後、背後で声がした。振り返ると、長髪にサングラスの男が立っていた。

「あの……、幻堂さんはいらっしゃいますでしょうか?」

あわてて朔実は問う。

「あ? 風彦くん? まぼろし堂のどこかにはいるんじゃないの」

面倒くさそうに答える。下宿人だろうか。風彦よりも一回りくらい年上にも見えるその人は、個性的すぎて、さっきの老人とは別の意味でとっつきにくい雰囲気だった。

「どこかって、どこでしょう?」

けれど、ほかに話を訊ける人がいないかもしれないと思い、朔実は食い下がった。この前に会ったランといい、くせのある下宿人ばかりだとすれば、もっと話しやすい人が現れるとは限らない。

「さあ、館の修理に精を出してるんじゃないか? 古いし広いし、気を抜くとどこかが自然の猛威に呑み込まれるんだとさ。水たまりができて苔が生えたり、狸が子育てしてたり、蛇とカエルがにらみ合ってたりするから、ときどき見回って修理しないといけないそうだ」

そんな大げさな、と笑っていいのかどうかわからないから、朔実は微妙な顔になってしまった。

「あかずの扉を借りに来た人?」

「はあ、まあ……」

借りるのは不二代だが、朔実がここへ来る用件はまあそうだ。

「ふうん、物好きだな」

そう言う彼は、あかずの扉とは無縁の、ふつうの下宿人なのかもしれない。

そのまま無愛想に行ってしまったので、朔実はまたひとり、玄関ホールに取り残された。

戸惑っていると、奥にあったドアが開いた。

「あら、お客さん？　すみません、呼び鈴の音が聞こえなくて」

現れたのは、エプロンをつけた年輩の女性だった。短くした髪といい、水色のブラウスといい、
奇抜なところはどこにもなく、はじめてここでふつうの人に会ったような気がする。

「あの、水城と申します。幻堂さんにお会いしたいんですが」

「ああ、この前お電話くださったかたね？　風彦さんは……、どこにいるのかしら」

彼女もよくわからないらしく首を傾げた。どうやら、朔実が最初に電話で話したのはこの人らしい。しかし、風彦をさん付けで呼ぶところをみると、母親ではなさそうだ。

「とりあえず、食堂でお待ちいただける？　そのうち休憩に現れると思うから」

「はい……、あの、設計事務所のかたですか？」

「わたし？　いいえ、下宿の管理人よ。夫婦で、ずっとここに住み込んでます」

食堂、と彼女が言う場所に案内されると、そこは立派なダイニングルームだった。もっとも意味は同じだが、食堂といえば社員食堂のような、飾り気のないテーブルと椅子がずらりと並んだ場所が、朔実には思い浮かぶ。一方で広々としたそこは、しっかりした赤木のテーブルに、バルーン形の背もたれがついたヴィクトリアンの椅子、格子のある天井からは凝ったシャンデリアが

ぶら下がり、細長い窓に厚いカーテンが掛かった、晩餐会でも行われそうな部屋だった。

片隅のドアは開いたままになっていて、奥にキッチンがあるのが見える。

「ここ、下宿人が共同で使ってるの。奥のキッチンも自由に使ってもらっても……、あら、つい下宿人を案内するつもりで。すみません、お客さまに」

口元を押さえた彼女は、自分でもおかしそうに笑う。ちょっとそそっかしくても、それを笑い飛ばすところが不二代に似ている。彼女が管理人なら、下宿屋としてのここは、居心地がいいのではないだろうか。

「いえ、気にしないでください」

「お茶でも淹れますね。あ、コーヒーのほうがいいかしら」

「邦子さん、コーヒーならあるよ。わたしが淹れたやつだけど」

キッチンのほうで声がした。ドア際からこちらを覗き見たのは、しっかりと化粧をした女性だ。ニットのミニワンピースからのぞく足は細くてスタイルがいい。

「あなた、風彦さんのお客さんなんでしょう？　だったらコーヒー、飲んでもいいわよ」

だったら、とはどういう意味だろう。ほかの用事だったら、飲んではいけないのだろうか。

「あ、はい、ありがとうございます」

そう言うしかない。そうして、つい足に目が行ってしまう朔実に、彼女はくすりと笑った。若くはなさそうだが色っぽい。友好的な笑みの奥で、目は朔実をあからさまに観察する。かと思うとさっと目をそらす。

「邦子さんも飲む？」

「ううん、わたしは用事があるから」

忙しそうに部屋を出ていきかけ、邦子と呼ばれた管理人は、思い出したように足を止めた。

「あ、ねえあなた、ちゃんとごはんは食べてる？」

突然朔実にそんなことを問う。

「痩せてるじゃない。若いんだからしっかり食べなきゃ。ついでに食べていかない？　わたしがまかないを作ってるの。昔は学生さんがいて、たくさん食べてくれたんだけど、このごろは下宿人も少なくて、張り合いがないのよ」

このところ、不二代の心配や、毎日の食事をひとりでしなければならなくなったことや、色々と慣れなくて、ちゃんとした食事から遠ざかっていた。朔実にとってはうれしい誘いだったが、いいのだろうか。よその家でいきなりごちそうになるなんて。

「ね、風彦さんもそのころには手が空くと思うし」

どのみち、急ぐ用事もない。朔実はありがたくいただくことにした。

「いいんですか？　ありがとうございます」

「よかった」と微笑むと、邦子はパタパタとダイニングルームを出ていった。

コーヒーを淹れていた女性は、マグカップをテーブルに置きながら、朔実に座るよう勧めた。自分の前にあったシュガーポットとミルクを朔実のほうに押し出す。

「あの、下宿しているかたですか？」

背もたれのカーブも、肘掛けの手触りもなめらかで、心地のいい椅子に身を委ねつつも、何か話さなければと朔実は話題をさがした。

「うん、そう」

「下宿人って、何人いらっしゃるんですか？」

「さあ、短期間の人もいるし、わたし、ほかの下宿人とは関わらないから」

と言いつつも、彼女は下宿人について語り出す。

「ここは変な人ばかり。とくにあの、内海(うつみ)っていう長髪の男は気味が悪いわ。職業不詳だし、人のことじろじろ見るし。風彦さんも変わった人よね。一見紳士風だけど、バツイチだそうだから、何かあるのかもね。邦子さんはまともだけど、ご主人の平造(へいぞう)さんはちょっとね。目元に傷があるし、カタギじゃないって噂(うわさ)も……」

いっぺんにいろんなことを聞かされて、朔実は呑み込めない。強面の老人と邦子が夫婦？　風彦がバツイチ？　何より、初対面の朔実に周囲の情報を垂れ流す目の前の女性こそ、どういう人なのだろう。

「あのう、ランさんという人は？」

最初に見かけた下宿人のことが彼女の口に上らなかったのが気になり、朔実は問う。すると彼女は、驚いたように目を見開いた。

「あなた、見たの？」

「えっ？」

「振り袖を着た老婆の幽霊」

ゆ、幽霊？　でも、朔実はふつうに話をしたし、風彦もふつうに紹介した。

「あかずの扉がたくさんあるから、この世に未練のあるものも寄ってくるのよ」

彼女は目を細めて薄く笑った。

「こんなところ、来ないほうがいいよ」

いったい、歓迎されたのか拒絶されたのか、さっぱりわからなかった。

「それにこの花の香り、コーヒーも、どんな香水も台無し」

そう言うと、マグカップを手にさっと立ち上がり、彼女は風のようにいなくなった。

シャンデリアの灯(とも)るダイニングルームに、下宿人たちが一堂に集うのかと思っていたが、夕食の席に着いたのは、邦子と平造の夫婦だけだった。風彦も現れず、朔実は晩ご飯を食べに来たかのようになってしまったが、いっせいに下宿人に囲まれるよりは気楽だったかもしれない。

ひとつ気になるのは、朔実の隣に配膳がされていて、椅子に人形が座っていることだ。腹話術の人形だろうか、幼児ほどの大きさがあり、あでやかな振り袖姿ですましている。朔実は見ないことにする。

「今日は、水城さんが手伝ってくれたのよ」

邦子が言う。平造が頷く。彼はまだ、一言も言葉を発していない。そうして今も、口をへの字に結び、眉間にしわを寄せている。でもたぶん、怒っているわけではなく、そういう顔なのだ。

細かなことを気にしなければ、邦子のつくるビーフシチューは、想像以上においしかった。パンも自分で焼くといい、ふわふわのバターロールに食も進む。

「それにしても、風彦さんは夢中になると時間を忘れるのよね。お客さんを放っておくなんて、ホントごめんなさいね」

邦子はもうしわけなさそうに、風彦の代わりにわびる。

「いいえ、わたしのほうこそ急に訪ねてきて、そのうえごちそうにまでなって」

「さっき、声はかけたのよ。姿は見えなかったけど、返事はあったからわかってるはずなのに」

「食事が終わったころに来ればいいいと思ってるんじゃない？」

隣の席から声が聞こえ、朔実はぎょっとして目を向けた。人形、ではなく、振り袖姿のランが座っている。いつの間に現れたのか、ずっとここにいたかのようにスプーンを口に運ぶ。

人形は、何だったのだろう。それに、幽霊？　朔実は食事の手が止まるが、こちらを見てにっこり笑うランはちゃんと存在している。腹話術の人形は、彼女のひざにある。

人形と食事をする習慣があるだけだ。きっとそうだろう。ぬいぐるみと寝る人がいるのと同じこと。朔実はシチューの皿に視線を戻し、深呼吸した。

「みなさん、食事の時間はバラバラなんですか？」

気を取り直し、会話をしようと試みる。

「そうね。朝は顔を合わせることもあるけど、夜はこの顔ぶれね。自分の部屋へ運んで食べる人もいるし、風彦さんはとっても不規則なの」

ここにいないコーヒーの女性も、内海という無愛想な男性も、部屋で食べるのだろうか。考えていると、ランが唐突に言った。

「ところで水城さんは独身なの？　よかったらあたし、お世話するわよ」

戸惑っていると、邦子が間に入ってくれた。

「ランさんの時代とは違うんですよ」

「時代だなんて、この古い館にずっと住んでると、今がいつかなんてどうでもよくなるし、何も変わってない気がするわ。あたしだって、ほら、十八のままよ」

ランはお下げ髪をさらりと撫でた。

「それからもう、八十年経ってますよ」

とするとランは九十八歳なのか。もしかしたらこの、年代物のシャンデリアより昔からここにいるのかもしれない。

「ランさんって、本当はもう幽霊なんでしょう？」

まじめな顔で言う邦子に、うふふ、とランは意味深に笑う。目の前で消えたらどうしよう、と朔実はドキドキしてしまう。

「どちらでも同じことよ。今いる人も、かつていた人も、この館があるかぎりここにいて、この部屋でまかないを食べているんだわ」

もしかしたら今も、いるはずのない人がテーブルに着いているのだろうか。ランの当然のような物言いは、それも不思議ではないように聞こえ、朔実は空いている席を見回した。

目元に傷のある老人も、空いた席をおだやかな顔で見ている。かつて、ここでともにテーブルを囲んだ誰かを思い出しているのだろうか。強面だと思ったけれど、邦子の隣にいると意外とやさしそうに見える。結局彼はほとんどしゃべらなかったが、話しかけられるとゆったり頷き、シチューをおかわりし、食事を楽しんでいる様子だった。

下宿人が減って淋しいと邦子は言っていたが、朔実にとっては久しぶりの、にぎやかな食卓だった。

緑の草葉と金木犀の香りをたっぷり含んだ風が入ってくる窓も、体に馴染むような椅子も、ビーフシチューの湯気も、ちょっと不思議な話も、思いがけず心地よかった。

＊

この前風彦が撮った写真に、朔実は気になるものをひとつ見つけていた。そのことを伝えようと、まぼろし堂を訪れていたのだが、結局あの日は、晩ご飯をごちそうになり、邦子たちと話し込んでしまい、風彦に会って用件を話せたのは、ほとんど帰り際だった。

　納戸の写真をよく見れば、鏡台らしきものがちらりと覗いている。和風建築の棟の、裏庭に面した狭い納戸の中だ。

　写真では、手前に積まれた段ボールに大部分が隠れ、上のほうに少しだけ、青い布が掛かっているのが見える程度だ。しかし、共布（ともぎれ）でできた紐（ひも）が横のほうにちらりと見え、蝶々（ちょうちょう）結びになっているところから、昔、祖母のものだったという鏡台に掛けられていたカバーが思い浮かんだ朔実は、写真の中のものも鏡台ではないかと思ったのだ。

　納戸に鏡台が置いてあったなら、嫁入り道具があったというあかずの間は、やはりその近くだったのではないだろうか。風彦に話すと、彼は興味を持った様子で聞いていた。

　そうして朔実たちは、再び井森邸を訪れている。

　あかずの間がどこかわかったと、風彦は先日信夫に宣言した。今日の訪問は、その部屋を開けるためだ。

「あかずの間を閉じているものは、本当のところ扉でも鍵でもありません。開けてはならないという言葉なんです」

　信夫を前に、風彦はそう言った。

　たしかに、扉も鍵も壊そうと思えば壊せないわけではない。しかし、開ければよくないことが起こると心のどこかで信じているかぎり、そこには触れられない。

「ですからその言葉によって、あかずの間には入ることも中を見ることもできないという思い込みが生じます」

井森邸の洋館から、和風建築の棟へ行くには、庭園の見える渡り廊下を通っていかねばならない。しかし風彦は、洋館の廊下を奥へと歩き、キッチンへと入っていった。

「井森さん、子供のころ、キッチンへよく出入りしていましたか？」

「ああ、おやつをもらいに来てたよ。勝手に冷蔵庫や戸棚を物色したりね」

古いけれど、存在感のあるシンクとオーブンが目につく、広めのキッチンだった。やたら大きなフードがついた換気扇は、一般家庭の扇風機のようなあれとは違い、いかにも厨房（ちゅうぼう）といった雰囲気だ。朔実はあれこれ気になって、落ちつきなくきょろきょろしてしまうが、風彦には見慣れたものなのか、まっすぐ目的の場所へ進んでいき、クローゼットのような観音開きの扉を開けた。そこは、食器やクロスなどがしまわれた、倉庫みたいな小部屋だった。たぶん、パントリーというやつだ。

以前来たときにも開けてみたものの、ただの物入れだろうと通り過ぎた場所だ。ひとりがやっと通れるような、棚の隙間に風彦は体を入れた。

突き当たりまで進み、棚や壁を観察していたが、やがて信夫のほうに振り返る。

「井森さんが子供のころに、嫌なことがあると隠れたというクローゼットはここじゃありませんか？」

「……いや、こんなに狭かったかな？　子供だったから広く思えたのかもしれないが、それにしてももう少し奥行きがあったような気がする」

「ええ、この突き当たりの壁ですが、以前は奥の部屋とつながっていたんじゃないでしょうか。壁が薄いですし、下には敷居（しきい）の痕跡があります」

突き当たりの壁面をノックする。軽い音がして、向こう側に空間があることをうかがわせた。

「では、この奥があかずの間なのか？　戸をはずして壁にしてしまったから場所がわからなかったと……」

信夫は、急に表情を硬くした。彼の祖父は、引き戸をはずして壁をつくった。向こう側にあった部屋を、完全に閉じてしまったのだ。それほどの秘密のこもった部屋がすぐそこだと思うと、朔実もドキドキする。

「正確には、向こう側にある部屋はあかずの間ではありません。心理的なあかずの間とでも言いましょうか。ここにあった戸をなくすことで、あなたの記憶から部屋の存在が消えてしまった、ということです」

物入れから出た風彦は、どういうことかといぶかる信夫と朔実を手招きして、キッチンをあとにする。渡り廊下へ向かい、和風建築の棟へ入っていくと、立派な床の間のある十畳間を通り抜け、裏庭に面した細い廊下へ入る。それから、納戸の前で立ち止まった。

「あなたのお母さまが倒れた部屋は、ここです」

「ここは……、ずっと前から物置だったはずだが」

断言した風彦とは対照的に、信夫はピンとこないようだ。

「あかずの間にしたことで、物置になったんでしょう。ですが、それまではおそらく、隠れ家のような小部屋だったはずです」

彼が指差した戸口のそば、右側の壁には、古いカレンダーの端っこが覗いていた。手前に置かれた棚に隠れているが、昭和四十四年という文字はかろうじて見えた。

「カレンダーを貼っていたのだから、日常的に使われていた部屋です。それにこの年は、あなたのお母さまが亡くなった年ではありませんか？　カレンダーが貼り替えられなかったのだから、ここが物置になったのもそれ以降です」

「それじゃあ、母はこの部屋を隠れ家のようにしていたんだろうか。しかしここがあかずの間なら、いつでも中へ入れる状態じゃないか。入ってはいけないはずなのに……」

「でも、入りましたか？」

「いや……、納戸に用はなかったから」

風彦は納戸へ入っていく。畳が見える空間は少ないが、そこに立って、かつてはキッチンとつながっていただろう壁面に視線を定めた。

「それにしても、よくできた設計ですね。洋館とこちらは渡り廊下でつながっているんですが、一方で納戸とキッチンが接している。和室でお客さまをもてなすのに便利な構造です」

高く積まれた木箱や段ボールの向こう側に、どんな扉があったのかもうわからない。壁が板なのか土壁なのかも見えないくらいだ。

「そうしてあなたは子供のころ、いつもキッチンのほうからこの和室へ入ってきていた。だから、キッチン側の出入り口がなくなったとき、あなたにとってこの部屋へ入る手段はなくなってしまったんです。つまりあなたは、この部屋へ二度と入ることができなくなった。和室のほうから見ても、同じ部屋だとは認識できなくなっていたから」

信夫にとってこの部屋は、祖父の思惑どおり、存在しない部屋になったのだ。どこかにあかずの間があると耳にしても、ここだとは考えもせず、近づくこともなかった。風彦が言うように、心理的なあかずの間だ。

「だったら、祖父が開けてはいけないと強く言ったのはどうしてなんだ？」

自分に問うかのように言いながら、信夫もそろりと納戸に足を踏み入れた。

「どうってことはないな。何も起こらないし、ショックな出来事を思い出したりするわけでもない。だいたい、そんな昔のことで、今さら私が傷つくわけもないのに」

「そうですね。おじいさまは、まだ幼かったあなたを心配していらっしゃったのでしょう」

でも、信夫が大人になっても、祖父は死ぬまで開けるなと言い続けた。それに、不二代はここにある何かを、風彦にあかずの扉を借りてまで入れようとしている。

「あれは、鏡台ではないですか？」

片隅のものを、風彦は指差した。写真で朔実が見つけたように、布のカバーだけがちらりとのぞいていた。

「ああ、そういえば……見覚えがあるよ。たしか、鏡を取りはずしたりして遊んでいたものだ。母が微笑みながら、鏡を覗き込む私を見ていたような記憶がある。やはりこの部屋が、母の隠れ家だったのか……」

手前の布団や箱をいくつかどけると、鏡台は姿を現す。写真で見るよりも、ずっと小さく思える。

「鏡、はずれるんですか？」

意外に思い、朔実は訊いた。

「ああ、はずせば手鏡にもなるんだ。持ち手がついていたんだが。……おや、鏡がないな」

カバーになっている布をめくりながら、信夫はそう言った。どうやら掛け布は、枠の部分を覆っているだけで、鏡自体がなくなっているらしい。

「これも、母の嫁入り道具のひとつだったのか。かわいらしいが、家具というより小道具だし、質素だ。どの部屋にも似合わない。だからこの狭い部屋に置いてたんだろう」

そのとき朔実は、手鏡の行方について思いついていた。もしかしたら、不二代が持っていたものではないのだろうか。彼女がまぼろし堂のあかずの扉に入れたいと、風彦にあずけた手鏡、ひどく割れてしまっていたあれだ。

風彦も同じことが頭に浮かんだに違いない。腕組みして、鏡台をじっと観察している。

もしもあの手鏡が、この鏡台のものなら、それこそが、信夫に見せてはいけないもので、ここをあかずの間にすべき理由だったのではないか。でも、不二代にとって信夫は他人で、お互いよく思っていなかったらしいのに、ここを出るときにわざわざ信夫の母の手鏡を持ち出したことになる。なぜ彼女はそんなことをしたのだろう。

信夫は鏡台を引っ張り出そうとしていた。風彦が手伝うのを、ぼんやりと眺めていた朔実は、下の引き出し部分に、薄い紫色をした花の模様があるのに気がついた。

手鏡の花模様と同じだ。彫刻に色付けされた紫の花が、暗い木目に浮かび上がる。

あれは藤の花だ。フジ、不二代……。

朔実は胸騒ぎを抑えようと、深呼吸した。


あかずの間ができたのは、信夫の母親と不二代のいざこざや、目の前で母親が倒れたことを祖父が隠そうとしたから、そう納得した信夫は、思ったよりもたいしたことではなかったと、胸をなで下ろしたようだった。

母親が愛人と争い、怪我をして、それが元で弱っていったという事実は、子供にとって残酷な記憶だ。思い出させるものはすべて遠ざけたいと、信夫の祖父は考えたのだろう。信夫はそのときのことを忘れてはいなかったとはいえ、事件が起こった部屋に二度と入ることはなかった。そうしたおかげで、年々ショックは薄らいでいったのではないだろうか。

おそらく鏡が割れたのはそのときで、母親が倒れたはずみにぶつけたのか、もしかしたら、朔実にはあまり想像できないことだが、不二代が手鏡で相手を傷つけたのかもしれない。しかし、争いのはげしさを象徴する鏡のことまでは、信夫の記憶にはないのだから、祖父が隠した意味はあったのだろう。不二代も、いい継母になりたかっただろうし、井森家を去ってからも、信夫に鏡のことを思い出してほしくなかったに違いない。

あかずの間の件が解決し、信夫は心おきなく建物を処分できるようになったわけだが、保存したまま買い取ってくれる人がいないか、風彦がさがすそうだ。それまでしばらく解体は待ってくれるという信夫は、長いこと放置して興味を失っていた屋敷だが、今回のことで少しばかり懐かしさや愛着をおぼえたようだった。

風彦が、天井の木組みやゴシックを取り入れたアーチや窓のデザインや、まるで設計者になったかのようにすばらしく貴重だと話して聞かせたこともあるのだろう。

とにかく、すべていい方向で決着した。はずなのだが。

「どうしたんですか、水城さん。ずっと怖い顔をしてますけど」

帰りの車の中で、ちらりとこちらを見た風彦が指摘した。あわてて朔実は、口元を緩めようとする。

「えっ、そうですか？」

「解決したとは思えませんか？」

そんなふうに問うのは、もしかしたら風彦も、すっきりしていないからではないだろうか。

「……よくわからないんですけど、あの鏡台にはなかった鏡は、不二代さんからあずかった手鏡ですよね」

「そうだと思います」

「あれは、信夫さんのお母さんのものじゃなくて、不二代さんのものなんじゃないでしょうか。鏡台の花模様は、藤でした」

　風彦も気づいていたのか、静かに頷いた。

「おそらくそうでしょう。お母さんの名前は秋江（あきえ）さん、洋間の桐箪笥に名前がありましたが、季節的にも藤の花と関係はなさそうです」

「じゃあ納戸の小部屋を使ってたのは、不二代さんだということに……」

「そう考えるのが自然ですね。お手伝いさんの部屋、といったふうですから」

「でも、信夫さんは、お母さんの部屋だと、ちょっと羽を伸ばすような隠れ家だと思ってました。それに、不二代さんはどうして、お嫁入り道具の部屋だと教えてくれたんでしょう。不二代さんの鏡台は、お母さんのお嫁入り道具ではないわけですよね？」

「安川さんのお嫁入り道具だったんですよ」

　よくわからなくて、朔実は風彦の横顔につい見入った。不二代が結婚したのは、奥さんが亡くなってからだ。なのに、奥さんと争った部屋に、不二代の嫁入り道具があっただなんておかしいのではないか。

「安川さんは、奥さんのいる人に嫁いだんです。少なくとも嫁ぐという決意で、鏡台を持って井森家へ来たんでしょう」

「え、待ってください。それってどういう……？」

　ジャケットのポケットに片手を入れ、彼は小さな巾着袋を取りだした。朔実が受け取ったそれは、古い着物のはぎれを縫ったもののようだった。

不二代が手鏡を包んでいた古い風呂敷と、共布ではないだろうか。明るい青に、かすかに緑が混ざったような、やさしい色合いが同じように見えた。

「これは……？」

「鏡台の引き出しに入っていました。安川さんが、あかずの扉に入れたいと言っていたものだと思います」

「鏡台そのものじゃなかったんですか？」

朔実はてっきりそう思っていた。

「あれをこっそり持ち出すわけにはいきませんし、僕が欲しがるのも微妙ですし」

女物だし、正座をして使うものだ。隙のない洋装の風彦が、鏡台の前で正座することを想像して、朔実はつい噴き出しそうになる。

「古道具として引き取るにも、鏡もないし、不自然ですからね。とにかく、安川さんの望みはそれですよ。その生地、信夫さんのお宮参りの写真にあった祝い着の生地です。模様が同じですからね」

「そうなんですか？　よくおぼえてますね！」

写真はモノクロだったが、実際の布は青のグラデーションが印象的で、朔実には同じ生地だというイメージがわかない。しかし、松と鷹(たか)の翼らしき模様には、見覚えがある。

巾着の中は、小さな箱のような手触りだった。何が入っているのだろう。

「鏡はなぜ割れたんだと思いますか？」

風彦は問うが、彼の中にすでに答えはあるのだろう。

「あの鏡は、鏡台から取りはずせる。もしも、倒れるときに強くぶつかったなら、割れるよりも枠からはずれて落ちると思うんです」

自分の考えを整理するように、風彦は語る。

「信夫さんの記憶では、あの部屋で母親と過ごしていたところ、安川さんが入ってきて争いになった。そうして母親が倒れたということでしたね。でも、あの部屋が安川さんの部屋なら、いっしょに遊んでいたのは安川さんのほうだったのではないでしょうか」

「記憶の中で、お母さんと不二代さんが入れ替わってるってことですか？」

「巾着の中身、ちらりと見えたんですが、木の箱です。へその緒を入れる箱。安川さんが、赤の他人のへその緒を、自分の嫁入り道具でもある鏡台にしまうでしょうか」

祝い着でつくった巾着袋は、生地の端がすり切れ、色も少しくすんでいる。引き出しから何度も取り出し、握りしめたのだろうか。

「信夫さんの本当の母親は、安川さんです。そう考えると、彼にとってのやさしい母親の記憶があの部屋に結びついているのも、おじいさんが部屋を封印したのも、もっと腑に落ちるような気がしませんか？　記憶を入れ替えることが、信夫さんの心の平安のためには必要だったのでしょう。たぶん彼の、戸籍上の両親は井森さんご夫婦になっている。安川さんのことを慕いながらも、母親は奥さんだと思ってきたはず。しかし奥さんは、愛人の子供をうまく愛せなかったのかもしれない。きびしい母だったという印象が残っている。一方で、あの小部屋での母親はやさしかった。それが安川さんのことだとすると、何かに激高した奥さんが、突然ふたりのいる部屋に現れたんです」

息子は、夫の愛人である実の母親になついている。けれど本妻は、自分の息子として育てなければならない。なんとも息の詰まる状況だ。

そして風彦は、昔の場面を見ていたかのように言う。手鏡をつかんだのは、信夫だと。

彼はずっと、不二代を慕っていた。どこかよそよそしい母親よりも、親しみやすいお手伝いさんだったかもしれない彼女に、母親にするようにあまえていた。だから、とっさに不二代を助けようとした。

「想像です。でも、僕にはそう思えます」

そうして母親は倒れ、手鏡は割れた。

信夫の記憶の中で、不二代が母親を襲ったかのように修正されている。不二代が、血を流している母親を見おろして突っ立っている場面だけが頭に残り、不二代がやったのだと思い込むと同時に、彼女に嫌悪感を持つようになった。

信夫の祖父は、事件とつながるものを、信夫と不二代をつなげるものを、その場所とともに閉じこめた。不二代は、それでいいと納得したからこそ、離婚のときに手鏡だけ持ち出したのだろうか。自分を戒めるように。

亡き母はやさしい人だったと、思い込んだままでいい、その人に怪我をさせたのが自分だと気づかせてはならない。実の母が誰かも隠さなければならない。信夫にとって不二代は、嫌い続けた継母でなければならないのだ。

それが、信夫の祖父の強い思いで、あの部屋をあかずの間にした理由だった。

＊

不二代の病室にあるノートは、あれから何も書き込まれないままだ。そしてもう、二度と書き込まれることはない。井森家のあかずの間から風彦が巾着袋を持ち出してきた数日後、彼女は息を引き取った。

とうとう朔実は、ひとりきりになってしまった。けれど、最期までそばにいて、看取ることができたことで、救われていたのかもしれない。

不二代と暮らしていても、友達や恋人の家に泊まるとき、朔実はどうしようもなく孤独を感じていた。この世に自分ひとりしかいないような、宇宙に放り出されたかのような孤独は、両親がいなくなったときと同様に朔実を不安にした。火事があったあの夜、朔実はたまたま、友達の家に泊まっていたのだ。助かったとは思えず、取り残されたという感覚しかなかった。

ありふれた日常は、簡単に壊れてしまうものだと身に染みて知った自分は、きっとこの喪失感から解放されることはない。そう思っていたけれど、たとえ失っても、壊れないものもあるのかもしれない。

不二代は、想像以上に静かに、朔実の元から去っていった。そのとき朔実は、不二代との日々がくっきりと自分の中に残っているのを感じ、不思議と穏やかな、感謝の気持ちに包まれていた。

朔実は、ノートに書かれた「ありがとう」という言葉を、そっと指でなぞる。

不二代は、実の子をその手で育てながらも、他人の子として扱い、最後までうそをつき通した。そうしてずっと孤独だった。彼女がたびたび子安観音を訪れていた理由に思いを馳せ、朔実はノートを閉じる。

自分はそんな彼女に、少しでも寄り添えたのだろうか。そうだったらいいと思うために、あかずの扉に、彼女の望みどおりのものを入れるのだ。

亡くなった不二代の代わりに、朔実が手鏡と巾着をおさめてはどうか、と風彦は言った。井森邸のあかずの間がなくなると知り、新しいあかずの間を必要とした彼女の気持ちに近づこうと、それから朔実は考え続けている。

へその緒を残し、井森家を出たのは、信夫との縁を断ち切るつもりだったからだろうか。だったらなぜまた、あかずの扉を借り、手鏡といっしょにそこへ入れようとするのだろう。

まぼろし堂を訪ねると、現れた風彦は鍵束を手にしていた。大小、いろんな形の鍵がびっしりぶら下がっているリングから、ひとつだけ選んで、それを朔実に差し出した。にぶい鉛色の、小さな鍵だった。頭のほうはハートの形をしていて、唐草模様が彫ってあった。鍵穴にさし込む部分は、とても単純な造りだ。いまどき防犯には役立ちそうにないけれど、その鍵で閉じた扉は、魔法がかかるのではないか、そんな気配がした。

「ご案内します」

風彦の背中を見ながら、朔実はついていく。夜のまぼろし堂は、昼間よりも幻想的で、この世ではないどこかにいるような気がしてくる。朔実は不二代といっしょに案内されているつもりで、ゆっくりと歩いた。建物は段差が多く、床板も平らではない。不二代がつまずいたりよろけたりしたらあぶないなんて、そんなことをぼんやりと考える。明かりのない廊下もあるから、と風彦はランタンを手にしていて、炎の光とうごめく闇に気を取られていたので、自分が建物のどこにいるのかさっぱりわからなくなった。

やがて風彦は、簡素な白い扉の前で立ち止まる。促された朔実は、鍵を開け、中へ入った。せいぜい五平米くらいの、明かりのない部屋の真ん中に、風彦はランタンを置く。天井が斜めになった小さな部屋は、ランタンひとつでじゅうぶんなほど明るくなる。中にあったものは、天窓の下の簡素なデスクと椅子だけだ。

手鏡と巾着を、朔実はデスクの引き出しに入れた。

部屋を出て、しっかり扉を閉めると、またそこに鍵を掛ける。この先ここは、けっして開けてはならない部屋になるのだ。

人に貸すあかずの扉が、ここにはたくさんあるという。いろんな人の秘密がまぼろし堂におさめられているのだとしたら、ここは、住んでいる人より秘密のほうがずっと多い場所で、廊下が微妙に曲がり、柱がゆがみ、床が斜めに傾いているように感じるのはそのせいなのかもしれない。

気を緩めると体が傾いてしまいそうになって、朔実は背中に力を入れた。

金木犀の香りが意識にのぼる。不思議と朔実は、この香りに惹きつけられる。

昔、両親と暮らしていた家も、洋風の館で、金木犀の木があった。洋館のたたずまいは、朔実をまぶしかった過去へ連れていってくれるものなのかもしれない。その一方で、なつかしい家も家族も、もうないのだと突きつける。

それでも洋館に惹かれるのは、どこよりもあの場所に近いような気がするからだ。

「幻堂さん、わたしを雇ってもらえませんか？　あかずの扉のお仕事、手伝いたいんです」

気がついたら、そう言っていた。

二章　地下室の向こうへ

「リエ、ごはんにしましょう」
紀久子（きくこ）は娘に呼びかけ、窓際の小さな円テーブルにトレーを置く。自室まで運んできたまかない料理が自分たちの夕食だ。トンカツと筑前煮（ちくぜんに）、具だくさんのみそ汁とサラダ、邦子の料理はボリュームのあるメニューも多く、女の子だとはいえ食べ盛りの中学生が満足できるのはありがたい。昔は学生向けにまかないを作っていたというから、むしろ邦子は、揚げ物や肉料理のほうが得意なのだろう。

リエは隣の部屋にいる。部屋というよりは、物置といったスペースで、小さな上げ下げ窓がひとつついている。それでもリエは、そこに自分のものを詰め込み、自室のように使っている。

そもそも下宿は、単身者が寝起きするために借りる部屋なのだから、ホテルの一室くらいのスペースしかない。そのため、備え付けのベッドに占領されている。十三歳にもなれば、それなりに体も大きくなってきたリエが、母親と同じ空間で過ごすのは少しばかり窮屈かもしれない。それでも彼女は、そんなふうに口に出したことはない。今の自分たちにとって、どこよりもここは安全な場所だ。

電気ポットのお湯が沸く。急須に茶の葉を入れながら、つけっぱなしのテレビに目をやる。ニュースは、傷害事件の容疑者が手配中だと伝えている。

防犯カメラに映っている姿が、電波に乗って大勢の人にばらまかれているのだから、きっとすぐにつかまるだろう。けれど世の中、暴かれてしまうことと、隠されたままのことと、どちらが多いのか。悪いことはすべて暴かれるかのように感じるけれど、本当にそうだろうか。

「ねえ、この前のテストの結果はどうだったの？」

部屋から返事はない。あまりよくなかったのだろう。いつも人並みといったところだが、紀久子だってけっして勉強ができるほうではなかったのだから、強くは言えない。

カエルの子はカエル、という言葉が浮かび、ひとり苦笑いする。

「そうだ、来週からわたし、しばらく遅くなるけど大丈夫？　クリスマスケーキの時期だから、ごめんね」

紀久子は洋菓子店の工場で働いているが、帰りが遅くなるとリエは、いまだに少し淋しそうな顔をする。ひとりぼっちで母親の帰りを待つのは、どうしても不安がまとわりつくのだろう。

「今年も余ったケーキ、もらってくるからさ。イチゴのやつでいいよね？」

まぼろし堂のクリスマスは、邦子がケーキを焼いてくれる。ブッシュドノエルだ。それは、工場でつくるケーキよりずっとおいしいし、リエも大好きなのだけれど、紀久子が余りを持ち帰ってくるのも心待ちにしている。かたくなに、クリスマスには売れ残ったイチゴのケーキを食べたがる。

その日、紀久子がちゃんと帰ってくると信じるために。

そんなリエが、紀久子には痛々しく感じられる。いつかこの日常が、霧のように急に消えてしまうときが来るかもしれないと精一杯しがみついているかのようだから。

それとも、しがみついているのは紀久子のほうだろうか。

＊

まぼろし堂は斜面に建っている。玄関は二階にあるが、廊下がなだらかに傾斜していて、いつのまにか三階にいるかと思うと、さらに上階の掃き出し窓が地面に接していたりもする。中二階のような中途半端なフロアもあって、何階建てともいえない。建てられてから、風彦の祖父が手に入れるまでに何度か増築されていて、無理やりつなげたような廊下や外壁が、建物の姿を複雑にしている。

ここに下宿することになって、朔実はもうじき三か月だ。館の全貌もある程度わかるようになった。どの廊下と階段を使えば近道かを把握したし、迷わないようにもなった。とはいえ、外から見ると窓があるのに、その部屋にたどり着けないこともある。入れない場所も少なくないため、その向こうに廊下や階段が隠れているのかもしれない。

風彦は図面を制作中だといい、朔実にも見せてくれたが、彼にも構造がよくわかっていない箇所があるようだ。

それでも図面は、全体の形を教えてくれる。玄関のある母屋はU字形で、岩盤の崖を取り巻くように建てられているため、窓はU字の外側のみにあり、崖と接する側はすべて壁になっている。母屋の両側にのびる棟も鉤形(かぎがた)に折れ曲がっている。

どうしてこんな建物を造ったのか。住めばなおさら謎めいて感じられる。

大学から帰ってきた朔実は、ゆるやかに続く坂道をのぼりながら、小高い場所に見えてきた塔屋に目を凝らす。

木々はすっかり葉を落とし、建物が外からも見やすくはなったが、灰色の空を背負った灰色の建物は、ますます近寄りにくい雰囲気だ。

さっきから、風に乗ってきた雪がちらついている。やがて坂道は傾斜がきつくなり、両側に木々がせまる山道の様相になると、その先に、まぼろし堂の傾いたまま閉じている門扉が見えてくる。と、そこに見たことのない男がひとり立っていた。

くたびれたジーンズにスニーカー、黒いコートは薄っぺらくて寒そうだ。キャップを深くかぶり、けだるく門柱に寄りかかっている。若い男だ。学生には見えないが、たぶん、朔実とそう変わらないくらいだろうか。

「あの、ここにご用でしょうか?」

思い切って声をかけると、男ははっとしたように振り返ったが、こちらが女ひとりだったことで優位に立ったつもりか、じろりとにらみつけてきた。

「あ、何だよあんた」

「ここの住人です」

「ふうん、なら教えてくれ。四十くらいの女が住んでるだろ?」

思い当たるのは、曽原(そばら)紀久子だ。化粧映えする派手な顔立ちで、服装も若いからか三十代の前半くらいに見えるけれど、四十歳だと聞いたことがある。朔実が下宿人になる前にはコーヒーを淹れてくれたことがあるが、下宿してからはめったに顔を合わせることがなく、会ってもそっけない態度だ。あきらかに、下宿人とは交流したくないようだった。

彼女のことを、この男に教えていいものだろうか。男の態度に警戒心をいだいたこともあって、答えるのは思いとどまった。

「そいつに会いたいんだけど」

　紀久子は仕事に出かけているし、風彦も平造も外出している。内海は部屋にいるのかいないのかわからないが、いないことが多いし、何かのときに頼りになる人かどうか疑問だ。館の中にランや邦子しかいないとなると、あやしい人を入れないほうがいいだろう。

「さあ、わたしはちょっと、入居したばかりなのでわかりません」

「わかるやつ呼んでくれ」

「出かけてます」

「じゃあ、その女の娘がいるだろ」

「娘……？」

「そこの道で声をかけたら逃げ出してね。こいつを落としていった。中にいるんだろ？」

　男は、クマのマスコットを持ち上げてみせた。紀久子に娘がいるのかどうか、朔実は知らない。子供が住んでいるなんて聞いたことがない。男の言う子供が、本当に紀久子の娘なのかどうかもわからないが、マスコットによく似たものは見たことがあった。紀久子の部屋のノブにぶら下がっていて、彼女の手作りだと聞いたことがある。

「なあ、中で待たせてくれよ」

　うっすらと開いた門扉に、男は手をかける。それは悲鳴のようなきしんだ音を立てるが、慣れていないと思うようには開かない。乱暴にゆさぶるものだから、門扉は金切り声をあげる。

「おい、何をしてる」

　割り込んだ低い声は、内海だった。庭にいたのだろうか、のっそりとこちらへ向かってきた彼は、門扉をはさんで男と向き合った。

「ここに何の用だ？」

内海がにらみをきかせただけで、男は舌打ちをして去っていったが、朔実はほっとしていいのかどうか迷った。

「今のは？　知り合いか？」

そのまま怖い顔で、彼は朔実を見る。ぶっきらぼうな低い声と、ボサボサのまま伸びたくせ毛。ガウンかコートかよくわからない、煮染めたような色の上着を羽織っている。もう夕方だが、起き抜けのようだ。

「いえ、あの……」

紀久子の知り合いかもしれないが、そのことを内海に言うのはためらう。

「もしかして彼氏か？　痴話喧嘩（ちわげんか）なら、割り込んで悪かった」

「えっ、そんなんじゃありませんっ！」

朔実の反応を見てにやりと笑う。無口かと思うと、からかうようなことを言ったりもするから戸惑うし、軽い冗談なのか意地悪なのかもよくわからない。

どういうわけか、朔実は何かと話しかけられる。風彦の事務所で手伝いをしているからかもしれない。内海は、意外と風彦とはうち解けているようなのだ。

「知らない人です。ありがとうございました」

朔実が頭を下げると、「ならよかった」と口の端を上げる。朔実は、ついでにと思いつき、訊いてみることにする。

「内海さん、ここの下宿人に、子供っています？」

「子供？　見たことないいな」

やはりあの男の勘違いか、と考えている朔実の前で、内海はきびすを返すと玄関のほうへ戻っていった。

ここに住んでみてわかったが、下宿人どうしは、あまり交流はないようだ。毎日顔を合わせるのは、家主の幻堂颪彦と、管理人の倉田（くらた）夫妻というところだった。

九月に不二代が亡くなり、もう三か月になる。その後間もなく、朔実はまぼろし堂に引っ越してきた。不二代と住んでいた家を出る必要に迫られたからだ。とりあえず、新しい部屋が借りられるまでいればいいと、颪彦が勧めてくれた。一方で彼は朔実の、ここで働きたいという希望は受け入れてくれなかった。

「僕の仕事はほとんど道楽なんで」

「でも、前に雇っていた人がやめたんですよね。わたし、雑用でも何でもします」

「将来のある人が、こんなところで働いても、いいことなんてありませんよ。ここは時間が流れない、化石みたいな場所なんですから」

そんなやりとりをしたが、颪彦の考えは固く、結局朔実は、内定をもらった家具の会社に就職を決めた。それでもあきらめたわけではない。とりあえず大学を卒業するまでは、雑用のバイトとして雇ってもらうことに成功した。

将来があると言われても、本当のところピンとこない。未来の自分がどんなふうなのか、想像できないし、たぶん、想像しないようにしてきた。そもそも今の自分は、かつて想像もしなかった状況にいる。だからといって、けっして不幸ではないのだから、両親を亡くしたとき不二代が現れたように、どこからか与えられた縁を大事にしたいのだ。

風彦とこの洋館は、朔実にとって不思議と心地いい。そんなふうに思える縁はきっと少ないから、めずらしく執着している。

与えられるものを受け入れて、流れに身を任せれば、自然と望んだ場所にたどり着く。そんなことを不二代が言っていた。朔実と同じように、彼女も身内がなくひとりきりだったけれど、晩年の不二代は、生け花を教えながら弟子や友達に囲まれにぎやかだった。

朔実はときどき、落ち着きすぎていると周囲に言われることがあるが、達観したような不二代と暮らしていたせいなのか、早くに親を亡くしたせいなのか、もともとこういう性格なのか、よくわからない。でも、流れに身を任せている自分はけっしてきらいではない。

まぼろし堂に借りた部屋も、気に入っているしすぐに馴染んだ。

朔実の部屋となったのは、十三平米ほどの洋室だ。観音開きの出窓があり、クリームイエローの壁紙に、白い天井を飾る花の綱飾りも美しい。風呂やトイレは共同だが、洗面所は部屋にある。そういう客間がもともといくつかあったらしく、下宿として貸すようになったという。

「幻堂さん、下宿屋と、あかずの扉を貸すっていう副業は、どうしてはじめたんですか?」

熱心に図面を引いていた彼が、一息ついたタイミングで、朔実はコーヒーを淹れる。

「もともと祖父がやってたんです。ここを買い取ったのも祖父なんだけど、とにかく変わり者でした」

朔実はなんとなく、絵本に出てくる魔法使いみたいな風貌の老人を想像した。

「どんなふうに変わってたんです?」

朔実が淹れたコーヒーを飲むために、彼は製図台からデスクへ移動する。パソコンを使わずに、いまだに手で図面を引くことがある。昔の設計者と同じやりかたで手を動かすことによって、どういう意図でどう建てたかが見えてくるような気がするのだそうだ。

「医者でしたが、霊魂に興味がありました」

「えっ」

「意外ですか？　医者だなんて」

「いえ、そちらでなく」

ああ、と頷く風彦は、どこか感覚がずれている。

「体から離れた魂は、どうなると思う？」

まじめな顔でそんなことを問われたら、朔実もまじめに考えるしかない。そういう突拍子もないことを話しているとき、風彦は何だか楽しそうに見える。

「建物に宿るんだろうか。祖父は、死の際にある人を何人も看取りながら、そんなことを考えていたようで」

「建物に？　どうしてなんでしょう？」

「人がいない場所には幽霊もいない、というか、怪談も成立しないように思いませんか？　自然に支配されている場所では、その圧倒的な力が神や魔物をはぐくむことはあっても、人の魂なんて吹けば消えるようなちっぽけなもの、ということなんでしょうか」

「たしかに、人がつくったものに現れるほうが似合うかもしれませんね。古城とか、難破船とか」

「それです。それにこの館が、迷路のように複雑でいびつなのは、祖父によると、あの世とこの世を行き来するためらしいです」

古い洋館で幽霊の話をはじめると、そういうものを呼んでしまいそうだとか、非科学的なことが脳裏をよぎって寒気がする。真っ昼間なのと、設計事務所の散らかり具合があまりにも現実的で、かろうじて朔実は冷静になる。

「なんだか、オカルトっぽいですね」

「オカルトですよ。ゴシック・リバイバルは、オカルト全盛期の代物だしね」

十九世紀のゴシック・リバイバルは、ゴシック建築の復活だったが、建築だけでなく、そのころに蔓延（まんえん）したオカルティックな芸術や文化、時代の空気ともつながっているように、朔実には感じられる。『吸血鬼ドラキュラ』に『フランケンシュタイン』等々、恐ろしくもロマンチックな小説を生み、真剣に霊魂と接触しようという試みに夢中になった人々の間に降霊術を流行（はや）らせている。

そしてこのまぼろし堂の建物、アメリカン・ヴィクトリアン様式も、イギリスの石造りのゴシック建築をアメリカに持ち込もうとし、石材より木材が豊富だったかの国で、木造建築として流行したものだ。

オカルトに興味があったから、風彦の祖父はこの建物に惹かれたのだろうか。

「そういえば、アメリカの、ウィンチェスター・ミステリーハウスも十九世紀の建物ですよね」

朔実が言うと、風彦は大きく頷いた。

「ここと似ているなと、僕も思ったことがあります」

建物に興味があった朔実は、本で読んだことがあった。カリフォルニアにある、持ち主が死ぬまで増築を続けた奇妙な建築物だ。

「あれもアメリカン・ヴィクトリアン様式ですか？」

「正確には、クィーン・アン様式だけど、ヴィクトリア時代のものだし、当時の流行が色濃く反映されていますね。霊媒師の助言を得て、悪霊を近づけないようにと複雑な増改築を繰り返したというもので、持ち主のサラ・ウィンチェスターは、周囲で不幸が続いたために呪われているように感じ、集まってくる悪霊が道に迷うよう、行き止まりの廊下や階段、開けられないドアとか、とにかく奇妙な家を、死ぬまでずっと造り続けたのだとか」

そう、そんな建物だった。

「まさか、ここにも悪霊が集まってくるんですか？」

ちょっと怖くなってきた朔実は、つい真剣な声をあげる。風彦はくすりと笑う。

「僕は何も見たことがありませんよ。悪いものは何も」

悪くないものなら見たのだろうか、とふと感じた。でも、怖いものでないならいい。

「ようするに、ミステリーハウスは霊の道を遮断しようとし、こちら側に出てこられないようにしたわけですが、ここは、道しるべをつけてあの世と道をつなごうとしたのだと、まあ祖父はそう言うわけです」

でもやっぱり、怖そうな話だ。

「じゃあ、霊の道しるべがあるんですか？」

「あかずの扉ですよ」

開けてはいけない扉。まるで結界のようだ。それはつまり、あちら側からなら開けられるということなのだろうか。

「結局、あの世とつながることを望んだ祖父は、会いたかった人には会えなかったようですけどね」

「それは……、残念ですね」

朔実も、亡くした人のことを考える。幽霊でも怖くない。夢の中で泣き続けているような、現実の悲しさよりももっと混じりけのない感情で胸がいっぱいになる。

「僕は、思うんです。あかずの扉を借りたい人は、隠したい秘密をこの世とあの世の狭間（はざま）、消滅する一歩手前に置きたい人です。そこは、存在と非存在の曖昧な場所、この世のルールも善悪もない。そこに隠されているかぎり、どんな秘密も守られる」

真実だけが人を幸せにするわけではない。ここにいると朔実は、曖昧さを心地よく受け止めている。誰を恨むこともなく、秘密をあかずの間に込めた不二代の思いを感じ、いなくなった人が、ほかの場所よりも少しだけ近いように感じられた。

事務所のドアを、誰かがノックする。朔実がドアを開けると、内海が眉間にしわを寄せて立っている。見おろされて、つい緊張する。

「風彦くんは？」

ただ、「風彦くん」と呼ぶときの彼は、まったくと言っていいほど、あぶない匂いがしないのだ。

「あ、はい」

「どうしたんですか、内海さん」

風彦は衝立（ついたて）の向こうから顔を出す。

「雨漏りでもしましたか？」

ここではよくあるトラブルだ。すぐに修理をする風彦は、大工並みの知識と技術もある。古い建築物の構造や資材を熟知していて、その場しのぎではなく、建物を昔のままに維持すべく修復していく。よほど大がかりな修繕以外、ほぼ彼が自分で手を入れている。

「昨日から地下で変な音がする。動物でも入り込んでるんじゃないかと思ってな」

困ったように、内海は無精ひげを生やしたあごを撫でた。

「内海さん、ここは地下室もあるんですか？」

地下室の存在を、朔実は知らなかった。聞けば俄然興味がわいてくる。

「ああ、昔、地下では人体実験が繰り返されてたんだってよ」

「じ、人体実験ですか……？」

「内海さん、やめてください。またそんなふざけたことを」

風彦はあきれ顔だ。

「そんな噂だぞ」

「人体実験、軍の秘密基地、スパイの養成施設、噂ならいくらでも。鵜呑みにしないでくださいよ」

「しかしここ、誰が何のために建てたのかよくわかってないんだろ？」

「まあそうですね。建てたのは奇術師だそうですが」

「奇術師？　有名だったのか？」

「さあ、明治時代のことですし、実在の人物かどうかもあやしいですね。その人にはほかにもいろんな肩書きがあって、美術商だったという話も聞きました」

「架空の人物は家を建てられない。実在の変人ってとこだな」

「ええ、謎めいた人が建てたと聞けばもっともらしい。建てられた後もここは増築が重ねられたようだし、急に売られて持ち主が転々とした時期は、管理人がいたもののほとんど廃墟になっていたそうです。それに、もともとそういう、増築を予定していた設計だっていうのも、ますます何のためにそうしたのかわからないんです」

「増築を予定してるって、完成図が今の建物よりもっと大きいってことですか？」

「完成図も設計図もすでにないんですよ。ただ、建物の構造が、増築を見込んだものになっていて、建物を完成させるにはつぎ足していかなきゃならないわけです。たとえば、行き止まりの階段は、柱や梁の構造も、その上に部屋がつくられるという前提なんです」

「じゃあ、ドアだけが埋め込まれた壁とかありますけど、その向こうに部屋をつくる予定だってことですか？」

「そうです。少しずつ、建物の意図に沿うように僕も手を加えてはいるんですが、まだ完成するには至っていません」

「設計したやつ、どうかしてるな。百年単位で建築中って、ガウディかよ」

朔実はめずらしく内海に同意して大きく頷いた。

「それにしたって地下はもっと妙だ。階段もない、落とし穴の底みたいな部屋なんて、何に使うんだよ」

地下はそんなふうになっているらしい。朔実が想像した地下室とはまったく違う。

「もしかすると、舞台装置みたいなものだったんじゃないかと。ほら、奈落ってあるでしょう。床がせり上がったり沈んだりで、マジックの仕掛けに必要だったとか」

なるほど、奇術師の館ならあり得る。風彦の説明に、朔実は少しほっとする。謎めいた館にも、本当のところは合理的な意味があるのかもしれない。

「で、内海さん、地下室ですが、いちおう調べてみましょうか」

「ああ、頼むよ」

「じゃあ水城さん、手伝ってくれますか？」

そうして朔実は、大きな懐中電灯を手にした風彦といっしょに、今存在を知ったばかりの地下室へ入っていくことになった。

サロンと呼ばれる広い部屋には、左右からカーブを描いて中二階のバルコニーにのぼる階段がある。手すり子に施された彫刻も美しい優雅な階段だが、その下に視線を動かすと、隅っこに小さなドアが目についた。とくに鍵はなく、簡素な造りのドアを開けると、下方へ続く階段が現れる。狭くて傾斜も急な階段だ。足元に気をつけながらゆっくりおりていくと、広い部屋が現れる。

ここは朔実も知っている。二階のサロンからおりた場所なので、一階と認識している部屋だ。事実、窓は地上に面しているが、窓辺に立つと腰の高さくらいが地面なので、半地下といった構造だろう。

外の光が入ってくるその部屋は、ごくふつうの遊戯室だ。鏡板張りの黒っぽい壁は高級感があり、ビリヤード台らしきものとグランドピアノが置いてあった。

「物音、聞こえますか？」

立ち止まった風彦が、周囲に耳をすました。朔実もそうする。何の音も聞こえない。

座り込んで、彼は床に耳を押しあてた。

「やはりこの下でしょうか」

「まだ下があるんですか？」

「奈落の地下です。さっき話してた、出入り口が穴になってるっていうあれです」

「穴はどこに？」

風彦は、広い部屋の真ん中へ進み出る。市松模様の床板は、そこだけ少しデザインが違っている。よく見ると、床板がはずせるようになっていた。

下には真っ暗な空間があった。ライトで照らしてみると、穴はかなり深い。床は下の部屋の天井という高さなのだから当然だ。

ごそごそと何かが走り回る音が朔実にも聞こえた。小動物が入り込んでいるのは間違いなさそうだ。

「外から入ったんでしょうか？」

「通気口かもしれないですね」

「しかしなあ、天井の穴しかない地下室なんてやっぱり変だ。奈落なら、ほかにも出入り口があるはずだろう」

内海が遊戯室へおりてきてそう言う。肩に担いでいる折り畳まれたものは梯子だろうか。手には虫捕り網を持っている。

「ところで内海さん、それ、どうするんです？」

風彦は、網が気になったらしい。指差して言った。

「ああ、もちろんつかまえるんだよ」

ライトが届く範囲に、生き物がいる様子はない。地下室の壁にはドアがあるので、まだほかにも部屋がありそうだ。

「虫捕り網でつかまえるなんて無理よお」

そう言いながら階段をおりてきたのはランだ。彼女が幽霊かもしれないなんて、朔実はもう悩んだりしないが、現実離れした雰囲気は相変わらずだ。いっしょに、管理人の倉田平造も現れる。

平造が、罠つきのケージをかかげてみせた。内海が頼んでおいたのだろうか。

「ああ、これなら野生動物と戦わなくてよさそうだ。こんなのよくありましたね」

「昔はキッチンに置いてたのよ。あのころは、イタチやキツネもよく見かけたわ。穣治さんが、子ギツネを拾って飼おうとしたこともあったわね。平造さん、おぼえてる？」

穣治というのは、風彦の祖父だ。ランが言うと平造は黙って頷くが、なつかしそうに目を細めている。

「結局親がさがしに来たから帰したけど、その子ギツネなのか、ときどき餌をもらいに来てたわ」

「なら、この地下に動物が迷い込んだこともあったのか？」

内海の問いに、ランはしばし考え込んだ。思い出そうとしているのか、じっと目を閉じる。

「骨が、見つかったことがあったわねえ。白くてきれいな骨よ。穣治さんが洗って本棚に飾ってたけど」

それはみんなして聞き流した。

結局、風彦が罠をしかけることになった。地下室の構造を多少なりとも知っているのは風彦だけだ。

「風彦さん、私も行きますよ」

ここではじめて、平造が声を発した。しかし風彦は、大丈夫だという。梯子の上り下りをさせるには、平造の年齢を気にしたのかもしれない。

梯子を穴のそばに設置し、レバーをまわして下へとおろす。ぎりぎり床に届くと、風彦はライトを片手におりていった。それから内海が、ケージをロープで下へおろした。

「おい、何かいるか？」

「いえ。これだけ騒がしくしてたら、どこか奥に隠れたでしょう。逃げ出したかもしれませんし」

とにかく動物が通りそうな場所にケージを置くと言い、風彦の姿が視界から消えた。朔実たち四人は、そこでじっと待っていた。地下室の奥も、館のように複雑なのではないだろうか。道に迷ったりしないだろうかと、朔実はかすかな不安を感じ、落ち着かなかった。

「幻堂さん、ひとりで大丈夫でしょうか」

「内海さん、いっしょに行ってあげればよかったのに」

ランもそう感じたようだ。

「俺は閉所恐怖症だ」

本当だろうかと思うほど、堂々と彼は言った。

しばらくして、何も見つからなかったと言いながら風彦は戻ってきた。罠のついたケージを置いてきただけだったが、その後、内海の部屋で聞こえた物音はなくなったらしい。

小動物がいたのなら、どこから来てどこへ行ったのだろう。音や気配はまぼろしだったのだろうか。

出入り口が天井に開いた穴だけだという地下室は、容易に出入りできない空間だ。お釈迦様(しゃかさま)が蜘蛛(くも)の糸を垂らしてくれないと出られない。

地下室には、あかずの扉があるのだろうか。この世とあの世をつなぐ扉を抜けて、小さな白い骨が現れる……。そんなイメージが、朔実の脳裏に浮かび、すぐに消えた。

＊

若い男が訪ねてきたと、帰宅した紀久子はドアの下に入れられていたメモから知った。朔実が書いたようだ。新しい下宿人の彼女を、紀久子はなるべく避けているため、顔を合わせる機会がないからとメモにしたのだろう。

朔実とは、彼女が下宿人になる前に一度話したことがあるが、悪意や表裏がありそうには見えなかった。しかし、ただの訪問客と近くにいる下宿人とでは、紀久子にとっては大きく違う。他人を信用してはいけないし、避けるに越したことはない。さらにメモの内容は、紀久子に強い危機感をいだかせるものだった。

ああ、あいつだ。きっとそうだ。深い沼にゆっくりと沈んでいくかのような焦燥感にとらわれながらも、手を打っておかねばならないと、紀久子は朔実に会うべく、食堂へ向かった。

彼女はそこで、あたためたミルクを飲みながら家計簿を付けている。若いのに几帳面(きちょうめん)で、しっかりしている。無計画で失敗ばかりしている自分とは違う。

「メモ、見たわ。ありがとう。それにしてもやあね、そんな知り合いいないし、気味が悪い。もしまた来ても、わたしのことは言わないでね」

「はい、念のため、幻堂さんか邦子さんにも伝えておきましょうか？」

「ううん、その必要はないわ」

朔実は素直に頷く。きっと、まっとうに生きてきて、むやみに人を傷つけることもなく、ずるさで身を守ることもなかったのだろう。

だからこそ紀久子は、朔実を警戒している。彼女は、紀久子のような人間を受け入れられないかもしれないから。

「ねえ、朔実ちゃんは、あかずの扉を借りた？」

なのにどうして、そんなことを訊いてみる気になったのだろう。警戒しているのに、彼女のことを知りたいような気がする。孤独だから、別の孤独な女は、何を思い、何をささえに生きているのだろうと思ったからか。

「いいえ、わたしは、あかずの扉に入れるものがないんです。秘密にしたいような、大切なものが何もないから」

意外な言葉に、紀久子は首を傾げた。

「秘密って、大切なものなのかな」

「大切でなかったら、忘れてしまうか、人に話してしまうか、どちらかだと思うんです。あかずの扉は、強い意志で何かを決めた人が持つものって気がするんですよね」

自分はどうだろう。忘れもしないし、誰にも話したことはないけれど、あかずの扉に入れたものは、むしろ消してしまいたい事実のように感じていた。なのに、何を心に決めているというのだろうか。

決められなくて、迷い続けている。さんざん迷って、悪い結果になるばかり、そんな気がしているのに。

「そっか、大切なのかなあ」

それでも紀久子は、噛(か)みしめるようにつぶやいていた。

「雪、やみませんね」

顔をあげ、窓のほうをちらりと見た朔実は言う。外は暗くてよく見えないが、窓ガラスに白いものが貼り付いては消える。

「今夜は冷えるでしょうね」

「地下室は寒いんでしょうか。動物が入り込んだみたいだって、内海さんが言ってて、今日、幻堂さんがケージを仕掛けておいたんですけど」

「動物って、猫とかイタチとか？」

「わかりませんけど」

「どこから入っちゃったのかしら。かわいそうに、出られないまま死んじゃうかもね」

言ってしまってから、紀久子ははっとする。死んでしまうなんて縁起でもない。

朔実が怪訝な顔でこちらを見ている。紀久子は急いで食堂をあとにした。

紀久子が〝まぼろし堂〟に住むようになったのは四年前だ。離婚して、家を出たばかりだった。実家に居場所がないことは承知していたから、帰ろうとは思わなかった。ウィークリーマンションに部屋を借りながら、住む場所と仕事をさがしていたが、保証人もいない女にはどちらもなかなか決まらない。

そうしてあの日、ふらふらと都会を離れ、電車に乗ってここまでやってきた。海を見たいと思ったからだ。昔、実家に近い病院の窓から海を見た。高台の小さな医院だった。窓の外に雪のちらつく海の風景が、頭にこびりついている。でも、ここはまったく違う場所だ。

なんとなく、高台から海が見えることをイメージして、はじめて鎌倉を訪れた紀久子は、小雪の中、山のほうへと坂道をあがっていったのだった。

まぼろし堂からは、海は見えない。そもそも土地勘がまったくない場所で、適当にバスを乗り継いだときから、行くあてもなく運に身を任せていた。結局、海が見えなくてよかったと思う。昔のことをいちいち思い出したくはないのだから。

紀久子は部屋へ戻る。リエはまた、小部屋にこもっているようだ。人目につくことを、彼女は苦手にしている。このごろはたまに外出もできるようになってきたが、人の多い場所が苦手だ。小部屋が気に入っているのは、紀久子の部屋からしか出入りできず、直接廊下につながっていないこと、小さくても窓があるので閉塞感はなく、外と接していることが理由だ。もし誰かが入ってきそうになったら、窓から抜け出せる、というのがリエにとって重要なのだ。

テレビを見ながら、紀久子はついうたた寝をしていた。浅い眠りは彼女に夢を見せる。どこともわからない部屋に自分がいる夢だ。サッシの外に狭いベランダがある。水玉模様のカーテンがゆれている。紀久子がまぼろし堂の自室にかけているのと同じだけれど、夢の中の彼女は、まぼろし堂など知らない。ただ、カーテンも部屋も気に入っていて、おだやかな気持ちでそこにいる。

ひざが不思議と暖かいのは、電気毛布をかけているから。けれど、夢の中の紀久子は、ひざに乳児を座らせている。

紀久子のひざの上で、ウサギのぬいぐるみをぎゅっと抱いてる、その小さな子が愛おしい。

ああよかった。あなたといっしょにいられて。

安堵感(あんどかん)で胸がいっぱいになり、泣きたくなった。幸せなのに悲しい。小さな手が紀久子の頬に触れる。夢の中の手が冷たかったのは、現実の涙で頬が濡(ぬ)れていたせいだろうか。紀久子は冷たさに、ゆっくりと夢からうつつへと引き戻される。

まぶたを開くと、上げ下げ窓の外に音もなく雪が舞っているのが見えた。

やっぱり、夢だった。目覚めてしまうと途方もなくむなしいのに、あの子がそばにいるかのような幸福感は、不思議とまだ紀久子を包み込んでいる。

首にぶら下げた鎖をたぐる。ニットの下に隠れているものは、小さな銀色の鍵だ。彼女がこのまぼろし堂に借りている、あかずの扉の鍵だった。

あかずの扉に入れるものは大切な秘密だと、朔実が言っていたことが頭に浮かぶ。でも紀久子は、見たくないから封印した。捨てたほうがよかったのではないだろうか。そう思うのに、なぜあかずの扉を借りたのか、急に疑問に感じていた。

ぼんやり眺めていた窓の外に、ふと不自然な光がちらついた。何だろうと、紀久子は見入る。誰かがライトを手に歩いているようだ。部屋は小庭に面しているが、こんなに夜も遅くなって誰が小庭をうろつくというのだろう。目を凝らす。重なる枝と雪の向こうに、うっすらと黒い影が動く。印象では男性のようだ。やがて建物の陰に入って見えなくなるが、紀久子はいやな予感がした。

どう見ても風彦ほど背が高くはない。かといって、熊みたいな平造でもない。内海は、手入れされていない茂みの中をわざわざ歩かない。それに、背格好があの男に近いように思えたのだ。

紀久子は自室を出て、人影を追うように廊下を進む。小庭に続くドアが開け放されたままになっていて、さっきの男がそこから中へ入ったのはすぐにわかった。

濡れた足跡が、木目の床に続いている。追うようにたどっていくと、突然柱の陰から手がのびて、紀久子はぐっと腕をつかまれた。

「久しぶりだな」

黒いコートを着た、青白い顔の男が紀久子を覗き込んだ。

「どうして、ここがわかったのよ……」

「実家に住所知らせてるだろ」

「実家に……、訊いたの！」

「あんたに金貸してるって言ったら、すぐに教えてくれた」

そうだろう。実家には一度だけ手紙を送ったことがある。そのときにここの住所も書いて、お金を貸してほしいと頼んだが、返事はなかった。

「何の用よ、通報するわよ。あなた、傷害事件を起こしたでしょう？　酔って絡んで殴っただなんて最低。相手は意識不明だってニュースで見たけど、防犯カメラの映像、すぐにあなただってわかったわ」

知ってるのか、と彼はおどけたように肩をすくめた。

「なら話は早い。金がいるんだ。逃亡資金にさ」

「お金なんてないから」

「あんたが持ってなくても、ここにはあるだろ？　古いがこれだけの屋敷だし、資産家だって噂も聞いた」

男の名前は近藤竜治（こんどうりゅうじ）。紀久子はこの男が嫌いだ。悪事に抵抗がなく、身勝手な犯罪行為を繰り返してきた。他人は利用するためにいるとしか思っていないし、仲間といえば同類ばかり、お金しか信用していない。そういう男が、紀久子に泥棒の手伝いをしろというのだ。

「バカ言わないで、出ていって。でないと本当に通報するから」

きつく言っても、彼はにやにや笑っている。当然だ、紀久子は以前、彼の力を借りたことがあるのだから。

「あのときの金はもうないのか？　でなきゃこんな、幽霊屋敷みたいな下宿屋に住んでないよな。男にでも貢いだか？」

「あなたに関係ないでしょ」

「おれのおかげで手に入った金だ」

　近藤が紀久子に近づいてきたのは、そもそも元夫が紀久子との離婚を考えたからだ。別の女性ができたものの、なるべく有利に離婚したいと考えたらしく、そのころ〝別れさせ屋〟の仕事に足を突っ込んでいた近藤が雇われたのだ。

　紀久子は若い男が好きだと、たぶん夫は思い込んでいた。夫も六歳年下だったが、さらに若い二十歳くらいの青年に目が行ってしまうことが、紀久子にはよくあった。カフェでレポートを書いている学生、デート中、ジョギング中の若者たち。その姿をじっと眺め、物思いに耽る紀久子には、元夫も眉をひそめたくなっただろう。

　近藤も、あのころ二十歳そこそこで、大学生と偽って、紀久子の勤めるパート先にバイトとしてやってきた。斜に構えるところはあるものの、仕事を教わりながら何かと紀久子を頼りにし、かわいいところのある仕事仲間だったが、個人的な相談を持ちかけられたり、仕事先以外の場所で会おうと誘われるようになった。

　彼のほうから、自分が〝別れさせ屋〟だと打ち明けてきたのは、紀久子をホテルに誘ったもののきっぱり断られたからだろうか。彼は、夫の手の内を紀久子に暴露し、逆に夫から手切れ金を搾り取ってやればどうかと提案してきた。

　夫の浮気には気づいていたが、離婚を望むだけでなく紀久子をおとしめようとしたことはショックだった。だからつい、近藤の口車に乗ってしまったというのは言い訳にすぎない。紀久子自身、卑劣な人間なのだ。

すべてが裏目に出る。自分のためにしろ誰かのためにしろ、判断を間違える。どういうわけか、間違ったほうしか選べない。

夫に離婚を告げられた紀久子は、家から通帳と印鑑を持ち出した。近藤が夫のふりをして預金を引き出し、そのまま家を出たのだ。

負い目があったからか、それほどの金額ではなかったからか、夫は何も言ってこなかった。結局そのお金は、手数料と称してほとんど近藤が巻き上げていった。

「それにさあ、紀久子さん、通報なんてできないだろ？　あんたの娘のこと、知ってるよ」

そんな気はしていた。弱みを握っているからこそ、紀久子のところへやってきたのだ。

「娘なんていないよな。なのに、赤の他人とあんたは、ここで親子みたいに暮らしてる。娘はめったに外に出ないし、出かけるときは人目につかない裏口を使う。学校にも行ってない。どっかから連れてきた子を、世間から隠して育ててるわけだ。なあ、それって犯罪じゃないの？」

少しだけ、紀久子は迷った。でも、考える前から答えは決まっていたような気がした。

「お金、あかずの扉の中にあるわ」

「あかずの扉？」

「ここは、あかずの扉を貸してくれるの。部屋がたくさん余ってるから……」

あかずの扉の意味なんてどうでもいいのだろう彼は、急いでまた口を開く。

「で、どこだよ」

紀久子は歩き出した。

サロンへ行き、階段下のドアを開けると、下へおりる階段が現れる。奥は真っ暗だが、近藤は小型のライトを持っている。

「この下に、地下室があるの」

紀久子は近藤を促した。ビリヤード台が置かれた遊戯室の中ほどへ進み、市松模様の床板を見おろしつつ足を止める。

「ここが地下室？　窓があるけど」

「違うわ。こっち」

指差した場所を、近藤はライトで照らす。床板には、目立たないが取っ手になる金具があり、持ち上げれば開くようになっているのがわかる。

「鍵もかかってないじゃないか。なのにあかずの扉？」

床板をはずすと、ぽっかり開いた穴になる。近藤がそこを覗き込んだとき、紀久子は全身が心臓になったかのような動悸を感じた。今だ。力を入れてあの背中を押せばいい。

一歩踏み出したとき、近藤は振り返った。さっと身をひるがえし、紀久子の腕をつかむとねじり上げる。

「おれを出し抜くつもりか？　無理だよ。あんたすぐ顔に出るからな。だまされる側の人間だってことだよ」

そのとおりだ。紀久子はいつも、人にだまされ、裏切られてきた。でも、近藤だって似たようなものだ。他人を出し抜いているつもりでも、けっしてうまくいっていない。

「だったら、あなたはだます側の人間なの？　苦労したんだから、人の気持ちがわからないわけじゃないでしょう？」

前に彼が言ったことがある。本当の両親を知らないと。生まれてすぐに養子に出されたが、養父が亡くなると、養母はひとりで彼を育て、無理をして体を壊したという。

「苦労？　あんなの本気にしたのか？」

「だって、お父さんは海でおぼれたあなたを助けようとして……って。お母さんが過労で倒れたのも、あなたは、自分を責めて」

だから彼は家を出たと、紀久子に語った。自分を引き取ったりしなければ、養父母はおだやかにふたりで暮らしていただろう。本当の子供じゃないのに、疫病神みたいなものだと、苦しそうに打ち明けた。

彼は養父母を慕い、感謝していたからこそ悩み、家を出たのだと、紀久子には素直に感じられたのに。

「うそに決まってんだろ。作り話。苦労なんて知らないね。出来損ないの息子がいなくなって、ほっとしてるだろ」

この男はうそつきだ。利用できると踏んだ人間をその気にさせるために、軽々とうそをつく。あのとき、苦しい身の上を語ったのも、紀久子の同情を誘うため。なのにうそを見抜けないから、紀久子はいつも損をしてきた。間違った選択をしてしまうばかりだった。

だったらリエのことも？　間違っていたのなら、あの子の将来をねじ曲げてしまっただけだ。そう思うと、力が抜けた。

「紀久子さん！」

悲鳴のような声が聞こえ、近藤が力をゆるめた。立っていられずに、紀久子はその場に座り込む。朔実だ、とぼんやりした頭で考えていると、彼女は駆け寄ってきて、紀久子を守るように近藤とのあいだに割り込んできた。

「あなた、勝手に入ってきたんですか？　出ていってください！」

近藤は、朔実に手をのばそうとする。ああだめだ、彼女を巻き込んじゃだめ。これ以上、間違えたくないのに。

やめて。声にならない言葉で止められるわけもなく、朔実ははねのけられて倒れた。ふと見ると、紀久子の目の前に近藤が無防備な足を踏み出している。とっさに紀久子は、近藤の足に飛びかかっていた。

片足をすくい上げられた彼が、倒れ込んだところは床に開いた穴だ。その体が、ぽっかりと口を開いた場所へ吸い込まれていく。紀久子は、彼がとてもゆっくりと落ちていくように感じながら、じっと息を止めていた。

人が落ちた音は、想像以上に大きく周囲に響いた。穴の下からはうめき声が聞こえる。怪我をしたのだろうか。助けなければ。一瞬だけそんなことが頭をよぎったが、あわてて穴に駆け寄ろうとした朔実を制し、紀久子は無言で床板を動かす。

また間違えるの？

でも、いったい何が間違いか、誰にわかるというのだろう。ふたをして、忘れてしまえば、何も起こらなかったことになる。みんな、そうやって過去を封印しているではないか。

だから、これでいい。これでいいのよ。紀久子は胸元に手をやる。ネックレスのチェーンを、祈るように握りしめる。

「紀久子さん……！」

上から床板を閉じてしまうと、不思議なほどうめき声は聞こえなくなった。全身が震えていたが、そんな体にどうにか力を入れる。

「行こう、朔実ちゃん」

「で、でも、このままじゃ中の人……」

「いいから早く!」

引きずるように朔実の手を引き、紀久子は遊戯室から逃げ出していた。

＊

どうしても気になって、朔実は夜も遅くになってから、ひとりで地下室へ向かっていた。

昼間に門のところで、紀久子のことを訊いてきた男だった。紀久子はわざと、彼をあの場所へ誘導したような気がする。だったら、もともと彼をあの地下へ落とすつもりだったのだろうか。

あの人をどうするのかと、朔実は遊戯室を出たあと紀久子に訊いた。「なにも、しない」と彼女は答えた。混乱しているようでいて、口調は落ち着き払っていた。彼女が少しも迷ったり悩んだりしていないのは朔実にもわかった。

「誰にも言わないでくれる?」

朔実が戸惑うのを見て、紀久子はあきらめたようにふっと笑った。

「なんて無理だよね。……風彦さんに話していいよ。でもお願い、明日まで待って」

ふだんは積雪のない市内でも、雪が積もりそうな今夜は、かなり冷え込むだろう。穴から下の床までは、通常の一階ぶんより深かったように思う。下は硬いタイルかコンクリートか、けっしてふかふかの絨毯ではない。頭を打ったら致命傷になりそうだし、でなくても、骨折していても不思議ではない。身動きできないまま、この寒い夜にたえられるものだろうか。

明日になって、落ちた人がどうなっているかを想像すると、朔実は泣きそうになった。それでも、紀久子は覚悟している。どうするべきか朔実は迷う。紀久子の願いどおりにしたとして、彼女は救われるのだろうか。

わからないまま、結局じっとしていられなくて、朔実は部屋を抜け出した。万が一死んでしまったら、紀久子は人を殺したことになる。今は見境がつかなくなっているとしても、きっと後悔するだろうし、そこまでは望んでいないのではないか。

下宿人が住む部屋は、隣り合ってはいないが、だいたい建物の東棟にある。母屋と呼ばれる中央の、U字形をした家主の住居部分から、鉤形にのびている。

紀久子に気づかれないよう、物音を立てないよう気をつけながら、朔実は曲がった廊下を歩き、玄関ホールのすぐ奥にあるサロンへ向かう。優美な姿でそこから上へとのびる大階段の下、壁際の小さなドアへ歩み寄ろうとしたとき、上方からぬっと大きな人影が現れ、朔実は悲鳴をあげそうになった。

「おい、何をしてるんだ？」

顔を上げると、内海がこちらを見おろしていた。

「なんだ、あやしい動きをするから、泥棒かと思った」

「あ……、こんばんは、内海さん。お出かけですか？」

あせってとんちんかんなことを言ってしまう。深夜なのに、内海がめずらしくスーツ姿だったからかもしれない。

「帰ってきたところだよ」

「そっか、そうですよね。あ、わたしはちょっと、お風呂場に忘れ物を……」

変に思われないうちに、急いで行こうとした朔実だが、内海は見逃してくれなかった。

「地下室に気になることでもあるのか？」

「えっ、いえ、そんな……」

「大きな懐中電灯だな」

部屋着の上に、コートとマフラーで防寒し、軍手に懐中電灯、そしてスニーカーと、朔実の出で立ちはあきらかにふつうではなかっただろう。

「地下に、あかずの扉があるんだってな。曽原紀久子が借りてる」

それは初耳だった。しかし内海は、なぜそんなことを朔実に言うのだろう。

「ずっと前、そこをまだ別人が借りてたころ、夜な夜な地下から子供の泣き声が聞こえたことがあるんだよな。平造さんに言っておいたが、あかずの扉の中までは調べられないし、原因不明。気のせいなのか、怪奇現象か、とにかく不気味な場所だ」

それで内海は、かたくなに地下へ入ろうとしなかったのだろうか。

「なのに、何だって曽原紀久子は、あんな場所を借りたんだろうな」

「……その声、どうなったんですか？」

「そのうち聞こえなくなった。もし本当に子供が閉じこめられていたなら、今頃はもう……」

「やだ、やめてくださいよー」

朔実はわざと茶化す。きっと作り話だ。人体実験だとか、戯れ言を言い出す人だから。

内海は鼻で笑うと、「梯子がいるぞ」とだけつぶやいて行ってしまった。

そうだった。あわてて倉庫になっている部屋へ向かい、折り畳み式の梯子を調達する。アルミ製とはいえ、そこそこ大きいため、ひとりで運ぶのは大変だ。とくに狭い戸口や、傾斜の急な階段を通すのにさんざん苦労した。どこかにぶつけて建物に傷をつけてはいけないと思うと、地下室の入り口へたどり着くだけでも朔実は息を切らせていた。

　額に汗がにじむ。なのに足元からは凍るような冷たさが襲ってくる。半地下の遊戯室は居室とは違い、暖房がない。今夜の冷え込みは想像以上だ。

　床板を開け、おそるおそる中をライトで照らしてみる。下方に人影は見つからず、ほっと息をつく。落ちたあと、あの人は自力で移動できたということだ。

　歩けるなら、出口をさがそうとするだろう。朔実は梯子をおろし、下までおりて中を隅々まで確かめた。六畳ほどの空間だった。壁は板張りで、ドアがひとつある。開けるともう少し広い部屋だが、コンクリートがむき出しで、何かが置いてあるわけでもない。今度はドアがふたつある。順番に開けて、朔実は中を確認していく。部屋の移動を阻むのは、思いがけない柱や段差だ。床も傾いてるし、壁や天井に妙な出っ張りがあるのは、地下室も斜面に沿っているからか。ライトがあっても隅々まで見渡せるわけではなく、足下がかなり危うい。部屋の広さもまちまちで、いびつな形をした広い部屋は、ほかにドアがあるのかを確かめるだけでも時間がかかってしまった。

　地下の部屋は全部で五つ、廊下のようなものはなく、不規則につながっているような配置だったが、朔実が確かめた範囲に人はいなかった。

　何もない部屋の片隅に、投げ出すように罠つきのケージが置いてあっただけだ。

　代わりに朔実が見つけたのは、鍵のかかったドアだ。いちばん奥の部屋にあった。これが、紀久子のあかずの扉だろうか。それにしても、あの男はどこへ行ったのだろう。抜け出せそうな通路はどこにもないのに。

　段差を上り下りして、息を切らせながらまた出入り口のある部屋へ戻ってきたとき、朔実は呆然（ぜん）として立ちすくんだ。梯子がない。天井の穴は開いたままになっているが、あわてて下へ駆け寄っても、とても手の届かない高さを見上げるだけだ。

ライトを上に向けると、穴の縁で何かが動いた。誰かいる。と思うと足音が響く。歩幅の狭い、軽い足音が、あっという間に遠ざかる。

「待って、お願い！　ねえ、助けて！」

何度か声をあげたが、むなしくも足音はもう聞こえなくなった。

急に冷気が襲いかかってきた。地下を歩き回って汗をかいた。動いている間は寒さを忘れていたが、立ち止まったことで、足下から凍るような冷たさが這（は）い上（あ）がってきて、体が震え出す。朔実は縮こまるようにして座り込む。体を丸めるが、それであたたまるわけでもない。どうしよう。必死になって考える。そのとき朔実の頭に浮かんだのは、男がいなくなっていたことだ。彼は、どこかから抜け出したのだ。

見落とした抜け道があるのでは？　確かめようとふらふらと立ち上がったとき、上のほうから声がした。

「誰かいるのか？　水城さん？」

管理人の平造だ。朔実は答えるように声をあげる。

「倉田さんですか？　……助けてください！」

同時に、平造が天井の穴から下方にライトを向けて覗き込んだ。

「ちょっと待ってくれ」

短く言った老人の姿が視界から消えると、ガシャガシャと音を立てながらすぐに梯子がおりてくる。かじかんだ指に息を吹きかけて、朔実は梯子をしっかり握り、慎重に足を動かした。上までたどり着くと急に力が抜け、また座り込む。

「大丈夫か？」

「は、はい……」

「内海くんに聞いたんだ」

朔実が地下室に入ったと、内海が伝えていたようだ。

「それで、見に来てくれたんですか。ありがとうございます」

朔実は深々と頭を下げる。

「いやまあ、邦子が」

照れくさそうに言うのは、邦子に促されたということだろう。こう見えてわりと恐妻家らしいのだ。

「すみません……、勝手に入って」

「何があった？」

強面だが、平造の声はやさしい。一気に話してしまいたかったけれど、明日まで待ってと紀久子は言った。梯子を上げたのは彼女なのだろうか。でも、足音はまるで子供のように軽やかだった。

この館に子供はいない、はずだ。内海が子供の泣き声を聞いたことがあると言っていたことを、不意に思い出してしまってぞくりとする。

「あの、倉田さん、ここって怪奇現象とかは……」

こわごわ訊いてみた朔実に、平造は何のことかという顔をする。

「戻ろう。ここは寒い」

それだけ言った平造は、結局怪奇現象について答えなかったが、朔実が地下室にいた理由についても、もう問わなかった。

＊

食堂は、いつもの朝と変わりない。みんなより少し遅めに朝食を取った朔実は、自分でパンをトーストし、ベーコンエッグとサラダがセットされたトレーにのせてテーブルに運ぶ。ここの朝食が洋風なのは、ずっと昔かららしく、ランが八十年前、十八歳でここへ来たときは、すでにそうだったというくらい、ゆるがないようだ。

平造が新聞を読んでいる。少し顔を上げた彼に、朔実は会釈する。平造はまたすぐに視線を新聞に戻したが、かすかな頷きのようなものがいつもの彼のあいさつだ。

「朔実ちゃん、風邪ひかなかった？」

代わりに、隣にいる邦子が言う。

「あ、はい、ご心配をおかけしました」

「何もなくてよかったわね」

邦子も、朔実が夜中に地下室にいたことは聞いているだろうが、それ以上は触れない。もうひとり、食堂にいてお茶を飲んでいるランも、会話に口をはさむことはない。もしかしたらみんな、昨日朔実が閉じこめられた原因について、何か知っているのだろうか。男が落ちたことを紀久子が話すとは思えないから、単に下宿人の行動を詮索しないことになっているだけなのか。

「やっぱり積もったわねえ」

ランが窓の外に目をやる。

「平造さん、前の坂、凍ってるかしら」

「ああ」

「いやだわ。あの坂であたし、転げ落ちたことがあったわ。道がまだ舗装されてなかったのよ。だから髪も着物も雪と泥でたいへんになって。通りかかった兵隊さんが助けてくれたんだけど、それがハンサムな人で」

いつのことだろう。ランの記憶は、朔実には書物の世界だ。

「あの、地下室のことなんですけど、出入り口は本当に、遊戯室の床穴だけなんでしょうか」

思い切って訊いてみた。

「見えない扉は、開くべきときに開くのよ。知りたいことも、知るべきときに」

ランが神妙に言う。

「じきにときがくるわ」

予言のようで意味深だが、ちょうど紀久子が食堂へ入ってきたために、朔実はそれ以上訊ねることができなかった。

紀久子は朝食のトレーを返しに来たようで、流しのあるキッチンのほうへ入っていく。トレーの上には皿が二枚重なっている。紀久子はいつも部屋で食事をしている。やたらと食べる量が多いが、邦子が当然のようにパンもサラダも大盛りにするから、そういう食事量の人なのだと思っていた。けれど今朝は、強い違和感をおぼえる。

じっと紀久子を観察していた朔実は、首元に目をとめた。いつも首から下げているチェーンがない。ちらりと見えたことがあるが、あれには鍵がぶら下がっていた。

何の鍵かは訊いたことがないが、あかずの扉の鍵ではないかと朔実は思っている。ないのはどうしてだろう。はずしているだけ？　いや、もしかしたらあのときに……。昨夜の場面が思い浮かぶ。と同時に、内海の言っていたことが明瞭に思い出された。地下には、紀久子のあかずの扉があるのだ。

風彦は朝早くから出かけている。大学へ行くのは午後からの予定だったため、時間があった朔実は、紀久子の部屋に向かう。彼女がついさっき仕事に出かけたのは知っているから、部屋は無人のはずだ。

ドアの前で、息をひそめる。悪趣味だと思いながらも、ひとつの結論に達していた朔実は、聞き耳を立てている。

人が立ったり座ったりするような、かすかな音がする。とはいえ、建物が古く、物音が響きやすいため、部屋の中から聞こえてくるのかどうか、はっきりしない。

深呼吸して、朔実はドアをたたいた。そのとたん、物音が消える。やはり、中に誰かいるのではないか。

朔実はドアの下からメモを滑り込ませる。紀久子ではない、もうひとりの人物に宛てたものだ。それから設計事務所でひとり、黙々と片づけを続けていると、薄く開いたドアから誰かが覗いているのに気がついた。顔を上げた朔実を、じっと見ているのは、長い髪の少女だった。いるはずのない子供。昨夜の足音と一瞬だけ見た影が、戸口の少女と重なった。色白のうえ、白っぽい服を着ていたから、頭ではわかっていたのに幻を見ているかのような気がして、彼女が本当に現実の存在かどうか、しばらく凝視してしまった。

少女がゆっくりとお辞儀をしたとき、ようやく現実的な感覚が戻ってきた。中学生くらいだろうか。実在している女の子だとほっとしながらも、メモを見て、姿を見せる決意をするには勇気がいっただろうと、朔実はきちんと迎えるつもりで立ち上がった。

「あの人、死んでた？」

椅子を勧めたが、すぐには座ろうとせず、彼女はそう言った。飛び出したのは物騒な言葉だが、すぐに怖くなったかのようにうつむいてしまう。

「あなたは、紀久子さんの娘さんなの？」

「……リエです」

弱々しい声だ。それでも、一生懸命に何か言おうとしている。朔実は黙って聞くことにする。

「ごめんなさい。昨日、梯子を上げたのはわたしです」

そうして深く頭を下げる。

紀久子の食事量の多さ、下宿人を遠ざける態度、あの男が口にした紀久子の娘のこと、いろんなことが頭に浮かぶ。紀久子は、娘のことをなるべく人に知られたくなかったのだろうか。しかし何より、この少女が朔実を地下に閉じこめようとしたのだと思うと、意外だったし悲しくもなった。

「どうして、そんなことを？」

「お願いです、おかあさんを見逃してください。わたしのために、おかあさんはあの人を……」

彼女は、頭を上げようとしないまま言う。

「もしかして、見てたの？　紀久子さんとあの男の人が争ってたところ」

かすかに頷いたようだった。

「部屋の小窓から、廊下がよく見えて。おかあさんが、あやしい人の後をつけていくから」

「あの男を知ってるの？」

「知らない人です。でも、おかあさんを脅してた」

だからリエは、危機感をおぼえたようだ。朔実が夜中に地下室へ行くのも、きっと窓から見ていたのだろう。そうして朔実が男を助けるのではと思い、梯子を上げた。

「でも、本当に死んでもいいとは思わないでしょう？」

まだうつむいたまま、彼女は力が抜けたように、そこにあった椅子に座り込んだ。

死という言葉に実感がないまま、男には消えてほしかったのだろうか。だから、死んでもいいとかいやだとか、どちらの答えも見つからない。そんなうつろな表情で、ぼんやりと宙を見つめている。それでも悩んだはずで、眠れなかったのか、リエの目は赤かった。

「男の人は、いなかったわ。見つからなかった。もしかしたら、どこかに出口があるのかも」

「出口は、この世じゃないところです」

奇妙なことを、リエはこれまでとは違うきっぱりした口調で言う。

「わたし、あそこに入ったことがあるんです。隠れているように言われて……。ひとりきりで、あまりにも静かで、石になったみたいにじっとしてたけど、怖くはなかったんです。だって、外のほうが怖いことがたくさんあるって知ってたから」

思い出そうとするように、目を閉じる。

「熱があって、朦朧（もうろう）としてたから時間の感覚がないけど、しばらくして、壁の隙間からかすかな光が射し込んできたんです。どうやってそこから出たのか、どう歩いたのかよくわからないけど、急に明るい場所へ出て。金色の光に満たされていて、本当にきれいな場所……。きっとあの世だと思いました。大きな木が、金色の花が枝いっぱいに咲いてる木があって、ずっと上のほうに月が懸かってて、何もかもが夢みたいだったけど、やっぱり夢なのかな。だって、そんな場所が地下室にあるわけないから。死にかけてたのなら、きっとあの世の風景だと思うんです」

「地下室に、どうして隠れることになったの？」

「たぶん、捨てられたんです」

　捨てられたとはどういうことだろう。

「紀久子さんに捨てられたってこと？」

　リエは首を横に振った。

「気がついたら、今のおかあさんの部屋に寝かされてたんです。それで、今のおかあさんが、わたしのおかあさんになってくれました」

「紀久子さんは、本当のおかあさんじゃないの？」

「本当のって？　わたしを産んだ人？」

　リエは淋しそうに目を伏せた。その一瞬は、本当の母親への思慕に浸っていたのだろうか。けれどすぐに、厳しい表情になる。

「わたしは、自分でおかあさんを決めます。だから、お願いします。おかあさんがしたこと、誰にも言わないでください」

「あの男が、誰かに言ってしまったら？　だって、あなたは出てこられたのよ。彼も、死んでないし、どこかに消えてしまったわけじゃない」

「わたしは、助けてもらえました。おかあさんが、わたしのことを気にかけてくれたから。でなかったら、消えてたんじゃないかと思うんです。だから、あの男も……」

出口のない地下室から、どこかに消えるなんてあり得ない。外へ出られたなら、あの男はまた紀久子を脅しに来るのではないだろうか。しかしリエは、自分の体験を空想に重ね、地下室にはあの世とこの世の境界が横たわっていて、人を振り分けるかのように信じているのだ。紀久子に求められ、手をさしのべられたリエと、疎まれ地下に落とされたあの男とは、そこで運命を振り分けられたかのように。

急に立ち上がって、彼女はあわてた様子で出ていってしまう。風彦が帰ってきたからだ。すれ違うように走り去るリエを見送った風彦は、当然のこと、紀久子の娘の存在は知っていたということだ。

ここは、誰かの秘密だけでなく、人さえも隠せてしまうのだろうか。

「水城さん、昨日は災難でしたね」

風彦はすでに、平造から聞いているようだった。苦笑いする朔実を、彼はおかしそうに見た。

「お騒がせしまして……」

「何か迷い込んでた？」

「その、えっと、猫の鳴き声がしたので気になって。あ、でも、何もいませんでした」

落ちたはずの男は、どこにいるのだろう。あの世につながっている、だなんてことを本気にするのでなければ、無事かどうかはわからないけれど、どこかにいるのは間違いないのだ。

地下室はどの部屋にも、隠れるような場所はなかった。梯子の上にはリエがいたのだから、朔実と入れ違いに出ていったとも考えにくい。でも、ひとつだけ朔実が見ていない場所がある。

「あのう、幻堂さん、地下室には、外への抜け道があるんじゃないでしょうか」

「ありましたか？」

風彦は問いで返す。フェルトの中折れ帽を取って、ポールハンガーに掛ける。

「あかずの扉がひとつありました」

「開かないのに、抜け道だと思うんですか？」

煉瓦色のチェスターコートは着たまま、やっぱりおもしろそうに、彼は朔実を見ている。

「幻堂さんは、動物が出ていったのも知っていますよね。罠のケージ、どうでもよさそうに放置されてたから、物音の動物は出ていったと知っていたんでしょう？」

「まあ、猫やイタチなら、通気口やどこかの隙間から出入りできるでしょうから。抜け道があるという根拠にはならないんじゃないですか？」

「内海さんが言ってました。以前、地下室で子供の泣く声を聞いたって。昨日わたしが地下に入って、声をあげたりしたんですが、それは聞こえてなかったみたいだから、内海さんの部屋は、地下のあかずの間の音だけが響くってことじゃないんでしょうか。小動物もそこに入ってきて、いつのまにか出ていった。泣いていた子供も、同じだと思うんです」

「その子はどうなったんでしょう？　家へ帰ったんですか？」

「リエちゃんです。地下室へ入って、どこかから外へ出て、大きな木と月を見たと言ってました」

そのときのことを、風彦が知らないわけがない。

「あかずの扉の部屋からは、外へ出られるんじゃないですか？」

「あかずの扉は開きませんよ」

「紀久子さんが借りてるんですよね？　彼女がいつもネックレスにしてるチェーン、鍵がぶら下がっているのを見たことがあります。それが今日はなかったんです」

「とすると、たとえば彼女が落とした鍵を、迷い込んだ動物が使って出ていったとか？」

あきらかに風彦は笑いをこらえている。朔実の矛盾だらけの話をそのまま聞いていてくれるが、何もかも見透かされているような気もする。

「それは……」

「見に行きましょうか。地下室の出口」

「えっ」

「みんなには内緒ですよ」

まじめな顔で、彼は人差し指を立てた。

まぼろし堂は広い庭に囲まれている。しかし庭、といっても原生林の様相だ。ほとんど手入れがされていないため、草や雑木でとても足を踏み入れられない場所も多い。敷地は広く、どこまでが庭でどこからが自然の森なのかはっきりしない。丘陵地なので斜面が多く、急な傾斜もあれば、岩肌の崖も見受けられる。そんな場所にかろうじて、石畳になった細い道や階段が見分けられる。まぼろし堂の裏手まで、それをたどっていくと、煉瓦造りの小屋が現れた。

「離れ、と祖父は呼んでいました」

近づくと、一部が黒く焦げ、窓は枠だけが残っている。漏電でボヤがあり、それから使われていないというが、風彦が生まれる前のことだそうだ。

「昔はここが、管理人の住居だったとか」

風彦は、扉もない入り口から中へ入る。蔦が中まで伸び、葉を落とした蔓が毛細血管みたいに壁に張り付いている。抜けた天井から日差しが注ぎ、どこか遺跡にでも入り込んだかのようだ。

小屋とはいえ、都会の一軒家くらいの広さはあるだろう。少し奥へ入れば、屋根も壁も原形をとどめている。立ち止まり、身を屈めた風彦が床板を持ち上げると、中に階段があるのが見えた。

「ここから、鍵のかかっていた地下の部屋へつながってるんですか？」

「そうです。こちら側からその部屋へ入るのも同じ鍵を使います」

朔実が入れなかった地下の部屋には、実際にはふたつ扉があり、ひとつは紀久子のあかずの扉、もうひとつは離れの出入り口につながる扉だということだ。

だとするとあの男は、地下室へ落ちてから紀久子の鍵で部屋へ入り、もう一方のドアを内側から開けて、出ていくことができただろう。

「この通路、紀久子さんも知ってるんですか？」

「どうでしょう。あかずの扉を開けることはないでしょうから、最初に部屋に入ったときに、別のドアがあることに気づいていたかどうかですね。ただそのドアは、小さいし、壁と同じ色なので、ライトでよく照らさないと気づかないかもしれません」

「あの、わたしなんかに教えてよかったんですか？」

風彦はまた、おかしそうな顔をする。

「自分で発見しそうな勢いだったし」

朔実は恐縮するしかないが、おもしろがられているのに、あたたかい風に髪を撫でられているような気分になった。

「それにここは、段差や瓦礫（がれき）であぶないから」

勝手に入られるよりましだと思ったのだろう。それでも心配してくれているかのようで、朔実にとってほっとする言葉だった。

「できれば、内緒にしておいてください。知れ渡ると少々不用心なので。ここを知ってるのは、あとは平造さんだけです。平造さんは、前の管理人夫妻の子で、祖父が存命のころから管理人でしたから」

はい、と朔実は強く頷く。

「ああ、それと、昨夜ここから出ていった人物も、知ってることになるけどね」

「えっ……、その人のこと知ってたんですか？」

「今朝、ここの床板が開けっぱなしだったそうです。平造さんが、昨夜男がひとり裏口から出ていくのを見たそうで、ここも確認してくれたんですよ。片足を引きずってはいたものの、くじいた程度だろうということでした」

死んでなくてよかった。そう思う一方で、紀久子がまた脅されることになるのではないかと心配だった。しかし風彦は、朔実の心を読んだかのようにあっさりと言う。

「もう来ないと思いますよ」

「どうしてですか？」

「これが置いてあったからです」

彼がポケットから取り出したのは、銀色の鍵だ。チェーンがついていて、紀久子がいつも身につけていたものに違いなかった。

「落としたのではなく、きちんとそこの台の上に置いてありましたから、何かはっきりした意思表示を感じませんか？」

これが恋人に渡したアパートの鍵なら、別れの意志表示で、もう来ないということかもしれない。あかずの扉の鍵なら？　中にあった秘密を守る、関与しない、そういうことだろうか。それは紀久子自身にも、関与しないということになるのだろうか。

「侵入者が紀久子さんの鍵を持っていたのだから、まあ、だいたい何があったか想像できます。あなたが夜中に地下室へ行って、梯子を上げられた理由も。紀久子さんの事情は、少しなら知っていますから」

リエが事務所へ来て、朔実に何を話していたのかも、わかっているのだろう。

それから彼は、鍵を朔実に差し出した。

「紀久子さんに返しておいてくれますか？　あかずの扉、開けられてしまいましたが、侵入者は律儀に鍵を閉めていきました。中身がそのままなら、封印は有効、としましょう」

「侵入者が持ち去ったりは……」

「それはないと思います」

紀久子が扉の中に何を入れたか、風彦は知っていてそう言うのだから、きっとそのとおりなのだろう。

建物の外へ出て、朔実は深呼吸する。崩れかけた廃墟は、地下室と同様、非日常的な空間で、緊張を強いられる。長いこといられる場所ではない。ほっとしながらあたりを見回し、ふと気になった。

大きな木がない。リエが地下から出たときに見たという、金色の花を咲かせた木。月に枝をかざすような、金木犀を連想させる木は、見あたらなかった。

「幻堂さん、金木犀の大きな木って、このあたりにありますか？」

「金木犀……、どうでしょう。見たことがないなあ」

「えっ、見たことないんですか？　でも秋には、わたしがはじめてここへ来たときですが、香りが漂ってましたよね。わたしの好きな花なので、どこにあるのかずっと気になってたんです」

「ええ、香りならたしかに。奇妙ですよね。わからないけれど、どこかにはあるんでしょうね」

遠い目をした風彦は、かすかに眉をひそめていた。

リエが見た花は、この世のものだったのだろうか。

*

食堂の隣には、下宿人が自由に使える談話室がある。紀久子はソファでついうたた寝をしてしまい、テレビの音にはっとして目をさました。誰かがつけっぱなしにしていったのだろう。談話室には紀久子しかいない。暖炉の火が窓ガラスに映り、まるで外が燃えているかのようだ。

床がきしむ音を感じ、紀久子は振り返る。戸口に朔実が立っていた。

「紀久子さん、おじゃましてもいいですか？」

「どうぞ」と答えると、彼女はそばまでやってきて、銀色に光るものを差し出した。鍵だ。紀久子の、あかずの扉の鍵。

「あら、拾ってくれたの？　どこで落としたのかと思ってた」

「昨日、地下室に男の人が落ちたとき、なくしたんじゃないですか？　いえ、紀久子さん、わざと落としましたよね？　たぶん、床板を閉めるときに」

そんなふうに言う朔実は、おっとりしているようでいて、意外と人をよく見ている。人を見る目がない紀久子とは大違いだ。だから紀久子は、朔実は見逃してくれないような気がしていた。紀久子の、間違った選択をとがめるだろうと思っていた。

でも彼女は、昨夜のできごとを誰にも言わなかった。

「あの男の人、この鍵を使って外へ出たみたいです。本当は紀久子さん、あの人が死んでもいいなんて思ってなかったんですよね」

「ううん、思ってた。本当に落ちてしまうまでは、彼さえいなければって」

でも、こんな母親だから、リエも間違ってしまう。結局、あの子も巻き込むことになってしまった。

「リエと、会ったのよね」

「はい」

「あの子が、迷惑をかけてしまってごめんなさい」

「あの男は、リエちゃんのことで紀久子さんを脅してたんですか？」

「うん、わたしたち、本当の母子じゃないから」

朔実は神妙に頷く。

「リエの母親は、ここに彼女を残して夜逃げしたの。もともと夫が借金をつくったとかで、彼女は娘と逃げてた。母親がいなくなった日、夫の知人だっていう人が、たぶん借金取りだけど、ここへ来て、借りてた部屋を家捜ししていって。そのときはみんな、リエも母親といっしょに出ていったと思ってたんだけど」

母親は娘を地下室に隠し、いなくなったのだ。今も行方はわからない。リエは地下室に隠れていたため、借金取りに見つけ出されることはなかったが、まだ九歳かそこらだったのだ。不安に震えながら夜を過ごし、熱を出して倒れていた。

あれはクリスマスイブ、リエを見つけたのは紀久子だ。地下の一室は、当時リエの母親が〝あかずの扉〟として借りていたために、本当なら誰も開けようとしない場所だし、そのままならリエは危険な状態だっただろう。けれど、彼女は地下から抜け出し、庭の片隅にうずくまっていた。リエは当時、よく庭にいた。部屋の中より外のほうが好きだと言っていた。出入り口がひとつしかない部屋より逃げやすいから、と木々の茂った場所にいた。追われている感覚が常にあったのだろう。下宿人もほとんど来ないような、奥まった場所だった。

紀久子はたびたび、工場で余った菓子を持ち帰り、リエにあげた。彼女はいつもよろこんで食べ、母親と歳の近い紀久子を慕った。

リエの母親がふともらした言葉を、紀久子はおぼえている。もし自分がいなくなったら、リエを引き取ってくれないか、と。バカなことを、と笑って流したが、あのとき母親は真剣だったのだろうか。

本当にひとりになってしまったリエ。紀久子が持ち帰った、余り物のクリスマスケーキを食べ、「おかあさんになって」と言った。施設へ行けば、父親に連絡される。借金まみれの父の元に引き取られたら、どうなるのだろう。知らない男の人とふたりきりにされたと話したこともある。リエを使って金銭を得ようとまでする、そんな父親をリエは忌み嫌っているし、母親も警戒していた。

だからといって、公的な機関が守ってくれるなどと、母親は考えていなかった。たぶん、突き放されたと感じるようなことがこれまでにあったのだろう。親の借金は子供には関係がないことだけれど、そんなのはきれい事だ、誰も自分たちを守ってくれないと思っていたから、母親はリエを隠して逃げたのだ。

もし自分がいなくなったら、そう言っていた母親が、重ねて紀久子に手紙を送ってきたのは、出ていって間もなくだった。紀久子はすでにリエを自室にかくまっていたが、地下の部屋の鍵が同封してあった。

〝リエのこと、お願いします〟

リエを守りたいと、紀久子はとっくにそう思っていた。リエの実母の願い通り、公的機関には頼らないと決めた。そういうところは必ず、父親に連絡を取るはずだ。親として問題があっても、法律上血のつながりは強い。借金があるというだけなら、父娘(おやこ)を引き離す理由になるかは微妙だし、たとえ子供がいやがっても、リエはまだ九歳だった、父親がうまく言えば引き渡されてしまうに違いないからだ。

「わたしが、リエを育てることにしたの。前から学校へ行ってなかったし、リエ自身、悪い人に見つかるかもと思うと他人が怖くて、部屋から出られない日が続いたわ」

二年経ってやっと、人目につかないよう気をつけながら外に出たり、いっしょに買い物したりできるようになった。今のところ紀久子は、母親から彼女をあずかっているだけだ。母親のふりを続けるにも、公の場では限界がある。身元に厳しくないフリースクールを選び、通信制を利用して勉強はできるようにしたが、学校へは行かせてやれない。

「自分がどこの誰か、リエは誰にも知られたくないの。今も、誰かに詮索されないか怯えて、なるべく隠れてる。わたしたちは親子だって、堂々と言えるときが来ればいいんだけど……」

現状、リエを養子にするには父親の許可が必要になる。それは避けたいからといって、隠れて育てているのは法に触れることだとわかっているけれど、こうするしかなかったのだ。

「ここのみなさんは、そのことを」

「風彦さんと倉田さん夫婦は気づいてると思うけど、察して知らないふりをしてくれてるわ。下宿人どうしはお互い無関心だし、生活時間も違うから、リエも母親といっしょにいなくなったと思ってるはずよ」

ランは、何かを見たり聞いたりしてもきっと詮索しない。警戒すべきは内海だが、彼は在宅時間が少ないからどうにかなると思っていた。

「でも、昨日の男の人は、リエちゃんのことも知っているんですよね？」

「ええ、わたしのことを調べてて、リエの存在を知ったのよ。このことが公になれば、わたしが困るとわかって……」

なのになぜ、近藤のために鍵を投げ入れたのだろう。紀久子自身にとっても、衝動的にしたことだった。もし彼が無事に地下室から出てきたら、また脅されるかもしれないのに。それとも自分は、彼のうそをやっぱり信じていたのだろうか。

むしろ、信じたかったのだ。あの男はうそつきだから、苦労をしたなんてうそだと言ったのも、きっとうそ。

彼は本当の両親を知らず、亡くなった養父母に対して罪悪感を持っていたという、あの話が作り話だったとは思えない。願望かもしれないけれど、紀久子の中では確信に近い感覚だった。数年前、夫に裏切られた紀久子に同情したのか、あの話をしたときの近藤は、いつもの軽薄な彼ではなく、心底大切にしているものをたまらず打ち明けた、かわいそうな人だった。

近藤は嫌いだ。けれど、彼を嫌いだと思うとき、紀久子は悲しくもなった。紀久子の大切な人が、そんなふうに誰かに憎まれていないだろうか。

「その人、もう来ないだろうって幻堂さんが言うんですけど、紀久子さんはどう思います？」

「……そうね、来ないと思う」

紀久子はテレビをちらりと見る。夢うつつに聞いていたニュース番組はもう終わり、クイズ番組がはじまっている。

　さっきのニュースで言っていた。先日の傷害事件で、手配中だった容疑者が出頭したらしい。近藤竜治、彼のことだった。

「わたしは、リエに救われてるの。リエを守るためなら、いけないことでもやめない。だから、あの男が助かったのは、鍵が地下に落ちたのは、たまたまよ」

　子供は愛おしい。小さくてもしっかりしたあの重み、あたたかさ、丸みも動きも匂いも、吸い付くような手触りも、もがれてしまった紀久子は、ずっと自分の中に穴があいているかのようだった。そこをリエがふさいでくれて、やっとまともな人間になれたような気がしている。

「親子になれるまで、もう少しなの。あの子が十五になったら、あの子の意思で養子にできる。簡単じゃないかもしれないけど、もう秘密にしなくてすむなら、何でもするわ。だから朔実ちゃん、それまでは、ぜんぶ聞かなかったことにしてくれるわね？」

　朔実は答えなかったけれど、代わりに問う。

「紀久子さんには、お子さんがいたんですか？」

　やっぱり鋭い。でもそれを問う彼女は、紀久子とリエの秘密を追及するつもりはないということだろう。

「あ、不躾なことを言ってすみません。わたし、親代わりの人を最近亡くしました。その人は、自分の子供を手放してるんです。それで思ったんですが、彼女にとってわたしは何だったのか、考えたことがなかったなって。彼女が手放した子の代わりかというと、しっくりこないし、なんだか、同士のような気がします」

「何の同士？」

「欠けた者同士」

リエと自分もそうかもしれない。誰もいないから、寄り添っている。お互いを必要としている。もしかしたら、同士はもうひとりいるのかもしれない。だから紀久子は、とっさに鍵を投げ込んだのだろうか。

十六歳のとき、紀久子は子供を産んだ。相手の男は大学生だったが、就職も決まっていたし、責任を取ってくれるんじゃないかと思いたかった。でも、そんなことは起こらなかった。紀久子自身も、正直でも純真でもないずるい人間なのだから当然だ。彼が他の女に目を向けていると気づいていたからこそ、妊娠がわかってもしばらくの間黙っていた。おろせなくなるまで、言わなかった。

両方の親を巻き込んで、話し合って、慰謝料と引き替えに別れた結果、紀久子には痛みだけが残った。

子供は養子に出し、親にはふしだらだと疎まれて家を出た。やがて結婚もしたが、相手を好きというよりは、生活のためという打算だった。

信頼と愛情にあふれた関係なんて存在しない。リエのことも、彼女のためなら何でもすると自分の汚さを正当化しているだけかもしれない。

それでも、リエと暮らしながら、紀久子は心おだやかになっていく。ときどきリエが反抗しても、憎まれ口をたたいても、それさえ愛おしい。母親に置き去りにされ、途方に暮れて熱に浮かされ、助けてと泣いていたリエの声は、生まれたての赤ん坊があげる産声(うぶごえ)に紀久子には聞こえた。

どんな生き物も、その声にかき立てられ、小さい命を守ろうとする。だからあのとき紀久子が感じたのは、かわいそうだからなんて同情ではなく、心からの衝動だった。紀久子の渇いた心に流れ込んだ清涼な水は、自分を求めるか弱い腕だったのだ。

今度は、手放したりしない。

紀久子は信じている。あの子もきっと大切にされている。二十四年前に手放した子も。

男の子だった。以来紀久子は、その子と同じ年頃の少年に、若者に、つい目が行ってしまうようになった。

だから、近藤のことも。

あかずの扉には、育てられなかった子を一度だけ抱いたときに撮った写真と、特別養子縁組をした養父母からの手紙が入れてある。

手紙には、子供を得たくて得られなかった夫婦が乗り越えてきた道のりと、これから子を育てていくことへの希望にあふれた言葉が綴られていた。紀久子と、その子供がこの世に存在することへの感謝にあふれていた。恋人にも家族にも見放されたのに、感謝されるなんてバカみたい、当時はそう思ったが、自分の過ちが過ちでなく、祝福してくれる誰かがいたことで、紀久子は救われていたのかもしれない。

あれを見たなら、近藤も、自分が養父母に何をもたらしたか気づいただろうか。疫病神なんかじゃなかったと知ったのではないか。

だとしたら、彼を守ったのは、彼を愛する人たちの思いだ。

紀久子が捨てたくても捨てられなかったものは、失いたくない秘密だったからこそ、それを封印したあかずの扉の向こう側で、近藤は紀久子の子と心を重ねたのだ。

「あかずの扉は、あの世につながっているわけじゃないのかもしれませんね」

朔実は唐突にそんなことを言う。

「あの世？」

「幻堂さんがそんなことを言ってたので」

「だったらどこにつながってるの？」

「もしかしたら、現実の、新しい世界につながっているんでしょうか」

あの地下の部屋は、もともとリエの実母が借りていた。彼女はリエをそこに残して失踪した。あの場所は、子供を守るあかずの扉だった。そうして母親は、子供を自分の不幸から切り離した。紀久子の娘になったリエが、あかずの扉から外へ出ることで、新しい母親の元に生まれ直したなら、そこを通り抜けていった近藤も、新しい自分に生まれ直すことができたのだろうか。

紀久子は銀色の鍵を胸元で握りしめた。

三章　天の鍵穴

春になって、まぼろし堂に新しい下宿人がやってきた。若い男性で、朔実が初めて見かけたときは、邦子に案内されながら廊下を歩いていたが、彼の通ったあとに桜の花びらがハラハラと落ちているのが印象的だった。

門のそばにあるしだれ桜は、花びらを注いで彼を歓迎したのだろうか。それとも、花がまとわりつくほど垂れかかった枝は、行く手をさえぎるように拒んでいたのだろうか。

尖った槍が並んだような、物々しい門扉の内側で、しだれ桜が咲いている。やさしいピンクの花を枝いっぱいにつけ、風にゆらめく。玄関へ続くアプローチに覆い被さる〝門番〟、その下を通るのもすっかり慣れた朔実は、髪やカバンが引っかかることもなくなったが、新しく来た人はそうもいかないだろう。

下宿人の部屋は東棟にあるが、バラバラな配置なので、食事や行動時間が違えば顔を合わせることは少ない。だからか、朔実が次にその青年に会ったのは、しばらく経ってからだった。迷路のように入り組んだ、西棟の回廊に彼はいた。

建物の中ですっかり迷っていたらしく、彼は朔実を見つけると、駆け寄ってきて人なつっこく笑う。

「ああよかった、人がいて。おれ、戻れなくなってしまって」

朔実にもおぼえがある。興味本位に奥へ入っていって、戻れなくなった。彼も館に興味を持ったのだろうか。

「新しく来られたんですよね。無理もないです、わたしも何度も迷いましたから」

「あなたも、下宿人？」

「はい、水城朔実です」

「おれは羽間亮二。それにしても、ここ、不気味な建物だね。その先、行き止まりだし、途中で途切れてる階段があるかと思うと、部屋はたくさんあるのに、開かないドアばかりだ」

「あかずの扉がたくさんあるので」

「ああ、そういや家主が……、幻堂さんだっけ、そんなことを言ってたけど、彼にも開けられない扉だってこと？」

「はい」

「なんか、不気味だな」

はっきりと言う。ずいぶんあっけらかんとした人だ。

「羽間さんは、どうしてここへ下宿する気になったんですか？　今時下宿なんて、ピンとこないですよね」

朔実は歩き出しながら問う。

「うん、よくわからないけど安いし、たぶんシェアハウスみたいなもんだろうと思って。薄給だから節約したいし、場所もちょうどよかったし。あ、おれ、古書店の店員なんだ」

古いものが好きなら、ここも気に入るだろうか。

「下宿屋って、ここは電話帳に載ってるんだね。今どき電話帳ってのがまた」

そうだったのか。たまに下宿の問い合わせ電話がかかってくるのは、口コミかと思っていたが、たぶん風彦の祖父のころから、それだけがここの情報源で、当時はそれでじゅうぶんだったのだろう。

「電話帳かあ。最近それも見かけないですよね」

「たしかにね。店には古いのも最近のもけっこうあるんで、暇つぶしに見てたんだ。それにしてもこの辺り、静かすぎるかと思ったけど、案外、退屈しなくてすむかな」

「この建物、おもしろいでしょう？」

共感してくれるのではないかと、朔実は少し期待した。

「いや、退屈しないってのは、きみみたいな若い人がいてよかったってこと。建物の中は薄暗いし、家主は影が薄いし、老人ばかりじゃ気が滅入りそうだと思ってたところ」

どうやら、ここはあまり気に入っていないようだと、彼がこちらに向ける視線には気づかないまま、朔実は考えた。風彦は、亮二の感覚では若い人には入らないのだろうか。影が薄いというのは、もしかしたら年配者より物静かだからかもしれない。一番若い、中学生のリエとはおそらく会うことはないだろう。

「きみは、どうしてここに下宿してるの？　今時、っていうなら、きみのほうが若そうだけど」

亮二はたぶん、朔実より二つ三つ年上といったところだろうか。

「わたし、古い洋館が好きなので。幻堂さんの設計事務所で、少しお手伝いをしてたんです」

まぼろし堂の、建物の現状を調べに見回ったりもしていたから、今も館の中を歩き回ってしまう。本当言うと、設計事務所の手伝いは続けたかった。

「バイト？　水城さんは学生さん？」

「この四月から社会人です」

大学を無事卒業した朔実は、家具の製造販売をしている会社で働きはじめた。まだ研修中で、毎日新しいことをおぼえるのに四苦八苦している。

就職したため、幻堂設計事務所のバイトからは離れたものの、まぼろし堂は朔実にとって興味を惹かれる洋館だ。引っ越す必要も感じず、借りた部屋に住み続けて横浜まで通っている。

「洋館たって、ここは幽霊でも出そうだ。おしゃれでかわいい、女性好みの洋館ならほかにありそうだけど」

「案外、居心地いいですよ」

彼は疑問を感じているのか、小さく肩をすくめた。


下宿がシェアハウスとは違うのは、まかないがあるかどうかではないだろうか。朔実にとって、朝晩の食事がついていることも、ここにいる理由のひとつだ。何より邦子の料理は、自炊より、いや、そのへんの外食よりずっとおいしいのだから、ひとりで暮らすより快適だ。

酢豚と蒸し鶏(むどり)のサラダ、卵のスープが、帰宅したら用意されているなんて素晴らしいではないか。朔実は毎日、倉田夫妻とランと、ときには腹話術の人形と、家族のようにテーブルを囲む。ランの生活リズムは不規則らしく、食事の時間に遅れることもあるが、配膳はしておくことになっているようだ。そのとき、椅子に必ず腹話術の人形を座らせているのはランの意向だ。風彦はいるときといないときがあって、今日は出かけているが、だいたい顔を合わせるのはこのメンバーだ。

亮二は今のところ、部屋を借りているのみで、まかないは頼んでいないようだ。彼と食堂で会うことはなかった。

　そんなわけで亮二とは、親しくなりようもなかったのだが、数日後のこと、突然彼は、朔実の部屋へやってきた。ドアがたたかれたのは、夜も遅くなってからだった。

「これ、もらい物だけどよかったら」

　そう言って、ケーキ店の名前が入った箱を持ち上げる。ここは他人に無関心な人ばかりだったので、新しい人だとはいえ、人なつっこい行動に朔実は少々驚いた。

「それと、水城さんに相談したいことがあるんだ」

　いきなり何かトラブルでもあったのだろうか。

「それじゃあ、談話室へ行きませんか？」

「できれば人には聞かれたくなくて。あかずの扉のことなんだ。水城さん、幻堂さんの設計事務所を手伝ってたって言ってたよね？」

　あかずの扉のこと、そう聞けば気になった。古い洋館への朔実の興味は、そこに物語が宿っているからだ。小説でも映画でも、人が住む建物の印象は、舞台となる世界をくっきりと浮かび上がらせる。人が建て、人生を営んだ場所に、魂が残るというようなことを風彦から聞いたが、とても腑に落ちた。だとしたら、あかずの扉には、たぶん魂が納められている。その魂を、風彦の祖父は霊的なものだと考えていたようだけれど、朔実には、どうしてもこの世に残したい言葉や記憶の結晶に思える。だから、あかずの扉の鍵を貸すという風彦の言葉にも強く惹かれたし、そこに携わりたいとも思ったのだ。

　亮二の話は、聞かないわけにいかなかった。

「わかりました。どうぞ」

よく知らない男の人を、部屋へ入れるのはためらうが、薄くドアを開けておくことにした。それでも小声なら、別室の下宿人に話が聞こえることはないだろう。

備え付けの古いライティングデスクに、朔実は部屋のポットで淹れた紅茶のマグカップとケーキを並べ、自分は窓辺のスツールに腰を下ろす。デスクの前で、亮二はお茶を一口飲んで、ほっと息をついた。

「あかずの扉って、どうすれば借りられるのか知ってる？」

彼は言葉を選びながら言う。朔実に断られることも考えていたのだろうか、緊張を解いたように見えた。

「幻堂さんに言えば、貸してもらえます。中に入れるものを幻堂さんだけには見せるのが条件ですけど」

「じゃあ幻堂さんは、どこにどんなものが隠されてるか知ってるってこと？」

「そうですね。でも、ここを継ぐ前のことはわからないんじゃないでしょうか。どこの鍵を誰に貸したかは記録がありますけど、何が入っているかは、先代だけが知っていたんだと思います」

「先代って？」

「幻堂さんのおじいさんです」

「その人が、ここを建てたの？」

「いえ、買ったそうです。下宿屋をはじめたのも、あかずの扉を貸していたのも、幻堂さんのおじいさんで、それ以前の持ち主は、何人も代わっていたとか」

「ふうん、もしかしたら、ものすごく高価なものが隠されてるかもしれないよね。埋蔵金とか」

「それは、ないと思います」

自分でも意外なくらい、朔実はきっぱりとそう言っていた。

「あかずの扉は、金庫じゃありませんから。単純な鍵でしかないし、壊して開けることもそう難しくないでしょう。開けてはいけないという、呪縛のようなものが、関係者にも無関係な他人にも共有されているだけなんです。そこに隠すものの価値が、金銭で計れるものでしょうか。誰かの人生に関わる秘密が、埋蔵金だなんて、わたしには考えにくいです」

亮二は、愛想のいい笑みを忘れたように、朔実に強い視線を向けた。

「おもしろい人だね。人生に関わる秘密、か。もしきみが、そんな秘密を持ってるのだとしたら見てみたいな。あかずの扉、借りてるの？」

「いいえ。わたしはただ、あかずの扉を持つ人に、少しだけ近づいたことがあるだけです」

あかずの扉に隠したいような、とくべつな秘密が彼にはあるのだろうか。それを守るための堅い鎧（よろい）が、一瞬垣間見（かいまみ）えたような気がする。

「鍵をひとつ持ってる。これで開く扉をさがしててさ。ここにあるのかもしれないから、確かめたいんだ」

ポケットから取り出した鍵を、亮二はデスクに置いた。そのときにはもう、元の人当たりのいい空気をまとっていた。どちらが本当の彼だろう。

黒っぽくて小さい鍵だった。頭の部分は菱形（ひしがた）になっている。古い鍵なのは間違いなさそうだ。

「祖父の遺品なんだ。このあたりに下宿していたことがあるらしい。この鍵で開く扉が、建物のどこかにあるなら開けてみたい。中を確かめたいんだ」

「幻堂さんに訊いてみました？」

「いや。実は、中のものが盗まれた可能性がある。幻堂さんを疑うわけじゃないけど、おれが調べてるってこと、彼から犯人に漏れるかもしれないからさ」

「盗まれた……？　本当ですか？」

「ああ、証拠になりそうなものもある。祖父のものが、これ以上盗まれるのを阻止したいんだ」

彼がテーブルに置いた鍵を、朔実は手に取ってみる。小さい割にずっしりとした重さがあった。

「おじいさんが本当に下宿していたとしても、あかずの扉を借りたかどうかは……。鍵がここのものだっていう確証はないんですよね？」

思い余ったように、彼は朔実のほうに身を乗り出す。少し驚いて、朔実は体を引こうとするが、ぐっと手を握られる。

「水城さん、確かめられない？　祖父は、横田酔星（よこたすいせい）というんだ」

「あの……、すみません。幻堂さんが管理しているので」

「台帳みたいなもの、あるんだよね？」

「勝手に見ることはできません」

落胆したように手を離す。

「そうだよね、ごめん、変なこと言って」

わびながらも、まだ近い距離で彼は子犬のように朔実を覗き込んでいた。

この距離感が、風彦とは全く違う。親切でやさしくて、紳士的なのか一線を引いているのか、容易に近づけない空気の風彦は、日ごとに朔実の中で存在感を増している。ここへ来て半年ほどなのに、もう風彦が基準になっているなんて、どうしてだろう。わけがわからないまま朔実はひそかに息をつく。

亮二はそれ以上、横田酔星という人について具体的なことは言わなかった。もし〝まぼろし堂〟に、祖父の鍵で開く扉があるなら、風彦に近い人が中のものを持ち出していると彼は考えている。ここでは新入りの部類の朔実ではないと踏んで、話を持ちかけたのだろう。

風彦には話さないでほしいと、すがるように懇願され、朔実は頷く。あかずの扉のことなら力になりたいが、風彦に秘密では難しい。

どうすればいいだろう。考え込んだ朔実はすでに、小さな鍵に隠された謎に引き込まれていた。

＊

アーツ・アンド・クラフツの壁紙のサンプルをさがしながら、「どこへしまったんでしたっけ、水城さん」と顔を上げた風彦は、朔実がいないことに気づき、「ああ、そうか」とつぶやいた。

事務所を手伝ってくれていた朔実は、無事社会人になり、毎日会社へ出勤している。もうバイトには来ない。

それでも洋館に興味があるからと、時間があれば事務所に出入りしている朔実だが、仕事を頼むわけにはいかないと、風彦は一線を引いているつもりだ。なのに、集中しているときほど、彼女がいないことを忘れそうになってしまう。短い間に、朔実はこの事務所の一部になっていた。根がまっすぐで、仕事熱心だからか、それとも今までになく、風彦にとって呼吸の合う相手だからか。

助手がいるときもいないときもあったが、これまで問題なくやってきたのだから、これまでどおりだ。風彦は戸棚に歩み寄り、この半年で朔実がきちんと片付けたファイルが、また秩序をなくしつつあるのを眺めてため息をついた。

「ごきげんよう、風彦さん」

振り向くと、開けっぱなしになったドアの前に、お下げ髪に着物姿のランが立っていた。

「ちょっといいかしら？」

「何でしょう。雨漏りでもありましたか？」

風彦は戸棚を離れ、ランに歩み寄る。

「朔実ちゃんのことなんだけど」

一瞬、頭の中を覗かれたような気持ちになった。自分も朔実のことを考えていたからだ。と同時に、ランが朔実について何を言い出すのか、想像もできなくて身構えていた。

「内海さんがね、見たって言うのよ」

「何をですか？」

「新しい人、ほら、なんて言ったかしら。若い男性の。その人が、朔実ちゃんの部屋から出てきたんですって。だから、気をつけてあげたほうがいいんじゃない？　朔実ちゃん、若い割にはしっかりしてるけど、人がいいでしょう？　つけ込まれないか心配だわ」

新しい下宿人は、たしか、羽間亮二という古書店員だ。

「ランさん、このごろは男女でもすぐ友達になるんですよ。羽間さんも、ここでの生活のこと、歳の近い水城さんに訊こうと思ったくらいじゃないですか？」

そう言いながらも、女性ひとりの部屋に押しかけるのは非常識だと、風彦にも思えた。もっとも、自分は同世代からでさえ年寄りくさいと思われているので、朔実とはかなり感覚が違うのだろう。

「内海さんね、羽間さんのことを口先だけのタイプだって言うのよ。あわよくば、ってのに決まってるって」

　内海はどちらかというと、人のことをまず疑ってかかる。そのうえで自分に害がなければ放置するのが基本なのに、朔実のことは心配しているのだろうか。意外だけれど、ひねくれた内海の毒気を抜いてしまっているとしたら、朔実はおもしろい。

「でも、水城さんにとって余計なお世話かもしれないですよね」

「彼女が困ってるって、内海さんは思ったんじゃないかしら？」

「わかりました、念のために気をつけておきます」

　納得したように頷いたランだが、まだ立ち去ろうとはせず、何か言いたげに風彦をじっと見た。

「ついでに訊いてもいいかしら？」

「何でしょう」

「朔実ちゃんを、どうして雇ってあげないの？　建物に興味があるからって、そういう企業をさがしてたらしいじゃない？　でも時期も遅かったし、やっぱり無理だったって。本当のところ、風彦さんの気が変わるのを待ってたんじゃないかしら」

「新卒なんですから、こんな極小事務所より、長く勤められるところに行くべきですよ。彼女の将来に関わることですから」

　責任を負えない、と言いかけ、違うような気がして言葉をさがす。

「僕では、雇ったとしても生活を保障できません」

「そうかしら。まかない付き寮完備で、労働条件は悪くないでしょう？　風彦さんだって、助手がいれば仕事を増やせて収入も増えるじゃない？」

　このごろは、風情ある洋館の老朽化が進み、一方でその価値も見直されていて、依頼は途切れない。引き受けられずに、結局取り壊される建物もある。本音では人手が足りないところだが、古い洋館に特化したここの仕事は、コンクリートの隙間にたまたま生えた草みたいなもので、それほど伸びしろは望めない。儲(もう)かるものなら、資金のある企業がこぞって参入している、そういうものだ。

「僕は現状で満足しています」

「朔実ちゃんに、ここで資格を取ってもらえばいいのに。いい人材になると思ったんだけど」

ランは、この建物の将来を案じている。自分がいなくなっても、ここを残したいと風彦以上に強く感じているから、設計事務所の先行きも気になるのだ。しかし朔実がもし、建築士の資格を得ようとするなら、経済的に考えて、働きながら実務を学ぶしかないだろう。建築学科を出ていないのだから、最低でも七年の実務経験が必要だ。

「そもそも、洋館が好きだと言っていましたが、水城さんは建築士になりたいというわけでもないのでは?」

「ここで働きたいっていうのは、そういうことじゃないの?」

もともと、あかずの間に興味を持ったようだった。そこから、建物としてのまぼろし堂に関心を寄せる彼女は、風彦が古い建物に向けるまなざしを理解している。だから仕事仲間として違和感がなかったが、雇うとなるとこちらの都合だけでいいわけじゃない。

「朔実ちゃんを見てると、あたしの若いころを思い出すわ。ただのファンなのに、いきなり師匠の元に飛び込んで、一から学んだの。そのころは、小説家になろうとは思わなかった。追っかけみたいなものよ。でもね、わけのわからない衝動に従って道を選んだとき、その先に何があるか、本当は知ってたんじゃないかって、あとになって思うわ」

それでも風彦は、躊躇(ちゅうちょ)する。たぶん、風彦自身には、自分がここでやっている仕事も、あかずの扉の管理も、まぼろし堂の維持も、続けていく先に何があるのか、全く見えていないからだろう。

何も言わず、デスクに戻る風彦を、ランはしばらく見ていたが、あきらめたように立ち去った。

＊

夕食前の休憩時間に、平造は裏庭でタバコを吸っている。今でも館内は禁煙になっているわけではなく、単に吸う人がいないだけだそうだが、平造は昔から、裏庭でしか吸わないらしい。

そんなことを邦子から聞いていた朔実は、東棟を回り込み、庭というよりは山のような雑木林へ入っていく。やがて林が途切れると、四角く開けた空間で、平造は石垣に腰掛けていた。

タバコは吸っていなかったが、傍らに水の入ったバケツが置かれている。火の始末には用心しているようだ。そうして文庫本に目を落としていた彼は、草を踏む朔実の足音に気づいたのか顔を上げた。

「休憩中にすみません。お伺いしたいことがあるんですが」

にわかに眉間にしわを寄せる。片方の目元に目立つ傷といい、その顔つきは険しくて、不意に視線を向けられるとたじろぐが、平造はけっして朔実を威嚇したわけではなく、静かに頷いた。

「平造さんは、横田酔星という人をご存じですか？　昔ここに下宿していたらしいんですけど」

すると彼は、文庫本を閉じて朔実に差し出す。受け取ったものの、わけがわからず戸惑っていると、彼はやっと口を開いた。

「そこに名前がある」

表紙に目をやる。作者名が横田酔星だと、朔実はようやく理解した。

「作者……？　この本を書いた人が、ここに下宿してたってことですか？」

平造は頷いた。本の奥付を見ると、文庫本自体は十年ほど前に出たものだ。しかし横田酔星の略歴によると、生没は一九一〇年〜一九四五年だという。昭和初期に人気を博した怪奇小説家らしい。

「平造さんは、横田さんを直接ご存じなんですか？」

「いや、俺は会ったことはない」

「そうですか……」

「本はランさんにもらった。もう読み終えてるから」

平造はそう言うと、ポケットから出した懐中時計で時刻を確かめ、休憩時間が終わったのか、石垣から立ち上がる。

そうだ、ランだ。平造とは面識がなくても、ランはもっと年上だ。知っているかもしれない。それに、同じ小説家ではないか。思い当たり、朔実は急いで声をかける。

「ランさんは、横田さんと同業者ですよね。もしかして、親しかったんでしょうか」

「ランさんのご主人だ。戦死したが」

あっけにとられている朔実の前を、平造はゆっくりと通り抜けていく。あわてて呼び止める。

「あの、おふたりにお子さんは……」

「いない」

きっぱり言うと、平造は雑木林の奥へ消えていった。

思いがけない情報に、考え込みながら朔実は石垣に座り込む。亮二は、横田酔星は祖父で、鍵を遺品だと言った。しかし、子供がいないなら孫もいない。

亮二の言うことは本当なのか。それに中のものが盗まれたと言っていたが、ランは知っているのだろうか。

また文庫本に目を落とし、朔実は何気なくページを繰った。西洋館、という文字が目につく。三つの塔屋があるアメリカン・ヴィクトリアン様式、迷路のような構造や、いくつもの開かない扉、このまぼろし堂を思わせる描写がある。酔星は、ここに住みながら小説を書き、想像力を羽ばたかせたのだろう。幻想的な文章が連なる、言葉の酩酊感に引き込まれながら、朔実は彼が描く建物を生き物のようだと思う。いびつな塊を少しずつ成長させていく多肉植物、それとも螺旋状に巨大化していくアンモナイト、不規則に増殖していくように見えて、実は厳格な法則に従っている、自然の造形。

心地よい文章に身を委ねていると、誰かが目の前に立った。はっとして顔を上げると、亮二がにっこり微笑んだ。朔実は本をそっと手で隠すように覆うが、なぜそうしたのか自分でもよくわからなかった。

「こんなところで読書？」

「ええ、はい。羽間さんは……？」

「敷地を歩いてみようと思ったんだけど、結構広いね。道が続いているかと思ったら、いつの間にか山の中だし」

「もしかして、あかずの扉のことで敷地も調べてるんですか？」

「館の全体が見られないかと思ってね。でもここ、建物の背後に大きな岩の崖が接してるんだな。母屋は完全に正面からしか見ることができないから、内部の構造がわかりにくくて迷いやすいんだろう」

　言われてみればそうだ。正面から見えない背後が、斜面のくぼみにも沿っているとしたら、もっと複雑な間取りが存在することになる。

　亮二はごく自然に朔実の隣に腰を下ろす。少々距離が近い気がするが、彼のほうは気にする様子はない。

「もしかして、横田酔星のこと調べてくれてるの？」

　朔実の手元の本に視線を注いでいる。

「作家だって、どうして言わなかったんですか？」

　隠す意味もなかったと、朔実は本の表紙を見せた。

「うーん、どうせ今じゃ、知ってる人は少ないし」

「……本当に、あなたのおじいさんなんですか？」

「それ、誰の本？」

　質問には答えず、逆に問う。朔実は口ごもる。

「うそだよ、祖父じゃない」

　あっけらかんとした告白だった。

「どうしてそんなうそを」

「他人の鍵で扉を開けたいって言ったら、水城さんは警戒するだろ？」

　朔実を協力させるためのうそだったのだ。あきれ果て、ため息をつくしかなかった。

「でも、考えてみればすぐバレるよな」

「赤の他人の鍵を、なぜ持ってるんですか？」

そこはぐらかすように、亮二はさらに朔実に体を近づけた。

「横田酔星のために、どうしても知りたいんだ。彼のものは、ちゃんと彼に返すべきだろう。勝手に盗んでいいわけがない。たとえもう亡くなってるとしてもさ」

「あかずの扉を開ける鍵なら、あなたが開けていいものなんですか？　横田さんが、望んでいると思います？」

「それは開けてみないとわからない」

「やっぱり、幻堂さんに話しませんか？　ここは幻堂さんの館です。勝手にあちこち調べられたら困ると思うんです」

「幻堂さんが困ったら、きみも困るわけ？」

考えてもみなかったことで、そしてなぜか、急に頰が熱くなった。風彦を困らせたくないのは、悪く思われたくないから？

少しでも、好かれたいから。

「へ、変なこと言わないでください」

朔実は立ち上がるが、手をつかまれる。あわてて振り払ったとき、本が弾みで投げ出された。植え込みの向こう側まで飛んでいった本を、細長い体をかがめて誰かが拾う。風彦だ。

「水城さん、ヴィンテージタイルの在庫リスト、どこにしまったんでしたっけ」

それを訊きにわざわざ来たのかどうか、いつもどおり彼は淡々としていた。

「あ、それはたぶん……」

今の話は聞かれなかっただろうか。朔実は上の空で、答えるべき場所をど忘れしている。

「じゃあおれ、行くよ」

亮二は急にそう言うと、まるで風彦から逃げるように、そそくさと行ってしまった。見送って、風彦はまた言う。

「暗くなると、ここは足下が危ないですから、僕たちも戻りましょうか」

はい、と答えながら、朔実はやけに安堵しているのだった。

「あの、どうしてここにいるってわかったんですか？」

「平造さんに聞きました。羽間さんともすれ違ったと」

もしかしたら、タイルのことよりも、心配して来てくれたのだろうかなんてふと考え、あわてて自分を戒める。でも、うっすらと朔実は、自分の気持ちに気づきつつある。

「この本、読んでいたんですか？」

本を返しながら、風彦は問う。

「はい。平造さんが貸してくれたので。描写されてる洋館が、ここと似ていますよね」

「横田酔星さんは、ここにいたことがあるそうですから」

「ランさんのご主人だったと聞きました」

「ええ、だからもう、ここで横田さんを知っているのはランさんだけです。その文庫本は、復刻で出た短編集で、ほかの作品はもう絶版だとか。古書店でも見つからないそうですし、読めるのはそれくらいかもしれませんね」

もしかしたら、古書店に勤めている亮二は、古い本をさがしているのだろうか。あの鍵で開く扉の中にあるものも、意外な高値がつく古書なのかもしれない。

そしてそれを、誰かが盗んだ？　亮二はそうも言った。けれどもう、所有者はいないのだ。あかずの扉は、たとえ無断でも、開かれたならあかずの扉ではなくなる。古い本が誰かに持ち出されたのだとしても、亮二だって同じことを考えているわけで、いったい何が許せないのだろう。単に自分が、貴重品を手に入れたいだけではないのだろうか。正義感か使命感か、そういう強い何かが、彼にはあるのだろうか。

「横田さんの、あかずの扉ってあるんでしょうか」

この流れなら、訊いても不自然じゃないだろう。朔実は自分の興味もあって問う。

「ありますよ。鍵はランさんが持っているはずです。中身のことは、祖父の代のことなので僕にはわかりませんが」

そういえば、ランに鍵を見せられたことがある。いつも着物の帯に入れているということだった。亮二が持っていた鍵とは、違う場所の鍵だろうか。

「二か所、あかずの扉を借りてたなんてことは？」

さすがに不自然な問いだった。風彦は怪訝そうに首を傾げた。

「どうしてです？」

「ええと……」

「調べてみないとわかりませんが、水城さん、どうして急に横田さんのことが知りたくなったんです？　平造さんに、横田さんのことを訊ねたんでしょう？」

無口な平造が、風彦に報告することを考えていなかった。

「あの、それは……」

「羽間さん、この館のこと調べている様子ですね。水城さん、何か頼まれたんですか？」

「いえ、こ、断りました！」

頼まれたことを白状したも同然だったが、朔実はもう、何も言えずに黙る。風彦は察したように、「そうですか」と話を切った。

　結局風彦は、それ以上、朔実に踏み込んではこない。もう少し問い詰めてくれたら、打ち明けられるかもしれないのに。亮二からは一方的な口止めをされただけだ、約束したわけでもないし、彼に義理も何もない。でも、言わないでほしいと頼まれたら、なんとなく言いにくい。

　だからもし、風彦に伝えたほうがいいと思えるような理由があれば。もう少し詰め寄られたら、話せるかもしれないのに、風彦はそうしない。朔実の意思に委ねているのだろうか。しかし距離を保とうとしているかのように、朔実は感じる。

　部屋を貸してくれたり、設計事務所を手伝わせてくれたりしたけれど、就職を勧めてきっちり線を引いた。朔実はたぶん、頼りすぎてはいけないのだ。全くの他人なのだから当然だ。なのに、線を引きながらもけっして無関心ではなく、気にかけてくれている。だから朔実は、ほんの少し期待してしまう。

　もっと風彦に近づけるのではないかと。

*

　段ボール箱がひとつ、亮二がまぼろし堂へ持ち込んだ荷物はそれだけだ。ここに長くいるつもりはないのだから、住んでいたアパートはそのままにしてある。下宿屋ということで、身ひとつでもとりあえず生活に困らないから、現金と着替えくらいしか持ってこなかったが、段ボール箱の中身は、どうしてもここへ持ち込みたいものだった。

　ガムテープを剝がして、ふたを開ける。中に入っている何冊かの本は、学生のころバイトしていた古書店にあったものだ。学術書が専門の店だったから、大衆小説には興味がなかったらしく、持っていってもいいと店主が言うので、遠慮なくもらった。横田酔星の本が何冊かあった。状態はよくないが、読めるだけでも亮二にはじゅうぶんだった。

今はもう、横田酔星を知る人は少ないだろう。古書店でも見かけないし、ほしがる人もほとんどいないらしい。読んだことがある知人は、グロテスクで荒唐無稽、そのうえ古くさいと評した。だが、発表された当時は人気があったというのだから、時代に求められるものがあったのだろう。

そんな古い作品なのに、亮二はなぜか惹かれた。酩酊感のある世界観は、非日常に連れていってくれる。気に入った文章を何度も書き写しているうち、亮二の中に層になって積もり、発酵し、ふつふつと湧いてくる。それをすくい取るようにして書き連ねたものが、小説誌の新人賞を受賞したのは五年前だ。

けれど亮二は、それから作品をひとつも発表していない。なぜだか書けなくなってしまった。憑きものが落ちたというのは、こういう感覚なのだろうか。あのときは酔星の魂が自分に乗り移っていたのではないかと思うほどに高揚し、頭に思い描くすべてが、あらゆる色と光にあふれていたのに、その後は靄がかかったかのようだ。

人は刺激にすぐに慣れる。新鮮に感じたものも、すぐに既視感にまみれてしまう。

それでも、まだ読んでいない酔星の古い本をさがして、古書店を巡り歩いた。親しくなった店主のもとで働きはじめたころ、亮二は思いがけないものを発見していた。故人の蔵書の買い取りを頼まれて、訪れた古い家にあったものだ。革の書類入れに入った、原稿用紙と鍵だった。

原稿の署名を見て驚いた。横田酔星とある。直筆の原稿だ。しかもそれは、未発表のものだったのだ。

自分が出征先から戻るまで、誰にも、家族にも秘密で預かってほしい。という手紙も入っていたから、故人は横田酔星と親しい人だったのだろう。

しかし酔星は戦死している。これを引き取ることはなかった。もしかしたらこれは、横田酔星の最後の作品かもしれない。

確かめなければならないと、酔星について調べるうちに、まぼろし堂と呼ばれている洋館へたどり着いた。

亮二は、段ボール箱からくたびれた書類入れを取り出す。名前入りなので、酔星のものに間違いない。中には、原稿とともに鍵があった。何か重要な意味があるのではないだろうか。

知りたいと思った。酔星が、秘密にしてくれと人に預けた原稿は、何十年も経って発見した自分に、すべてをあきらかにすることを求めているような気がする。

調査を続けよう。亮二は、書類入れを枕の下に隠し、部屋を出た。

野々宮ランは、ずいぶん奇抜な格好をした老婦人だ。近寄ってはいけないような印象に反して、案外人なつっこい。部屋を訪ねていくと、ほとんど初対面にもかかわらず、にこやかに迎え入れてくれる。

九十八歳だというが、三百歳だと言われても納得してしまいそうな存在感だ。亮二は彼女の著作を差し出し、サインがほしいとファンを装ったが、もちろん目的は別のところにあった。

「おれ、横田酔星さんの小説もよく読んでるんです。野々宮さんと、作風が似てますよね？」

ランは、ほめ言葉と受け止めたのか、ふふ、と笑った。窓辺に飾られた酔星の古い写真を一瞥（いちべつ）し、かすかに頰を染める様子は、少女のようだ。

「酔星さんは師匠でもあったもの、強く影響を受けたし、あたしは後継者のつもりよ。だけども
し、彼が生きていたなら、後の彼の作風は全く違ったものになっていたと思うわ」
亮二は意外に思う。最後の作品だと思われる原稿も、これまでと同じ作風の怪奇小説だった。
「どうしてです？」
「だってあたしは、彼のことが手に取るようにわかるの」
「結婚していたからですか？　でも、あなたとは別の人間だ。何十年も、彼の後継者で居続ける
なんて、どうしてそんなことが可能なんでしょう？」
皮肉を込めたが、ランはやはり、ほめられたかのように微笑んでいた。
「羽間亮二さん、あなた以前、新人賞を受賞してたでしょう？　どこかでお見かけしたことがあ
ると思ったわ。出版社の授賞パーティね」
「おれのこと、知ってくださってたんですか？　それは光栄です。あの作品は、不思議とのめり
込んで、一気に書いたんです。少し前に、絶版になっていた横田さんの本をたまたま見つけて、
それを読んだあといろんなイメージが一気に湧いてきたんですよね」
けっして模倣ではないし、選評でも酔星へのオマージュを指摘するものはなかったが、彼の作
品が、自分を奮い立たせるような刺激になったのは確かだろう。
「あの人の作品は、インフルエンザみたい。人は熱に浮かされて我を失うけれど、一時的なもの
よ。なのにあの人自身は、ずっと高熱に浮かされながら書き続けてた。遅かれ早かれ、壊れてし
まったことでしょうね」
書けなくなる前に亡くなった。それは彼にとって幸運だったのだろうかと、亮二はぼんやりと
思う。

「野々宮さんは、高熱に浮かされてはいないんですか？」

「きっとあたしは、もともと体温が低いのでしょうね。あの人の熱が、あたしに人並みの力を与えてくれるの。たいしたものよ、今もまだ、火が消えそうな気がしないわ」

　彼女が作品を発表したのは、酔星の死後間もなくだ。そうして今も、寡作ながらコアなファンに向けて現役で書き続けている。

　彼女のどこから、奇妙にゆがんだ世界観や薄暗く不安定な精神世界が湧き出してくるのだろう。酔星の影響力？　本当にそうだろうか。

　ゆっくりと丁寧にサインした本を、亮二に差し出したランは、同じくらいゆっくりと言う。

「あなた、腹話術をご覧になったことは？」

「腹話術ですか？　テレビでなら」

「酔星さん、あれが得意だったのよ」

　初耳だったが、酔星の特技には興味がなかったから、頷くに留(とど)める。

「この部屋でも、下宿のみんなの前でも、よく披露してたわ。そうそう、以前の管理人さんは、すごく気に入ってたわね」

　ランはかまわず話し続け、部屋の中にあるクローゼットのドアを開ける。人形がたくさん入っている。吊(つ)り下(さ)げられたり、重ねられたりして詰め込まれた人形たちの視線が、一斉にこちらに向けられたようで、さすがにぞくりとする。

「腹話術っておもしろいわよね。人形がしゃべり出して、まるで魂を得たかのよう。ずっと昔、ある腹話術師の舞台を見たわ。人形が本当に生きているみたいで、感心したの。そうしたら、実は人形だと思っていたほうが、腹話術師だったのよ。あれには驚いたわね」

からかわれているのだ。そう思いながら亮二はまた曖昧に頷き、話を酔星のことに戻す。

「横田さんの、本になっていない作品ってないんですか？　おれ、もっと、読みたいんです」

ランは、猫のように目を細めたが、答えなかった。

＊

食堂に、ヴィンテージタイルのファイルが置きっぱなしになっている。そろそろみんな寝静まる時間だが、朔実は寝る前にホットミルクが飲みたくて、キッチンへ出てきたところだ。ファイルは風彦がしまい忘れたのだろう。片付けておこうと、手に取って事務所になっている部屋へと向かった。

真っ暗なはずの事務所に、明かりがついていた。まだ風彦がいるのかと思いながらノックをするが、返事はない。ドアを開け、部屋の中を見回すが誰もいなかった。電気を消し忘れたのだろうか。朔実はファイルを戸棚の定位置に戻し、部屋を出ようとして、ふと床に散らばったペンに気づいた。ペン立てごと、デスクから落ちたようだ。拾おうと身をかがめたとき、デスクの下で、何かが動いた。びっくりした朔実が悲鳴を上げそうになる前に、あわてて亮二が出てくる。

「おれだよ、おれ、ごめん、びっくりさせて」

かろうじて深呼吸する。

「な、何をしてるんですか……」

聞くまでもなかった。横田酔星のあかずの扉について調べに来たのだ。

「ここって、データ化進んでないの？　資料もファイルも多すぎて、どこに何があるかさっぱりだよ」

　風彦は把握しているので、朔実もあまり大きくは動かせない。これでも多少は整理したが、初めて来た人には全く片付いていない部屋だろう。

「それ、あなたが持ってるのはただの図面です。あかずの扉の情報じゃありません」

　亮二が抱えているものを、朔実は指さす。

「ランさんの部屋に、写真が置いてあったんだ。横田酔星の写真。その部屋は、窓の外に塔屋が写ってたから、この建物のどこかだ。だけどランさんの部屋じゃない。とすると、そこに入るための鍵なんじゃないかって気がしないか？」

　だから間取りを確かめようと、図面をさがしに来たのだろうか。

「菱形の窓があった。外側から見ると、いくつかそんな窓はあるんだけど、ひとつだけ塔屋が見えそうな位置だ。ただ、その部屋の入り口がどこか、中からだと位置や通路が全くわからないんだ」

　ここではよくあることだ。外から見える部屋が、何階なのか、どの廊下、どの階段を使えばたどり着けるのか、本当にわからない。

「幻堂さんの事務所ですよ。さすがに、こういうことはやめてください」

「鍵もかかってなかったけど？」

　風彦はよくかけ忘れる。建物の中なのだから、不用心ではないと思っているし、事実これまで、何の問題もなかったのだろう。

「水城さん、おれは不正を暴きたいんだ。言っただろう？　隠されている貴重なものが、盗み出されたかもしれないって。このままにしておけない」

いつもの軽い印象をひそめ、思いがけず、亮二は真剣な顔で訴える。

「横田さんの、何が盗まれてるっていうの？　あなただって、その鍵の中身を知らないじゃないですか」

「未発表の原稿だ。おれはそう思ってる」

それから亮二は、ポケットから取り出した鍵をじっとにらむ。それに言い聞かせるかのように。

「直筆の原稿といっしょに、この鍵があったんだ。原稿は本になってないもので、酔星の署名があったし、おれは、大きな発見に興奮した。けど、同じ内容の小説が、世に出てたんだ。別の作家の名前で」

「それは……、盗作されたってことですか？」

「そうだ。作家は、野々宮ラン」

亮二は文庫本を朔実の前に放り出す。ここの書棚にあったという。タイトルは『海月男』、作者名は野々宮ランとある。

「酔星の原稿と、タイトルも中身もほぼ同じだ。野々宮ランのデビュー作で、今でも細々と版を重ねてる」

「ランさんが？　酔星さんの作品を……？」

「彼女、酔星が亡くなってから作家になってるだろ？　作品は多くはないけど、一定のペースで書いてる。きっと、彼の未発表作を少しずつ書き写して、自分の名前で発表してるんだ。遺族だからって、そんなこと許されるのか？」

横田酔星は、戦地で亡くなったという。出征前に、書きためた原稿をあかずの扉の中に封印したのだとすると、その後ランが扉を開け、取り出した原稿を写していたというのだろうか。

「でも、あなたが見つけた原稿、それだけは持ち出されていたわけですよね。あかずの扉の中にはないものなのに、ランさんに写すことができたんでしょうか」

「草稿が残ってたんじゃないか？　おれが見つけたのは、誤字脱字のない清書だった。信頼できる知人に、帰ってくるまでと預けたんだから、酔星にとってその原稿は、とくべつな思い入れのある作品だったんだ。なのに、発表する機会はないまま死んだ。そんなの、無念じゃないか？」

亮二は、自分が想像した横田酔星の心情に、やけに感情移入しているように見えた。

けれど、すべては想像だ。ランが酔星の直筆原稿と同じ小説を、自分の名前で本にしたのが確かだとしても、ほかのことは、鍵があかずの扉のものだということも、そこに未発表の原稿があるということも、事実かどうかわからない。確かめるためには、ここにあるという酔星のあかずの扉に、鍵を差し込んでみるしかない。

「ここで、信用できそうなのは水城さんだけなんだ。幻堂さんは、野々宮さんとは家族みたいなものだろ？　きっと、おれのやろうとしてること、阻止しようとするよ」

風彦はたぶん、生まれたときからランがいて、共に生活してきた。ランにとって不名誉なことを暴こうとするなら、亮二を不快に思うだろう。

「……わたしを、信用されても困ります。もっとほかにも下宿人はいるじゃないですか」

「ほかの下宿人、うさんくさい人ばかりじゃないか。サングラスのオッサンも、化粧の派手なオバサンも愛想悪いし、管理人の倉田夫妻だって、ふつうの夫婦じゃないよな」

ふつうの夫婦だと、朔実は思っている。平造が、一見強面なだけだ。

「平造さん、だっけ。入れ墨あるし」

まさか、という思いと、疑わしい気持ちで朔実は亮二を見つめる。

「本当だよ。風呂掃除してるとき、チラリと見えたんだ。シャツが濡れて透けてた。で、そんな人を雇ってる幻堂さんも、あんまりまともじゃないんじゃないかってね」

「そんなの、言いがかりじゃないですか」

「幻堂さんって、結婚してるって知ってた？」

え？　という声は、喉に詰まって出てこなかった。ひそかに呼吸を整えて、朔実はなるべく静かに返す。

「離婚、したんですよね」

「違うよ、してない。奥さんがいるんだ」

バツイチだと、朔実は紀久子に聞いたおぼえがある。実際に奥さんらしき人はここにいないし、亮二の言うことは、すぐには信じられなかった。

「行方不明なんだって、本人がそう言ってたんだ。世間話の延長で訊いたら、ふつうに答えた。待ってるってわけでもなく、もう戻ってこないかのような割り切った感じでさ。ふつうすぎて、ふつうじゃないよ」

言いながら、亮二は風の音を気にしたように窓に視線を向けた。

広い庭、庭か山かわからない敷地、暗い木々の奥を想像してしまいそうになる前に、朔実は、かき消すように頭を振る。しかし、風彦が今も結婚しているという言葉だけは、服の裾が茂みに引っかかったかのようで、どうやってほどけばいいかわからなかった。

結婚していてもバツイチでも、朔実にとっては無関係だ。なのに、どうしてうろたえているのだろう。

「だから、きみしか信用できない。力を貸してもらえればと思ったんだ」

朔実の混乱を見透かしているかのように、亮二は口の端を上げる。

「どうして、そんなに必死なんですか？　ランさんの盗作を暴いて、あなたに利益があるんですか？」

朔実のその質問は、思いがけず亮二を動揺させた。堂々と持論を展開していた彼が、急に目をそらす。金魚みたいに空気だけを吐き出し、言えない言葉を呑み込んだかのようだった。

「……とにかく、おれの勝手だってことはわかってる。でももしその気になったら、菱形の窓のある場所を教えてくれ」

急いでそれだけ言うと、出ていった。


塔屋が見える菱形の窓、朔実には想像がつく。けれど、あの部屋には鍵はかかっていなかったはずだ。手狭な会議室といった雰囲気で、五角形のテーブルには銀の燭台（しょくだい）が置かれ、周囲には椅子が並んでいたと記憶している。

行ってみようと思い立ち、朔実は部屋がある西棟へと向かう。夜のまぼろし堂は、場所によっては全く明かりがついていないので、道順を知っているつもりでも間違えそうになる。ふだんは使われていない西棟は、なおさら真っ暗だ。

そもそもここでは、通路がすべてつながっているわけではない。別の部屋へ行くためには通らなければならない部屋もある。そのために、出入り口が複数ある部屋は少なくないのだ。むしろ古い西洋建築では、廊下というものが存在せず、目当ての部屋へ行くためにいくつも部屋を通るようになっているのは、わりとありふれた構造だったようだ。

やがてたどり着いた部屋の前に立つと、ドアの隙間から明かりが漏れていた。誰かいる。亮二はもう、ここを見つけていたのだろうか。

うっすらと開いたままのドアから、中を覗き込む。人が椅子に座っている。その後ろ姿は風彦だ。

気配に気づいたように、彼は振り返った。

「水城さん？　どうしてあなたが。羽間さんが来ると思ってたんですけど」

それで朔実は理解した。

「幻堂さん、事務所の鍵を開けっぱなしにしました？」

「ええ。彼、横田酔星のあかずの扉をさがしていたでしょう？」

「知ってたんですか？」

「ランさんが、そうなんじゃないかって知らせに来たんです。彼がランさんのことを色々さぐってて、彼女の部屋に誰かが入った形跡もあるらしくて。今夜、もしここへ現れたら、話を聞こうと思っていたんです。何が目的なのかを」

しかし朔実が事務所へ行ったため、亮二は図面をよく見ることができなかったのだ。

「あなたは？　もしかして頼まれて来たんですか？　羽間さんに」

彼の目的は、ランの盗作を暴くこと。でも、さすがに風彦に言うのははばかられ、ついうつむいてしまう。

「いえ、答えなくていいんです」

風彦は、朔実を問い詰めるつもりはないと配慮したのだろう。たぶん、亮二に協力していると思われている。亮二のためにここを確かめに来たと、彼とはそれなりに親しくなりつつあると思われている。朔実は急に恥ずかしくなった。

亮二が横田酔星のことを調べていると知った風彦は、朔実が酔星に興味を持ったらしいことを、亮二への好意だと感じたのだろうか。だからこの前、庭で朔実と亮二を見つけたときも、深く訊ねなかった。

「わたしはべつに、頼まれて来たんじゃありません」

恥ずかしくて、つい、強く言ってしまう。

「ただ、本当のことを、知りたかったんです」

そう、知りたかったのだ。亮二がただのうそつきなのか、本当のことも言っているのか。ランの盗作のことも、そしてたぶん、風彦の妻のことも。自分がこれからどうしたいのかも。

「本当のこと、ですか？」

「ランさんは、どうして小説家になったんでしょう。ご主人が亡くなってからずっと、生涯をかけて小説を書くことを、いつどこで決意したんでしょう」

彼の未発表原稿が残っていたからなのか。ランはそれを、どんな思いで書き写してきたのだろう。

「水城さんは、設計の仕事がしたいと思ってるんですか？」

唐突だった。どうして今、そんなことを訊くのだろうか。ランの仕事のことを問う、就職して間もない朔実が、進路に戸惑っているように感じたのか。それでいて彼の問いは、朔実自身にも整理できない疑問を正確に射貫(いぬ)いていた。

実際、戸惑っているのだ。朔実には、人が道を決めるということが、不思議に思えてならない。

「わたしは、何がしたいとか、将来のことも、ほとんど考えていませんでした。とにかく働いて、自分で生きていかなきゃと、それだけで頭がいっぱいで……」

両親が亡くなったとき、同時に家も失い、ひとりで生きていくことを考えなければならなかった。そこに夢や希望はなかった。大学へ進んだのは、不二代の厚意でもあり、ひとりきりの身には役立つこともあるだろうと思えたからだ。

「夢は、見る余裕のある人のもので、わたしには必要ないと思ってたんです。だから、幻堂さんのところで働きたいと言ったのは、本当に子供じみた思いつきでした。ほら、花屋さんになりたいとか、そういう感じの」

ほんのちょっと、夢を見てしまっただけ。何の知識もない事務的なバイトで、いつまでもやっていけるわけがないし、建築士だなんて、夢のまた夢だ。

「でも、あかずの扉は興味深いです。この洋館も、下宿人としてでいいからもっと知りたいんです。横田さんのあかずの扉も、個人的な興味で、誰にも何も頼まれてないし、それだけなんです」

風彦にじっと見られて、朔実はちゃんと伝えたいと一生懸命になっていた。自分の思いを、こんなふうに必死になって話したことはなかった。こんなふうに、聞いてくれていると信じられることもなかった気がする。

「あなたは、不思議ですね。僕も、夢を見たことはありません。でも、あなたは、僕とは違う。羽がある」

「羽、ですか？」

どういう意味かわからなかった。風彦は、何か言いかけたようだったが、結局口をつぐんだ。

「羽間さん、来ないようですね」

代わりにか、そう言う。

「ここが、あかずの扉の部屋ですか？　鍵はかかってなかったですけど」

けれど風彦は、亮二がここに目をつけて、やって来ると思っている。

「酔星さんが下宿していた部屋です。本来は、降霊術をする部屋だったとか」

降霊術？　朔実はあらためて見回す。五角形の部屋、五角形のテーブルを囲む椅子、菱形の窓には厚いカーテンが掛かっている。朔実は降霊術がどんなふうに行われるのか知らないが、そう言われればそんな気もしてくる。

「ランさんが来てからは、ふたりでここと隣の部屋を使っていました。酔星さんが執筆するのがこの部屋。文章がおりてくると言っていたらしいです」

「ランさんは、どうして部屋を替わったんですか？　ここでは書かなかったんですか？」

「ここにおりてくるのは、酔星さんの作品だからでは？」

でも、酔星の作品を写すなら、ここでもよかったのではないだろうか。

「それじゃあ、横田さんが亡くなったとき、ここには書きかけの原稿がたくさんあったんでしょうか」

「ありますよ。酔星さんの書きためた作品が。未完ですけど」

思いがけず、風彦は言った。そうして、暖炉の横のチェストに歩み寄る。引き出しを開け、そこにぎっしり入っていたノートを、一冊取り出す。

「えっ、見てもいいんですか？」

「どうぞ」

開くと、隅々まで文字で埋まっていた。達筆なので、拾い読みしかできないが、まるで日記のようだった。

昨日彼女と鶴岡八幡宮へお参りした、というようなことが書かれている。〝彼女〟は振り袖姿でお下げ髪と、ランを思い起こさせる。私小説、というものだろうか、猟奇的な空気はまるでない。淡々と、日々の生活と繊細な心の動きが綴られている。その中で、小説家の〝私〟は、筆が進まずに苦悩している。しかたなく、腹話術の人形を手にし、それに書かせようとすると、彼女が笑う。〝私〟は、悩むよりも楽しくなってしまう。

ずいぶん微笑ましい話だ。この明るくも単調な日常が途切れてしまったことを思うと、朔実は胸が痛む。

「この場所、羽間さんに教えてもかまいませんよ」

風彦が言う。胸の痛みが尾を引いている。

「どうしてですか？」

「水城さんは、人に頼られたら、純粋に力になりたいと思うでしょう？」

最初はそう思ったけれど。風彦は、亮二が勝手に扉を開けてもかまわないのだろうか。それでランが困ることになったら、朔実に自分の仕事を少しでも手伝わせたことを後悔しないだろうか。

「あかずの扉は、ランさんが受け継いでるんですよね？」

「ランさんも、気にしないでしょう」

気にしないなんて、言っていられなくなるかもしれないのに。

「わたしは、言いません。言いたくないです。横田さんのあかずの扉は、羽間さんが開けちゃいけないんです」

朔実は、ランの秘密を守りたい。風彦に胸を痛めたりしないでほしいから。

「だから、教えてもいいなんて言わないでください」

ムキになっている自分が恥ずかしくて、それでも言い切ってしまった朔実は、うつむいているしかない。風彦が、静かに朔実の前に歩み寄るのを気配で感じた。

「酔星さんのあかずの扉は、ランさんのほかには誰も開けることはできません。たとえ鍵があっても」

すぐそばで聞こえる穏やかな声は、不思議と朔実を安心させる。結婚していてもいなくても、風彦自身に違いがあるわけじゃない。朔実はただ、この人に惹かれている。

おそるおそる顔を上げると、彼は天井を指さした。

漆黒に塗られた天井には、月と星が描かれている。夜空だ。室内の明かりは壁にしかなく、その光がかろうじて届く場所に、天井の色に紛れた黒くて四角いドアらしきものがあった。黒いノブも鍵穴もあって、形は確かにドアのようだが。

「あれは……ドアなんですか？」

サイズが小さい。ドールハウスのドアみたいだ。首を傾げていると、風彦は、戸口のほうに振り返る。

「羽間さんも、ご覧になったらどうです？」

あわてて朔実も振り返ると、扉の陰から亮二が進み出た。

「気づいてたんですか」

いつから彼は、そこにいたのだろう。

「水城さんの後をつけて、ここへ？」

風彦が言うと、亮二はにんまり笑う。つまり、朔実はうまく利用されていた。あきれて何も言えない。

「水城さんは、おれには教えてくれないだろうと思ったから。それにしても、わかってないね。彼女はあなたのために、おれをこの部屋から遠ざけたかったのに、教えてもいいだなんてね」

風彦が不思議そうに朔実を見るが、亮二は、さっさと話を戻すように天井を見上げる。

「あれですか。まさか天井に隠し扉とは」

「隠し扉ではありません。あれは、開かないんです」

鍵ならある、と亮二は黒い鍵を取り出す。

「天井に描かれた絵なんです。近くで見ればわかりますよ」

にわかには信じられない様子で、亮二は飾り台を真下まで引きずり、その上に立ってよく観察する。一見立体的に見えたドアの凹凸も、ノブも鍵穴も、平面に影を描いただけだとわかる。どこも開かない。

「は？　なんだよ、これ。横田酔星のあかずの扉、本当にこれなんですか？」

「そうです」

「だったら、未発表作はどこに？　野々宮ランの部屋には、大量の原稿を隠せるような場所はなかった。彼女がこれまでのあいだ、横田酔星の作品を盗作してきたなら、それなりの量があるはずなんだ」

「まさか、ランさんがずっと酔星さんの原稿を写してきたというんですか？　羽間さん、いったい何を根拠に」

風彦は眉をひそめながら、警戒するように亮二をうかがう。

「根拠なら、おれの手元に横田酔星の直筆原稿がある。それと同じ作品を、野々宮ランは出版しているんだ。何なら見せますよ」

堂々とした亮二を前に、風彦はさらに眉根を寄せた。

「それは、違うと思います」

朔実はとっさにそう言っていた。

「ランさんの作品は、ランさんが書いたんです」

この部屋へ来て、ついさっき思いついたことが、だんだん確信に変わるのを朔実は感じている。天井のあかずの扉は、扉ではないのだ。酔星の未発表作がそこに隠されているわけではないとしたら、なおさら自分の考えが正しいのではないかと思える。

「だって、ここにあるノートに書かれているものは、怪奇小説じゃないんですよ。生き生きして、楽しんで書いてるんだろうなって、読みながら頬がゆるむような文章なんです」

建てられたときのまま、降霊術が行われたという部屋で、ひたすら執筆する酔星を、朔実は想像する。原稿用紙にではなく、ノートに、思いつくままに書いていくのだ。

「横田さんは、自分の時間をとことんこれに使ったんです。それでもまだ未完なんですから、ほかに小説を書き残すことはできなかったと思うんです」

「でも、おれが見つけた原稿は？　それを野々宮ランが自分のものにしたのは確かなんだ」

朔実は首を横に振る。

「タイトル、『海月男』なんですよね。ランさんのデビュー作だという本、海の月と書いて〝クラゲ〟でした」

風彦の本棚にあったから、読んだことがあるのだろう。彼も頷く。

「この前、平造さんに借りた横田さんの本は、洋館を舞台にした連作の短編集でした。バラバラに発表された作品を、同じ舞台設定だからと、没後にまとめたものだったようです。洋館にはクラゲの水槽があって、それがたびたび描写されているわけですが、初期作品ではクラゲを〝水母〟と書いているのに、最後の短編だけは〝海月〟なんです」

　風彦は、はっとしたように口を開いた。

「それは、途中で書き手が代わったということですか？」

〝水母〟を使うのが酔星なら、〝海月〟を使うのは、ランではないだろうか。ランと結婚後、酔星はだんだんと、書きたいものが変わっていき、怪奇小説を書けなくなっていたのかもしれない。代わりにランが書き、酔星が写して自分の名前で発表していたとしたら。

　そして彼の死後、ランが似た作風の小説を発表していく。かつて酔星のために書いたものの、未発表のままになったものを、自分の作品として本にしただけ。

　たまたま、酔星が写した原稿が残っていて、亮二が見つけたことで、ランが盗作をしたかのように見えてしまった。

「作品を、順を追って調べれば……」

「朔実ちゃん、あたしが盗作したのよ。酔星さんの作品を」

　朔実の言葉をさえぎって、ランがゆっくりと部屋へ入ってきた。彼女の歩き方はいつも、ほとんど足音がしない。

「『海月男』は、酔星さんが書いたものよ。だから、告発されてもしかたがないわ」

　まっすぐに亮二を見る。思いどおりの言質を取ったようなものなのに、彼は疑うような目をしている。

「元の原稿は？」

「写したら、もういらないでしょう？」

「じゃあの、扉は何なんです？　横田酔星のあかずの扉は、何のためにあるんですか？」

苛立ったように言い、彼は天井を指さす。

「あたしたちが再会するためよ」

ランは帯の下から、小さな鍵を取り出す。亮二が持っているものと同じに見える。

「あの扉はね、死者が開くためのものなんですって。降霊術のときに、夜空の向こう側からこちらへおりてくるために。そういう口上で演出したのかしら。だからこの鍵は、向こう側から開くためのもの。こちら側からはただの絵で、開けられないのだから、まさにあかずの扉。それにしても、いつまでたってもあの人がこちらへ来てくれなかったのは、鍵をなくしたからだったのね」

亮二の手の中にある鍵に視線を向け、恨めしそうな顔をする。

「でもそのうち、あたしも向こう側へ行くときが来る。そうしたら、鍵を開けて、ふたりでこの部屋を訪ねるわ。酔星さんは、書きかけの物語の続きを書くの。あたしたちの、あったかもしれない日々の物語よ」

たくさんのノートが収められたチェストに歩み寄り、そっと手を置いた。

「この物語の中で、今度こそあたしたちは、いっしょに年を重ねていくの。時々ケンカしたり、つらいこともあるかもしれないけど、あたしたちを引き裂くような悲劇は起こらない。二人三脚で歩いていくだけ、そういう話を書くのが彼の願いだったから、あたし、これまでの日々を細かく話すわ。そうしたら、あの人は、自分がそこにいることを想像しながら書けるでしょう？」

「あなたは、何十年も作家を名乗ってきて、全部盗作だったって、本当にそれで恥ずかしくないんですか？」

亮二は、ランの盗作を暴きたいはずなのに、それが信じられないと言いたげにも見えた。

「あたしはただの、酔星さんのファンよ。自分の作品なんて書けるわけないじゃない。これまでずっと、酔星さんが書かせてくれたのよ」

ランを支え、力を与えているのは酔星だ。でも、ランは自分で書いていたはずだ。

「腹話術の人形か……」

亮二は悔しそうにつぶやいた。

「あなたたちは、どっちが腹話術師なんだ？」

酔星なのか、ランなのか。どちらにしろ、腹話術師と人形と、寄り添う二つの姿に、魂はひとつだけだ。夫の書いた原稿を、写し終えたからといって、捨ててしまえるものではない。横田酔星の怪奇小説の原稿は、残されていなかったのだ。朔実にはそれが答えのような気がした。

鍵をテーブルに置いて、亮二は出ていく。

晩年の酔星の原稿も、ランが書いていたことを彼は理解した。自分が盗作をしたとランが主張するのは、酔星の名誉のため、作品はすべて彼が書いたと主張するためだと、悟ったのだ。

＊

ピンクのしだれ桜がすっかり散ってしまったころ、亮二は下宿を引き払った。朔実が帰宅するのと入れ違いに、出ていく彼と門のところでばったり会う。立ち止まって、初めて会ったときと同じように、彼は人なつっこい笑顔を見せた。

言葉はなく、そのまま行こうとする彼に、とっさに朔実は声をかける。

「羽間さんは、本当に盗作を暴きたかったんですか？」

振り返り、亮二は戸惑いながらも朔実から視線を外さなかった。そうして、口を開く。

「おれ、盗もうとしたんだよな、横田酔星の直筆原稿を手に入れたとき。おれも小説書いてて、でも二作目が書けなくて、そんなときにあれを見つけた。世に出ていない原稿なら、おれが使ってもバレないんじゃないかって、本気で考えた。でも、そんなことを思いついた時点で、おれはもう失格なんだって自覚したよ。ダメな人間だ、これからもう、一行だって自分で書けない、ひどい自己嫌悪におちいって、自分で自分を許せなくなった。だから、ランさんのデビュー作が同じ作品だって知ったとき、彼女のことも許せない気がしたんだ」

でももう、彼は、去ろうとしている。意外にも、すっきりしたような表情で。

「ランさんの本音を、心境を知りたかったんですね？」

「なんか、どうでもよくなったよ。おれなんて、あの原稿を盗んでたとしても、その後の人生が今と違ったとは思えない。盗もうとしたのは、その場しのぎの思いつきだった」

酔星の残した原稿を、自分のものにし続けることにランが生涯をかけたのだとしたら、そこにどんな思いがあるのか、彼はただ知りたくて、まぼろし堂までやってきた。知って、自分の浅はかな出来心を笑い飛ばしたかったのだろう。

いけないことだとか非常識だとか、他人のそんな判断を超えたところに、覚悟だけがあった酔星とランを、誰が責め、許すことができるというのだろう。

「そもそもいい加減なダメな人間なのに、今さら自分を汚く感じたとか、おかしいだろ？　だったら、書きたきゃ書けばいいいと思ったんだ」

彼にとっては、自分を許すためだった。

「自分で自分に、鍵をかけてることもあるのかもな。開かないことにしてしまってる。許せないとか失格だとか、何も書く資格はないとか、正義感に酔って、封印して、自分をゆがめてたんだ」

それから彼は、あっけらかんと笑った。

「おれ、やな奴だっただろ？」

おかしそうに朔実を一瞥して、前を見て歩き出した亮二は、もう振り返らなかった。

あかずの扉は、はたして開けてはならないものなのだろうか。いつか開かれることを待って、閉じられた場所もある。開けてはならないという戒めを破るとき、扉を開ける人にとって、良くも悪くも新しい世界が開けるのかもしれない。

「水城さん、おかえり」

玄関へ入ると、ちょうど事務所から出てきた風彦とばったり会った。彼は、古そうな書類入れを手にしていた。

「ああこれ、羽間さんが置いていったんです。ランさんに返しておいてほしいって」

「それが、横田さんの直筆原稿ですか？」

「はい。酔星さんは、出征前にこれを人に預けたんですね。戻るまで誰にも、ランさんにも渡さないでという手紙も入っていました」

預かった人は、戻らなかった酔星のために、ずっと持ち続けたのだ。事情を知っていたのかもしれないし、酔星にとって信頼できる人だったのだろう。

「ランさんに内緒で、人に預けたのはどうしてなんでしょう」

僕が思うには、と前置きし、風彦はすり切れた革をそっと撫でる。

「清書された原稿ですから、このまま出版社に持っていくはずだった。でも酔星さんは、そうするのをやめたんじゃないでしょうか。ランさんの作品を、自分の名で世に出すのはもうやめようと思ったのでは？」

とっくに自分では書かなくなっていた怪奇小説を、出版するのはやめた。戦地へ行く前だ、これ以上読者にうそを重ねまいとしたのか。

「もしランさんが知ったら、酔星さんがいない間に、これを彼の作品として出版してしまうかもしれませんから」

そして彼はランに、ひとりの作家として世に出てほしいと願ったのではないだろうか。ランは、『海月男』が出版社に届かなかったと知り、それを自分のデビュー作にした。酔星の思いを理解したのかもしれない。

「水城さん、それ、建築の本ですか？」

今度は風彦が、朔実が手にしているものに目をとめた。

「あ、はい。図書館で借りたんです。これからの自分に、ちょっと夢を持ってみたくなって」

これまでは、たぶん興味があったけど、高望みはしちゃいけないと決めつけてきた。望んでもかなうとは限らないが、少しでも踏み出したいと、本を手に取ったのだ。

「幻堂さん、わたし、羽間さんから相談を受けてたのに、黙っててすみません。あかずの扉のことになるとつい、関わりたくて。まだ、幻堂さんの助手のつもりでいたかったんです」

深く下げた頭上で、風彦のやわらかい声がする。

「会社、副業禁止ですか？」

「えっ？　……いいえ」

「たまにでいいので、事務所をまた手伝ってくれると助かります」

「……いいんですか？」

本をぎゅっと抱きしめてしまう。うれしいのは、ほんの少しでも夢に近づけるからか、それとも彼に近づけるからなのか。

ひとつは、遠くてもいつか手の届くときがくるかもしれない。でももうひとつは……。

芽生えてしまったものは、かすかに朔実を不安にする。大丈夫、あこがれているだけで、これ以上望むことなんてないのだから。

四章　いつかオルゴールが鳴る日

雨の音は、まぼろし堂をいっそう世界から隔離してしまう。枝葉を打つ水滴のリズムが、あらゆる雑音を覆い隠し、ぼやけた灰色の空気が坂下の家並みをかき消してしまうと、孤立したまぼろし堂は、時間さえも曖昧になっていく。

ついさっきまで騒がしい都会で仕事をし、混雑する電車に詰め込まれて帰ってきたのに、まぼろし堂に足を踏み入れたとたん、朔実は外の喧噪（けんそう）から解放され、もうずっとここで、ぼんやりと過ごしていたかのように感じていた。

設計事務所はふだんより片付いている。風彦が動き回るほどに、少しずつ秩序が崩壊していくのだが、朔実が見る限り、今朝と変わらない様子だ。とすると、風彦は事務所に一歩も入っていない。今日も帰っていないとなると、仕事に支障は出ないだろうか。朔実はスケジュールを確認したが、今のところ問題はなさそうだった。

留守にすることはよくあるし、予定外の打ち合わせや視察も少なくない。けれど、大抵は連絡をくれるのに、ここ数日は何もない。事故でも起こしていなければいい、といらぬ心配をしてしまうのは、両親を亡くしたことが傷になっているからかもしれないが、悪いくせだ。

幻堂設計事務所を手伝うようになり、忙しくなった朔実だが、楽しみも増えている。風彦の助手だとはいえ、会社勤めをしながらだから、たいしたことはできないけれど、少しでも洋館の仕事に携われるし、建築に関わっていきたいという新しい目標にも前向きでいられる。

ここへ来てから、小さな希望が芽生えはじめた。自分も夢を持てるかもしれないと信じられるようになった。風彦のおかげで、彼へのあこがれも尊敬の気持ちも、そこに根ざしているのだから、雇い主として、教えを請う相手として、慕っていても許されるだろう。

雨音に、鐘の音が紛れ込んだ。ホール時計が鳴っているのだ。夕食の時間だと、朔実は事務所となっている部屋を出て、食堂へ向かう。

いつものメンバーはもう席に着いている。朔実も、アジフライにトマトのサラダとコーンスープが並んだテーブルに着くと、邦子がご飯をよそって置いてくれる。ふと見ると、いつもはあいている席に、めずらしく料理がセットされている。かと思うと、内海が眠そうな顔でやってきて、その席に腰を下ろした。

「内海さん、めずらしいですね。まかない食べるんですか？」

まかないの料金を払っていない下宿人は、事前に邦子に言っておけば一食分の料金で食べられるらしいのは知っているが、内海が夕食の席にいるのは、朔実が来て以来はじめてだった。

「悪いか？」

じろりとこちらをにらむ。機嫌が悪そうだ。

「いえ、べつに」

いただきます、とみんなが手を合わせている間に、彼はかき込むように食べはじめる。

「内海さん、疲れ切った顔ね」

ランが話しかけるが彼は答えない。よくあることだからか、ランは気にしない。

「仕事が行き詰まってるんでしょう？」

邦子が言う。

「でも何の仕事か、あたしたちには秘密なのよね」

ランは意外にも、内海の仕事に興味があるらしく、彼の反応を窺うが、内海はまったく意に介さなかった。

「風彦くんは？」

こちらの話は聞き流し、内海は急にそう言う。風彦の席があいているのに、ふと気づいたようだったが、話題を変えたかったのだろうか。

「たぶん、富山じゃないかしら」

邦子が答えた。

「ふん、そんな時期か」

内海も、そしてみんなも納得した様子なのに、朔実だけはわからなくて首を傾げた。

「何の時期なんですか？」

「奥さんの命日」

アジフライにかぶりつきながら、内海が軽く言うものだから、朔実は意味を理解するのに時間がかかった。

「いやだ、内海さん。亡くなってないわよ」

邦子が眉をひそめる。

「行方不明ったって、死んでるだろ。だから命日に現場へ行くんだろ？」

「だけど風彦さんは、いまだに……」

「失踪宣告してないなんてな」

あまりのやりとりに、朔実の食事の手は止まる。現場だとか、行方不明だとか言うからには、事故か災害か、遺体を発見できないような状況に巻き込まれたのだろうか。

そうして彼は、今でも妻のことを忘れられず、生きているかもしれないとどこかで信じている、そういう事情なのだと、朔実は短い間に考えていた。

「それにしても、風彦さんは不憫ね。ご両親のこともあるし。この建物、持ち主一家に不幸が降りかかるんだから、呪われてるのよ、きっと」

ランが意味深なことを言う。両親に何があったのだろう。そういえば、風彦の話題に祖父のことは出てくるが、両親については聞いたことがなかった。ここが彼の生家なら、同居していてもおかしくないのにいないのだ。

「ランさん、小説のネタにするのはやめてちょうだい」

「やだ、冗談よ。でもここにいると、想像力が尽きないわね。だからあたしは気に入ってるんだけど」

「想像ですめばいいけどな。考えてみればここ、建物にしろ敷地の山にしろ、何人でも隠せるよなあ。平造さん、どう思う？」

いつものように黙って食事をしている平造に、内海は話を振る。

「そんな物騒なこと、平造さんに訊かないで」

邦子が代わりに答えた。

「だって平造さんは、風彦くんのじいさんがいたころから管理人やってるんだろ？　それに平造さんの親父さんもここの管理人だったわけだし、過去に不吉なことがあったとか、知らない？」

「あら、不吉なことって、誰かが埋まってるかもってこと？」

ランが目を輝かせる。

「ランさん、誰が埋まってると思うんだ？」

興味のない話題なら聞き流すくせに、内海はそこには悪乗りする。

「ここでのトラブルといえば、あれかしら」

「ランさんも、やめてください」

邦子は眉をひそめるが、内海はまだ言う。

「あれっていうと、あれだろ？　風彦くんの父親も行方がわからないんだったよな」

お父さんも、行方不明？

しかし朔実が質問する間もなく、内海はさっさと食べ終えると、ダイニングルームを出ていった。

「おかわりをくれ」

平造が言う。邦子はほっとしたように立ち上がる。そのまま話題は途切れたが、風彦と親しく見える内海が、彼のいない席で両親や妻の話を持ち出したのが、朔実は少し意外だった。風彦がいない理由も知っていて、わざと話題にしたかのようにも思えた。

窓の外を見るともなく見る。雨音は続いている。周囲に民家のない外は暗く、深い森につながっている。世界から隔離されたまぼろし堂は、あかずの扉の中だけでなく、一帯の山にまで秘密を隠しているのだろうか。

朔実は、あるのかないのかよくわからない金木犀のことを思い浮かべた。

翌日、休日だった朔実は、朝から設計事務所にいた。風彦からはまだ連絡はなく、本当に富山にいるのかどうかもわからないまま、ひとりで書類整理をしている。

散らかったデスクには、書類の合間に洋館の写真が紛れている。その外観や間取り図、荒れ果てていても目を引くステンドグラスや柱の装飾に、うっとりと見入ってしまううち、整理を忘れ写真を眺めることにすっかり夢中になっていた。

玄関のチャイムが鳴ったのかもしれないが、気づかなかった。邦子は買い物に出かけているはずで、平造もこの時間は庭にいることが多く、たぶん誰も応対しなかったのだろう。開けっぱなしの玄関から中を覗き込んだ来客が、そばにある事務所に人の気配を感じて入ってくることはよくあるが、その人もそうだったのだろうか。にしては、やけに堂々とした態度で、ヒールの音を響かせながら彼女は朔実のいる事務所へ入ってきた。

「誰もいないかと思ったら、いるんじゃない」

三十過ぎぐらいの女性だった。カールした髪にしっかりメイク、少々派手だが、それにしてもずいぶんきれいな人だ。なのに口調はぞんざいで、値踏みするように朔実を観察した。

「あなた、誰？」

名乗るよりもまず、彼女はこっちに問う。

「ここの仕事を手伝っている者です」

「そう。で、家主はいないの？」

「幻堂さんですか？」

「そう、幻堂風彦」

「あのう、失礼ですが……」

「彼の妻よ」

まさか、と言いそうになるのをどうにか呑み込んだ。

「生きてるなんて驚いた？」

赤い唇をきゅっと上げて、彼女は朔実を覗き込む。そもそも朔実は、風彦の妻が行方不明だとか死んだかもしれないとか、ちらりと耳にしただけで、詳しく知っているわけではない。なのに彼女は、朔実がいろんな事情に通じているはずの、風彦に近い人間であるかのようにじっと見るから、戸惑ってしまう。

妻が生きていたからって、動揺するような立場じゃない。でも、朔実はどうやら動揺している。

「ええと、幻堂さんはいつ戻るかわかりませんが……」

どうにか呼吸を整えて答える。

「わたしの部屋はまだある？」

部屋？　そうか、ここに住んでいたのだ。

「それは、たぶん、管理人さんならわかると思いますが……、出かけてます」

「あなた、ちっとも役に立たないのね。まあいいわ、明日また来るから、わたしの部屋、きれいにしておいて」

何もかもが突然で、意味が呑み込めないでいる朔実が呆然としている間に、彼女はきびすを返していた。

玄関のドアが閉まる音を聞きながら、朔実はめまぐるしく考えていた。

つまり、行方不明で死んだと思われていた人が帰ってきたのだ。頭の中を整理するというより、自分に言い聞かせるように、あの人が風彦の妻なのだという現実を呑み込む。

それにしたって、今までどこでどうしていたのだろう。長いこと連絡もなく、心配をかけていたというのに、あの人には悪びれた様子もなかった。待っている風彦に対し、あまりな仕打ちではないか。そんなふうに考えて、朔実のもやもやは増す。あわてて頭を振る。

だからどうだというのだろう。風彦にとって喜ばしいことなら、それでいいではないか。朔実はひとり、大きく頷いた。

そういえば、あの人の部屋はどこなのだろう。きれいにしておいて、と言ったけれど、勝手に入って掃除してもいいものなのだろうか。考えながら朔実は廊下に出た。しかし、仮にも妻なら、下宿人が住む東棟ではなく、母屋に住んでいたのではないのか。そこは風彦の住居だし、さすがに入るわけにもいかない。

「朔実ちゃん、何してるの？」

邦子に声をかけられたときには、母屋につながるドアの前で突っ立っていた。

「わ、お帰りなさい、邦子さん」

「母屋がどうかした？」

邦子の顔を見たら、なんだかほっとした。

「じつは、さっき幻堂さんを訪ねてきた人がいて、幻堂さんの奥さんだって言うんです」

朔実は急いで打ち明ける。さすがに邦子も驚いたようだった。

「まさか、あり得ないわよ。……何かの詐欺かもしれないわ」

「幻堂さんの奥さんは、事故か何かに巻き込まれたんでしょうか」

「ええ、登山中に遭難して、結局見つかってないわ。そのときは、天候のせいで複数の登山者が遭難したから、生きてるとは風彦さんも考えてないと思うんだけど」

「そう、だったんですか。そういえばあの人、『生きてるなんて驚いた？』って言ったんです。

少なくとも事情を知ってるってことですよね」

邦子は頰に手を当てて少し考える。

「ねえ、まず、どんな人だった？」

朔実は、彼女の服装や髪型など、おぼえているかぎり説明した。邦子は眉間のしわを深くする。

「その人、わたしが帰ってくるときに坂道ですれ違った人かしら」

まぼろし堂へ続く坂道は、行き止まりになっていて、この先には山しかない。中には散歩がてら、洋館まで坂をあがってくる人もいるが、邦子がすれ違ったのは、背格好の一致からして朔実が応対した女性だろう。

「だったら、違うわね。万里子（まりこ）さんじゃない」

邦子はきっぱりそう言った。万里子というのが妻の名前であるようだ。

「あの人がうそを言ったってことですか？」

邦子は頷く。立ち話をしていた廊下に、ランも顔を覗かせて言う。

「訪ねてきた人、アプローチを歩いて行くところをあたしも見かけたけど、奥さんじゃなかったわよ」

今の会話も聞いていたようだ。

「整形したとかは」

「そうねえ、だとすると、わからないわね」

風彦なら、顔が変わっていてもわかるのだろうか。彼女の堂々とした態度からするに、別人呼ばわりされるとは思っていない様子だった。

ここへ帰ってきて、風彦とまた暮らすつもりなのか。彼女がいなくなった場所へ、おそらく毎年訪れている彼にとって、喜ばしいことに違いない。なのに朔実は、別人だと聞いてなんとなくほっとしている。

なんていうか、風彦に似合いそうな人じゃない。と勝手に考えている。

「で、朔実ちゃん、その人また来るの？」

「はい、明日また来るそうです。部屋をきれいにしておいてって言うんです」

「そう、じゃあ掃除しておくわ」

「奥さんの部屋って、母屋ですよね？」

「下宿の部屋のことじゃないかしら。もともと下宿人で、風彦さんと結婚してからもその部屋は使ってたわ。今もそのままになってるわよ」

「だけど、本当に万里子さんかしら。彼女、とっても謙虚で、掃除をしておいてなんて言いそうにない人だったわ」

ランは目を閉じて、万里子という女性のことを思い浮かべようとしているようだった。

「物憂げで、はかない雰囲気の人よ。あたしが少女のころに書いた小説の主人公、まさにそのイメージ」

「ああはいはい、体の弱い文学少女ね」

邦子は読んだことがあるのだろうか。

「とにかく、万里子さんがここにいたのは、一年にも満たない間だったわ。思えば短い時間よね。ここへ来たころに彼女、よく言ってたの。金木犀の香りが強くて、めまいがするって」

その人は、金木犀の咲くころにやってきて、風彦と結婚し、五月雨の続くころにいなくなったのだ。風彦と出会い、その短い時間に、どんなふうに惹かれ合ったのだろう。風彦の、静かな水面のような感情が波立つことが、その人との出会いにはあったのか。想像しようとすればするほど、朔実の気持ちも波立つ。ただ、彼女を知らない朔実でさえ、どうしてもさっきの女性とは重ならなかった。

朔実の、かつての家の庭には、金木犀の木があった。だからあの香りは、平和だった日々の気分を運んでくる。子供だったからといって、すべてが順調だったわけでも、すべてに満足していたわけでもないが、不安に思うことは何もなかった。

あの家はもうない。金木犀もない。けれど朔実の夢に出てくるのは、いつもあの家だ。不二代の夢を見ることはあっても、彼女と暮らした和風の平屋ではなく、両親といた千葉の洋館で不二代と会う。記憶をたどるように家の中を歩き、朔実は何かをさがしている。両親だったり、部屋にあるはずの日記帳だったり、誕生日にもらったぬいぐるみだったり、金木犀が見下ろせる窓だったり。

なぜかこのごろは夢の中で、その窓がどこだったかわからなくなり、香りだけが漂う建物の中をさまようのだ。

まぼろし堂は、朔実の見る夢によく似ている。金木犀の木が見つからないのは、朔実の好きだった木がもう現実にはないからか。たぶん、年月とともに失ったものの象徴なのだ。でも、このまぼろし堂は現実なのに、どうして木が見つからないのだろう。

庭へ出て、木々の隙間を縫う細い道をたどっていく。昨日の雨が上がって、梅雨の中休みの晴れ間が広がっている。木々の緑は、雨に濡れるごとに濃くなっていき、モザイクみたいに空を狭めていく。風とは違う、草木のざわめきが聞こえると、ワサワサと勢いよく伸びた低木の向こうに、大きな背中が見え隠れする。平造だ。通り道の草を刈っているところだろう。

「お疲れさまです」

朔実は声をかける。彼は朔実を見るために、大きく体をひねり、ゆっくりと腰に手を当てて立ち上がると、目立つ切り株に歩み寄る。そこには水筒が置いてあり、彼はふたを開けてのどをうるおした。

「庭、広いですよね。お手入れ大変じゃないですか？」

「ああ。もっと暑くなると俺の手には負えない。業者に頼むんだ」

一見、枝も草も生え放題だが、そうだったなら、まぼろし堂の建物はとっくに草木に埋もれてしまっているのだろう。

「ずいぶん大きな切り株ですけど、何の木だったんでしょう」

「モミ」

そこに腰をおろしながら、平造は答えた。

「枯れて伐(き)られたんですか？　さぞ立派だったでしょうね」

「戦時中に持ってかれたらしい」

そのころのことは、小さかった平造の記憶にはないのだろうか。空をあおいだ彼の視線は、大きな木のてっぺんを想像しているかのようだ。

「そうだ、平造さん、敷地のどこかに、大きな金木犀の木があるって聞いたことありません？どこにあるんでしょう」

庭のことをいちばん知っていそうなのは彼ではないか。今ごろ気づき、朔実は問う。

「ない」

「えっ、ないんですか？　でも、館の中、花の時季はきついくらい香りますよね」

「さあ、俺はそんなに感じないが」

朔実があの香りに敏感なだけなのだろうか。子供のころの、幸せな記憶と結びついているから、求めてしまうのかもしれない。

「しかし、お嬢さんも言ってたな。香りがきつくて苦手だと。唯一美しいと思ったのは、幼いころに夢で見た金木犀で、満開なのに香りがなくてと……」

平造は、唐突に言葉を切る。余計なことだと思ったのか。けれど朔実には気になる話だった。

「お嬢さん……？　もしかして、風彦さんのお母さんですか？　今はどこにいらっしゃるんでしょう」

「亡くなった。風彦さんが幼いころに」

「そうでしたか……」

何か思い浮かんだのか、平造の眉がほんの少し苦しげにひそめられる。けれど、かすかな感情の乱れは、すぐに厚い雲のような無表情に隠れてしまう。

「あの香りが苦手な人は、ここには住めないんだ」

いなくなった風彦の妻も、金木犀が苦手だったというのだから。


事務所の電話が鳴っていた。庭から戻ってきた朔実は、玄関ホールでその音に気づき、急いで事務所へ駆け込む。受話器を取ると、年代物の黒いダイヤル式電話機から、風彦の声が聞こえてきた。

おだやかな口調に、朔実はやけにほっとしている。彼の仕事を手伝い、少しは身近な存在になったのに、知っているようでよく知らなかったと思い知らされた。突然現れた妻だという人を目の当たりにしたことでも、なんだか落ち込んでいたものだから、自分だけに語りかけられる電話の声がうれしかった。

そんなふうに一喜一憂する自分が不思議だ。こんな感情を持っていたことを不思議に思いつつも、小さな罪悪感に苦しくもなる。別の人に、こんな気持ちになれたらよかったのに、どうして彼なのだろう。

風彦は、帰宅が明後日になることを告げた。倉田夫妻にも伝えておくと答えながら、朔実は〝妻〟のことを言うべきかどうか少し迷った。

「誰か訪ねてきませんでしたか?」

風彦のほうからそう訊いてきたのは、設計事務所への来客について知りたかったのだろう。まさか、妻の命日に妻が来ることを彼が予想していたとは思えなかったから、おそるおそる、朔実は口を開く。

「あのう、奥さんだという女性がいらっしゃったんですが……」

「えっ、誰の?」

「幻堂さんの」

考え込むような気配が伝わってくる。

「その人が、僕の妻だと言ったんですね?」

「はい」

「だったら、そうかもしれません」

えっ、と今度は朔実が言う番だった。

「まさか。邦子さんとランさんは、別人じゃないかと言ってますし……。それに幻堂さん、奥さんの命日だとか聞きました。それで富山に行ってるんじゃないかって」

「聞きましたか」

「すみません」

「いいえ、それはかまいませんが、実を言うと、命日だからというより、彼女が現れるんじゃないかと思って富山へ来てたんです。でも、現れたのはそちらでしたか」

いったいどういうことだろう。彼は妻のことを、死んだと思っていたわけではないのだろうか。

「奥さん、この家へ戻ってくるつもりのようでした。自分の部屋はまだあるか、と。明日またいらっしゃるそうです」

「わかりました。でしたら水城さん、彼女から話を聞いておいてくれませんか?」

「わたしがですか?」

「明日は富山のお客さんに頼まれて、洋館の不具合を確かめに行くので、どうしても戻れないんです」

「いや、でも、わたしがそんな……」

風彦のプライバシーに踏み込むかのようだ。それに、どんな話を聞けばいいというのだろうか。

「水城さんは僕の助手ですから、大丈夫ですよ」

助手として認められている。うれしくなりかけたが、よろこんでいる場合ではない。朔実は設計事務所の助手にすぎないのに、妻の話を聞けだなんて、いったいどういう意味なのか。まるでクライアントとの打ち合わせを頼むかのように、さらりと大丈夫だなんて太鼓判を押されても、どうしていいかわからない。困り切った朔実に、風彦はその件は終わったとばかりに話を変える。

「水城さんは、金木犀が好きでしたよね？」

「は……はい、好きです」

「ならよかった」

いったい何なのか、と問う間もなく、また話が変わる。

「そうだ、デスクの上に『女性ライフ』っていう週刊誌があるんですが、内海さんに返しておいてくれませんか？」

「内海さんに……？」

「ええ、洋館の特集があるからって貸してくれたので。お願いします」

それだけ言うと、電話は切れた。

朔実は風彦のデスクに歩み寄る。『女性ライフ』はたしかに置いてあったが、芸能人の名前を押し出したタイトルが並ぶ女性向け週刊誌を、どうして内海が持っているのだろう。洋館の特集があるとしても、内海が興味を持つのはそこではないだろうと思うからだ。

よく目を凝らせば、表紙の片隅にはものすごく小さな字で〝おしゃれな洋館ホテル特集〟とたしかに書いてあったが、何より目立つようスペースを取っているのは、〝ナナミ〟という名前だった。

朔実も知っている名前だ。なつかしい、という印象をいだくくらい、少し前に流行った歌手で、中学のときはよく聞いていたが、その後は売れなくなったのか、名前を聞かなくなったように思う。今ごろどうしているのだろうと興味をおぼえ、ページをめくる。

〝七年前から行方不明〟という大きな見出しが、朔実の目に飛び込んできた。文章を追うと、歌手をやめた彼女は、しばらく海外を放浪し、帰国後結婚をしたが、名前を変えるための結婚だったと、おとしめるように書かれている。そしてその後、行方がわからなくなったというのだ。夫は関東在住の自営業Aさん、とあるだけだが、彼の周囲には他にも行方不明者がいるなどと意味深だ。

けれど行方不明だなんて、身を隠すのは有名人だけに難しいのではないか。もしも彼女を見かけたら、誰かが気づくはずだと思ったが、考えてみれば当時、ナナミはかなり奇抜なメイクとファッションで歌っていた。腰まである長い髪と、ビスクドールみたいなつくりものっぽい雰囲気が彼女のアイコンだったのだ。案外素顔だとわからないのかもしれない。

記事は、ナナミの過去についても掘り下げている。中学生だった朔実には、知らなかったことも多かった。

彼女が歌手をやめたのは、売れなくなったからではないようだ。そのころに、ある資産家の家で窃盗事件があった。後に犯人グループのひとりとして逮捕されたのが、ナナミの弟だというのだ。

世間から非難を浴びて、彼女は歌手を続けられなくなったばかりか、まともに生活さえできなくなり、身を隠していた。それでも彼女を追いかけて取材しようというマスコミは絶えず、この記事を書いた人物も取材を続けてきたようだ。

彼女が罪を犯したわけではないのにそれほど非難されたのは、資産家との不倫関係を疑われていたからだ。捨てられた腹いせに、窃盗のための情報を弟に提供したのではないかとさえささやかれた。そういうこともあって、彼女は身の危険さえ感じていたようだ。

そうして彼女は、世間から雲隠れし、Aさんと結婚して名前も変えたものの、その後また行方がわからなくなったという。

ミステリーの筋書きみたいで、無関係な朔実でも興味を感じる。今さらとはいえ、週刊誌が取りあげたくなるのもわからなくはないが、もしかしたら内海はファンだったのだろうか、などと考えてしまうくらい、他におもしろそうな記事もなかった。

内海は部屋にこもっている。その間は、声をかけないほうがいいと邦子に聞いていた朔実は、週刊誌を袋に入れてノブに掛けておいた。

*

「ここがわたしの部屋？」

翌日になって、また訪ねてきた風彦の妻は、下宿に使っている東棟に案内されると、ドアの前で物珍しそうに周囲を見回してそう言った。住んでいたはずなのに、おぼえてないのだろうか。やっぱりにせものではと疑いの目を向けながらも、朔実は、邦子が鍵を開けておいてくれたドアを開けた。

「管理人の邦子さんが掃除をしてくれました」

「わたしの荷物は？」

「そのままだそうですけど」

備え付けのベッドにライティングデスクと椅子、クローゼットにチェストがあるのは朔実の部屋と同じだ。きれいに片付いているが、デスクやチェストの上には本や花瓶、化粧道具が置いてあって、この部屋が、今も空き部屋ではないことを感じさせた。

彼女は中へ入り、クローゼットを開ける。服が何枚か入っている。

「すっかり流行遅れね。こんなの着られないな」

「ここは日当たりも風通しもいいですし、住むには最適ですよ」

「住むなんて誰が言ったの？　わたしは、忘れ物を取りに来ただけ」

戻ってきたのではなかったのか。さっぱりわけがわからない。彼女は部屋の中を歩き回り、引き出しなど開けられるところは開けて確認していたが、わずかなものしかない。目的のものは見つけられなかったのか、ため息をついた。

「何をおさがしなんですか？」

「あなたじゃ話にならないんだけど」

キッとにらみつけられる。美人だと迫力があるが、朔実は負けまいと体に力を入れていた。なんの勝ち負けだろう、と色々考えながら。

「あなたからお話を聞くようにって、幻堂さんから言い付かっていますので」

「ふうん、人にまかせるなんて、彼はわたしが本物だと思ってないってこと？」

「いえ、幻堂さんは自分の妻だと言ってました」

彼女はまた朔実を上から下まで観察し、なぜかふふっと笑って、ベッドに腰をおろした。

「彼と結婚した女のこと、知りたいでしょう？」

知りたいのかどうかわからなくて、朔実は突っ立っているしかない。

「年上の、仕事熱心な人にあこがれる気持ち、わかるな。わたしもそうだった」

彼女は何歳なのだろう。風彦より年下だというなら、彼のことを言っているのだろう。でも朔実よりずっと大人で、風彦と同年代くらいに思える。

「わたしは、助手ですから。幻堂設計事務所の、水城朔実です」

どうにも力が入ってしまう。そんな朔実を見て、彼女はまた笑った。

「そうそう、まだ名乗ってなかったね。わたし、幻堂万里子」

邦子はさっき、玄関で彼女を迎え、やっぱり別人に見えると朔実に耳打ちした。顔はともかく、身長が違うというのだ。すらりと背の高い彼女にくらべ、妻だった女性は小柄だったらしい。けれど名前は、邦子が教えてくれたとおり〝万里子〟だ。

「ねえあなた、十二年前に話題になった、新興宗教団体の〝木菟（みみずく）の会〟を知らない？」

朔実は首を横に振る。彼女はゆっくりと、身の上らしきことを語りはじめた。

「そっか、知らないか。あなたまだ子供だったでしょうからね。集団自殺を図って、世間を騒がせたの。わたしはそこの、教祖だったんだ」

本当なのか、そう思うほど想像しがたい。目の前の女性が、宗教という言葉と重ならない。神秘的というよりは世俗的な美貌だからだろうか。

「子供のころから巫女（みこ）的なものに祭り上げられててね、両親はわたしの能力を吹聴しては、信者を集めて、お金を集めてた」

予知能力のようなものだ、と万里子は付け加えたが、朔実にはますます理解できない話だった。

「信じられない？　そうね。わたしも信じてない。だってわたし、ただの嘘つきなの。あるとき近くで子供が行方不明になって、廃墟のお堂にいるって言い当てたことがあったの。本当は、その子がお堂を秘密の隠れ家にしてるの知ってたから、なんとなく言ってみたんだけど、たまたま扉が開かなくなって、閉じ込められてたってわけ。そのときわたし、その子の居場所を夢に見たって言った。近所の風景が夢に出てくるなんてよくあることで、お堂の夢もよく見たけど、不思議なことを言って、ただ注目してもらいたかっただけ。あのころわたし、いつもひとりぼっちで寂しかったの。家は貧しくて、両親も働きづめで、一家で周囲に見下されていて。思いつきの嘘がどんどん大きくなっていったけど、両親がそれを利用しはじめてね。やっと気がついたわ。もう誰にも、本当のことを言っちゃいけないんだって。話したのは、あなたが二人目」

一人目は誰だろう。風彦だろうか。彼女の身の上より、そんなことが気になってしまう。努めて彼女の話に意識を戻す。

「本当は、予知なんてできないってことですか？」

「怪我に気をつけろとか、災害に気をつけろと言ったところで、当たるときもあれば、当たらないときもあるでしょ。当たらなければ、未来を知ったから災いを避けられたと思わせる。農作業で怪我をしたり、熱を出して寝込んだり、ありふれたことでも、もし当たれば人の記憶には強く残る。そうやって信じる人が増えると、わたしの言うとおりに、いいえ両親の考えた筋書きどおりに、人が動くようになるの。だんだんと、両親までもわたしに不思議な力があると思うようになっていった。人を信じさせるには、自分も信じ込む。周囲が妄信すれば、両親も、自分たちの娘がとくべつなんだって、最初のたくらみさえ何かのお告げだったみたいに、記憶をすり替えていくのよ」

聞きながら、朔実は奇妙な気持ちになった。人の心はまるで雲みたいだ。はっきりした形があるようでいて、どんどん姿を変えていく。かき消えたかと思うとまた現れる。

「でもわたし、嘘をつき続けるのが怖くなって、たえられなくなって家を飛び出して。ねえ、教祖だと思っていた人が、信じて頼っていたものが急に消えたら、どうなると思う？　自分では何一つ決められなくて、お告げがないと何もできなくなった人はね、荒波に櫂（かい）もない小舟で放り出されたようなもの、絶望するのよ。もう生きていけないって。思い込みって怖いわね」

やけに饒舌に、そしてずいぶん軽く言うが、それで集団自殺に至ったのなら責任は重い。しかし万里子は、ドラマの筋書きでも語るように、淡々としていた。

「後悔、してるんですか？」

そんなふうに思えなかったけれど、朔実は問う。

「後悔？　いいえ、忘れたいだけよ。忘れて、なかったことにしたい。だって、突然の事件や事故、病気はあらゆるところで起こっているのに、わたしにはわからないからって罪になる？　大好きだった祖父母の死も、仲良かった友達が引っ越していったのも、……あんな事件も、突然起こったのよ。未来なんて見えない。なのになぜ、誰かの不運を背負っていかなきゃならないの？」

そう言ったときだけは、苦しい告白をしたように眉をひそめた。

「だから、こうして逃げ続けてる。だけどね、そろそろかくれんぼも疲れたな。堂々と姿を現して生きていくには、ここへ来るしかなかったの」

なのに、ここに戻ってくるつもりではないという。彼女の身の上を聞いても、彼女の考えがまったくわからない。

「どうして、黙っていなくなったんですか？　幻堂さんはずっと、あなたが戻ってくると信じているんじゃないでしょうか」

「彼、どうしてわたしなんかと結婚したんだと思う？　世間から逃げてる訳あり女と、ふつう結婚しないでしょ？」

魅力的だったから、好きだったから、そんなふうには彼女は思っていないのだろうか。

「あなたに訊いてもわからないか」

その通りだから、むなしくなる。邦子たちが別人だという万里子のことを、風彦がなぜ妻だと言ったのか、何を考えて朔実に彼女の話を聞いてほしいと言ったのか、まるでわからない。そんなに簡単に、他人のことがわかるわけじゃないのは当然だけれど、どうしようもなく落ち込む。

助手だから大丈夫。そう言って任されたのに、朔実は、ちゃんとそうなれているのだろうか。

「わたしの忘れ物、彼が持ってるのかも。返してって伝えてくれない？」

立ち上がり、彼女はふと思い出したようにバッグの中をさぐる。

「そうだ、あなたに頼もうかな。彼に直接は渡しにくいし」

手渡されたのは、折り畳んだ離婚届だった。さすがにこんなものを預かれない。朔実は拒絶しようとするが、彼女は無理やり押しつける。

「忘れ物も、見つかったら連絡ちょうだい」

言うと、携帯の番号だけを残して颯爽と出ていった。

＊

あの子は私に似ている。水城朔実、と名乗った彼女は、純朴で、恋よりも尊敬や憧れの気持ちを大事にしたくて、その人の役に立ちたいと一生懸命だったあのころの私に。けれどもう、そのころの私を、私は捨てたのだ。

過去を隠し、ひっそりと息をしながら生きてきた。自分がどこの誰か、気づかれたなら好奇の目にさらされ、居場所を失う。何度も住む場所を変え、仕事を変えてきたが、私がある女性に会ったのは、ちょうど仕事をなくしたときだった。

周囲に気づかれそうになり、あわてて逃げ出し、アパートも引き払った。そうして訪れた知らない町の、寂れた定食屋で、その若い女性は働いていた。

厨房にいる愛想の悪い中年の店主を、給仕をする彼女は「お父さん」と呼んでいた。父娘で切り盛りする、家庭的な店だった。

近くに名所があって、観光客もいて、常連ばかりではなさそうなところも見極め、見慣れない女ひとりを気にかけることはないだろうと入った店だ。混雑してはいなかったが、実際、変に見られることもなく席に案内されてほっとしたのだ。

唐揚げ定食を食べているとき、ふと視線が気になった。近くの席にいた学生風のグループが、こちらを見ながらこそこそ話している。いやな予感がして箸を置く。出ようとすると、その中のひとりが駆け寄ってきて、顔を覗き込もうとした。

「なあなあ、きみさ、もしかして……」

まずいと思ったそのとき、別の声が飛んできた。

「さっちゃん、サチコちゃんじゃない？」

配膳をしていたその人だった。

「やっぱり。わー久しぶり、中学のとき以来ね」

ちがうじゃん、と舌打ちして、若者は席へ戻っていく。彼女は素早く、私を裏口へ案内した。

なぜ、助けてくれたのだろう。疑問に思いながらもそのときは、早くその場を離れたくて、問うことはできないまま店を出た。

定食代を払っていないことを思い出し、もう一度店を訪ねたのは翌日だ。裏口から声をかけると、厨房にいた店主がいかめしい顔つきのまま娘を呼んだ。

代金を支払い、昨日の礼を言う。困ってるようだったから、と控えめに言った彼女に興味を持った。他人は警戒すべき対象で、自分は常に透明でいなければならない。人に興味を持つなんて、この先もうないだろうと思っていたのに、彼女には、興味と同時に好意を感じていたのだ。

きっと彼女は、私が誰なのか気づいている。それでいて、こちらに踏み込まないような配慮が感じられたし、押しつけがましさもない、あくまで気持ちのいい親切だったのだ。

仕事をなくしたことを話すと、ここで働いてはどうかと彼女は言った。そろそろ観光シーズンで、いつもバイトを雇うというから、世話になることにした。住居も、店の上にある空き部屋を使っていいと言う。彼女と父親は近くのアパートで暮らしているとのことだった。

その日からサチコと名乗ることにした私を、店主である父親は、娘の友達だと思って受け入れていた。黙々と働く人で、料理を作り、店を清潔に保つこと以外には興味がないようだった。お酒は飲まなかったが、夕食後にタバコを一服するのを日課にし、休日には娘と散歩をするのを何より楽しみにしていたから、雨が降ると傍目にもわかるくらいがっかりしていた。

私には父親の記憶がない、けれど、子供のころに想像した父親のイメージとなぜか重なる。もうひとりの娘になったかのように、三人で散歩に出かけることを、私は楽しみにするようにもなった。

彼女とは、本物の旧知のように、姉妹のように親しくなり、仕事が終わっても夜遅くまで語り合うことも少なくなかった。お互いのことには触れず、日常のちょっとした出来事やテレビのことなど、たわいもない話ばかりだったけれど、不思議と盛り上がったのだ。相手を警戒することなく話せたのは久しぶりで、このままここで、平穏に暮らせるような気がしていた。

でも、そうはならなかった。ある日、たまたま私がひとりで店にいて、郵便物を受け取った。

いつものようにまとめて事務机に置いたが、事務的な印字の封筒に交じり、手書きの文字がふと目に入った。気になったのは、差出人がここの娘である彼女の名前だったからだ。宛先不明で戻ってきたのかと思ったが、そうではなく、宛名は父親だ。わざわざ郵便で、父親に手紙を出すなんてどうしてだろう。不思議に思ったが、そのままにしておいた。開店前に店前の掃除をして、戻ってきたときには机の上からその手紙だけがなくなっていたから、店主か彼女がしまったのだろうと思っていた。

だから、何気なく彼女に言った。お父さんへの手紙、郵便で出したのね。すると彼女はあきらかに狼狽(ろうばい)した。それから数日後、私を呼び出し、家を出ると告げたのだった。

自分は店主の娘ではない、と彼女は言った。

一人娘が赤ん坊のころに離婚した店主は、娘の成人した姿を知らない。ある日、わけありな様子の若い女性が店に現れたことで、もしかしたらと勘違いした。彼女はその勘違いを否定しないまま、するりと娘の役割を受け入れたのだ。

本物の娘とは縁が切れているなら、そして孤独な店主にとって娘が必要なら、それでいいと思ってきたが、騙(だま)していたことに違いはない。ひどいことをしてしまったと彼女は悔い、去ろうとしていた。

必然的に、彼女の昔からの友達ということになっている私も、店主にうそをついていたことになる。もうここにはいられない。だから彼女は、自分の事情を打ち明けてくれた。

娘からの手紙は店主が見つけて、中身を読んだことだろう。しかしまだ、何も言ってこないらしい。これまでと変わらずに、彼女を娘として扱っている。手紙の内容はわからないが、いたずらだと思ったのだろうか。

いや、いたずらならば話しそうなものだ。黙っているのだから、理解した上で態度を変えずにいるのだろう。

彼女はここへ来て三年になるという。その間に、店主とはあうんの呼吸で店の仕事をこなし、家では娘らしい態度で孝行もすれば口ゲンカもする。今となっては、偽りの娘でも手放しがたい存在になっているのではないか。それに、本物の娘からの手紙だとしても、うれしい内容だったとは限らない。お金の無心だとか、そういう場合もあり得るのではないか。

それでも、本物の娘との接点ができたのだから。と彼女は言った。偽者は去るしかない。夢は覚めればおしまい、もう一度同じ夢を見ることはできないのだ。

休日に、ちょっと買い物に出かけるようにして、ふたりして店を出た。定休日でも大抵、仕込みの作業で店に来ている店主は、普段と変わらない様子で私たちを送り出したが、その日だけは、角を曲がってしまうまで店の前に立っていた。

娘が本物ではないかもしれないと、以前から漠然と感じていたのかもしれない。そしてもう、私たちが戻ってこないことを、出て行くしかないことを、悟っていたのだろう。

ふたりとも、荷物というほどのものもない。同じようにとぼとぼ歩きながら、そのとき彼女も私と同じなのだと理解していた。だから彼女は、私の気持ちをわかってくれた。

自分がどこの誰か、隠し続けなければならないのは、彼女も同じなのだ。

＊

帰宅を急ぎながら坂道をのぼっていく。朔実は、暮れたばかりの空に塔屋の影を見上げる。円錐形(すいけい)の屋根が三つ、空に突き出しているが、朔実はこれまで、塔屋の窓に明かりが灯っているのを見たことがなかった。けれど今は、塔屋のひとつに光がちらついている。眺めているとそれは、螺旋状の階段に沿って上へと移動していき、いちばん上の窓で動きを止めた。

風彦だ。そう思った朔実は、建物へ駆け込むと、自分の部屋とは逆方向へ廊下を進み、そのまま塔屋のひとつへ向かった。東棟と母屋の間に延びる階段は、途中から狭い螺旋状になっていて、見上げると巻き貝の中にいるようだ。そんな上のほうが、ぼんやりと明るい。

朔実がさらにのぼっていくと、いちばん上にある部屋の前で、風彦が階段に腰掛けたまま頬杖(ほおづえ)をついていた。

「ああ、水城さん、お帰りなさい」

こちらに気づいて彼は微笑む。朔実は息が切れてすぐには返事ができない。いかにもあわてていたのが明らかだと、つい顔が赤くなった。

「幻堂さんも、お帰りなさい。……どうしたんですか、こんなところで。外から誰かがのぼっていくのが見えて、気になってしまって」

訊かれていないのに、言い訳がましく口にしている。

「ここ、あかずの扉なんですよ」

部屋に鍵が掛かっているのは知っていた。朔実は頷く。

「開けるべきか、何度も迷いました。たぶんここには、彼女の秘密が封印されているから、開ければ、彼女とのことに決着をつけられる。そう思っても、決着をつけたいのかどうかよくわからなくて」

頬杖をついたまま、風彦は言う。いつもとは違う物憂げな気配に、朔実の息切れはおさまりつつあるのに動悸がおさまらない。こんなふうに、所在なげな風彦ははじめてだ。

「中へ入れるものを見てないんですか？」

「見ました。箱の形をしたオルゴールです。ふたにモザイクで美しい絵が描かれていました。山のある風景画で、彼女は夢に出てくる風景に似ているんだと言っていました。中に何が入っていたのかは知りません」

けれど風彦は、彼女の秘密が込められていると思っている。

「昨日、彼女は来ましたか？」

「はい」

しばらく迷っていたのか、風彦は目を伏せて考え込んでいたが、やがて覚悟を決めたように顔をあげた。

「何て言ってた？」

朔実は、風彦に並ぶように階段に腰掛けた。それから、彼女の言葉や動作を細かく思い浮かべながらゆっくりと話しはじめる。〝木菟の会〟のことや、万里子の言っていたことを、なるべく正確に風彦に伝えようとした。

話し終えると、風彦は長いこと沈黙していた。朔実は、塔屋の窓を小さく鳴らす風の音を聞いている。建物がささやいているかのようだ。そうして風彦をなだめている。

「そう、……彼女はそんなふうに生きてきたんですね。〝木菟の会〟の事件はおぼえています。でもまさか、あのときの教祖が、彼女だなんて」

「何も聞いていなかったんですか？」

「過去のことは話さなかったから」

それでも結婚した。どうしてだろう。朔実には訊けなかったけれど、風彦のこぼす言葉は、その答えのようでもあった。

「不思議な目をした人でした。いつも、遠くを見つめているような、深く傷ついているかのような。人よりもたくさんのものが見えていたんでしょうね。それに、ときおり予知夢を見るんだそうで、ランさんに、自転車に気をつけるように言ったと思ったら、接触事故が起こったり、早めに家を出たほうがいいと言った日にちょうど電車が遅れて、いつもの時間だったら間に合わなかったとか、そんなことがありました。遠い未来を夢に見ることもあるとかで、彼女の夢の話を聞いたときは、みんな色々と想像をめぐらせていました」

「幻堂さんの未来は？」

そんなふうに問われたことが不思議そうに、彼は首を傾げ、小さく笑った。

「庭に木を植えているんだそうです」

未来というより、ふだんでもありそうな情景だが、風彦は木を植えたことはないという。

「穴を掘って、苗木を植えているというから、墓標じゃないのかと、ちょっと不吉なことが思い浮かんでしまって、戸惑いました。昔祖父が飼っていた犬が死んだとき、穴を掘ったことがあるんです。そこに木の枝を挿したので、自分が木を植えるとしたらそんなイメージしかわかなかったんですよ」

「でも、幻堂さんはその夢を気に入ってるんですよね」

口元がゆるんでいるのは、けっして不本意な予知夢ではないからだ。

「たとえ墓標でも、木は生長するでしょう？　亡骸に、過去に根を張って、上へ、未来へ伸びていく。そう思ったら、悪くない気がして」

その未来は、風彦にとってやさしいものだったのだろう。たぶん、その人が隣にいたから。

「彼女といると、何もかもがゆっくりなんです、時間の流れも、彼女の周囲だけゆったりしている。話し方のせいか、動作のせいか。かと思うとゆるがないものがある。そのゆるがなさで、オルゴールの中にあるのは、『わたし』だと言っていました。開けると、わたしは消えてしまうのだと」

あかずの扉の中にあるオルゴール。それは二重のあかずの扉なのだ。そして風彦は、開けるのをためらっている。消してしまいたくないからだ。

「奥さんは、忘れ物を返してほしいと言ってたんです。幻堂さんが持っているだろうって。でも……」

「この中のものでしょう」

開けると消えてしまう。風彦にとって忘れられない人がいなくなって、他人に離婚届を押しつけていくような女に変わる。そもそもあの人は別人だ。なぜ妻だと言って現れたのか知らないけれど、認めてしまうことに朔実は強い抵抗を感じる。

風彦の個人的なことなのに。そう思いながらも言わずにはいられない。

「あの人は、奥さんではないんですよね。なのにどうして、幻堂さんは認めるんですか？　彼女は、あかずの扉を借りてるなんて言ってなかったし、雰囲気がまるで違うし、どう考えても、幻堂さんの待っている人だと思えないというか」

つい、ムキになってしまう。

「あの人に、渡してしまっていいんですか？」

離婚届が入ったままのカバンを、朔実は意識した。部屋に置いておけなくて、カバンに入れていた。とてもじゃないが、風彦には渡せない。

「あの人の言うとおりにする必要なんて、ないと思います」

不自然なくらい、カバンを両腕でかかえ込んでいた。

ただをこねるなんて子供みたい。急に恥ずかしくなってきた朔実は、そのまま顔をあげられない。風彦も何も言わない。

逃げ出したいと思ったとき、ふとあまい香りが漂ってきて、思わず顔をあげていた。風彦と目が合う。彼は、手にしていた小瓶を朔実のほうに差し出す。

漂うのは、金木犀の香りだった。瓶の中に、あの黄金色(こがねいろ)の小さな花が入っている。

「おみやげ」

朔実は手に取って、透明なガラスの中身をよく観察した。花と白い粉が、ミルフィーユのように何層にも重なっている。花は不思議としおれていなくて、その色合いも美しい。

「金木犀のポプリです。ふたをしておけば、しばらく香りを閉じこめておけるそうですよ」

「ポプリなんですか？　これは……、花が乾燥してませんけど、腐りません？」

「白いのは塩だそうで。これで香りも色も保てるんだとか」

「塩！　そうなんですね。塩漬けのポプリなんてはじめて」

ほんの少しだけふたを開けて、瓶に鼻を近づける。香りを胸いっぱいに吸い込む。

「わあ、金木犀の季節になったみたい。ありがとうございます」

朔実はすっかり笑顔になっていた。風彦も笑う。

「よかった。金木犀が苦手な人は、ここにはいられないって噂があるらしいですから」

それは、朔実がここにいることを、歓迎してくれるということだろうか。

「その噂、平造さんも言ってました。でも、平造さんもここで金木犀を見たことがないんですね。あ、もしかしたら、あかずの扉の向こう側にあるんでしょうか」

「そうかもしれませんね」

「誰かが隠したのかなあ。でも、見てみたいなあ。きっと大きくて立派な木なんでしょうね」

朔実の想像する金木犀の木を、風彦も見ようとするように目を細めた。

「水城さんは、いつから金木犀が好きなんですか？」

「子供のころ、わたしの家に金木犀の木があったんです。父がテイラーをやっていたからか、ちょっとだけ洋風の建物で、薄茶色の壁にオレンジの屋根、天窓もあって、わたしはよく、そこから金木犀の木を見ていました。……両親も家も、火事でなくしたけど、金木犀の香りに包まれると、自分の家にいるようなおだやかな気持ちになれるんです」

「いつか、あなたが住む家にも、金木犀を植えられるといいですね」

いつか、朔実は自分の家を持つのだろうか。考えてもみなかった。とうとう一人きりになってしまったような気がしていたけれど、もしかしたらこれからは、大切な人が増えていくかもしれないのだ。金木犀はそんな未来を運んできてくれそうで、朔実はポプリの瓶を両手で包み込む。

「はい」

「ところで、妻からあずかったものがありませんか？」

唐突にそう言う風彦は、朔実のカバンをじっと見ていた。かかえ込んでいたカバンは、腕をゆるめたときに口が少し開いている。万里子からあずかったものがちらりと見える。はっとして、朔実はまたカバンをかかえ直すが、風彦は手を差し出した。

「それは、水城さんが使うものではないでしょう」

「こんなの、受け取る必要ないです。あの人は、本物じゃないのに」

また、だだをこねて、朔実は首を振る。

「だってあの人は、幻堂さんと結婚した人じゃないんですよ。どうして妻だなんて言うのか、何を手に入れたいのか知らないけど、こんなものを幻堂さんに渡すのはおかしいです」

「本物ですよ。だからそれを持ってきたんです」

「どうして……、それでいいんですか？　ずっと待ってたのに。帰ってくると信じてるんでしょう？」

「それは、違います。僕が待っていたのはそれなんです」

朔実の腕の下のカバンから、しわくちゃになった紙をそっとつまみ出すと、彼は朔実の肩に手を置いた。

「水城さん、心配してくれるのは嬉しいです。でももう、扉を開けなければなりません」

ぼんやりと、朔実は理解している。これは、風彦にとって仕事でもあるのだ。あかずの扉を貸す仕事。だから朔実を助手だと言い、今も、朔実に個人的なことを打ち明けている。

だったら、きちんと手伝おう。あかずの扉を開け、真実を取り出す仕事を。

＊

あずかったものを返すと伝えると、〝幻堂万里子〟は間もなくまぼろし堂にやってきた。風彦が、塔屋の部屋にあったあかずの扉を開け、取り出したオルゴール箱が、応接間のテーブルに置かれる。彼女は、モザイクで描かれた山の絵をしばらくじっと見ていた。

「返してほしいとおっしゃったものは、たぶんこの中です。鍵はお持ちですか？」

朔実は黙ってやりとりを見守っている。

「鍵？　ああ、なくしちゃった」

「ではこちらで開けてもかまいませんか？」

「ええお願い」

風彦は細長い工具のようなものを持ちだし、おそらくは単純なオルゴール箱の鍵を開けてしまうと、ふたをゆっくり持ち上げた。

中に入っていたのは、運転免許証とパスポートだ。免許証の顔写真が目に飛び込んできて、朔実は「あっ」と小さく声をもらした。

〝ナナミ〟だった。何年も前の〝ナナミ〟の写真は、奇抜なメイクはしていなかったが、歌っていたころの彼女だとすぐにわかる。名前は〝七見(ななみ)万里子〟となっているが、これが本名なのだろう。そして今は、幻堂万里子。〝ナナミ〟という芸名は、名前から取ったのだと思っていたが、姓のほうだったようだ。だから姓を変えて、人の目をそらしやすくしたのだろうか。

〝ナナミ〟がここへ来て、あかずの扉を借りたのだ。そして、週刊誌の記事に書かれていたとおりなら、ここで風彦と結婚し、名前を変えた後に姿を消したことになる。

「幻堂さん！　あの〝ナナミ〟と結婚してたんですか？」

「〝ナナミ〟はわたしよ」

朔実はますます驚きながら、目の前の万里子を見た。雰囲気が違うからピンとこない。でも、声が似ている。そう気づくと、顔立ちにも面影を感じ、朔実はまた声をあげた。

「ええっ、あなたが……？」

「わたしの忘れ物だって言ったでしょう？」

「あれ？　でも、ここにいたのはあなたとは別の人ですよね。〝ナナミ〟さんが幻堂さんと結婚した人なら、亡くなってるはずで……」

　朔実はさっぱりわけがわからなくなった。

「わたしは、園田礼子という女性と戸籍を取り替えてたのよ。〝木菟の会〟の教祖とね」

　つまり、目の前にいるのは本物の〝ナナミ〟こと七見万里子で、風彦と結婚していたのが園田礼子。しかし礼子は七見万里子と名乗り、万里子の戸籍で風彦と結婚した、ということになる。

〝ナナミ〟が結婚していたとか、七年前から行方がわからないと書いた記事は、〝ナナミ〟と入れ替わった礼子のことを調べた結果だったのだ。

「わたしの記事が、最近週刊誌に載ったの。行方不明ってね」

　彼女も、週刊誌を読んでいたらしく、その話を切り出した。

「おかげで、礼子さんがどこにいたかわかったわ。それで、〝ナナミ〟をさがしてるって言って、出版社を通じて記者の人に会うことができたの。その人は、わたしが〝ナナミ〟本人だって気づきながらも、同情してくれたのかな。調べたことを教えてくれた。幻堂風彦さんの奥さんが、万里子という名だってことや、ずいぶん前に行方不明になったものの、失踪宣告はしてないってことも聞いたわ」

　歌手をやめた〝ナナミ〟が世間から身を隠したのと同様、新興宗教〝木菟の会〟の教祖も、世間の目から隠れなければならなかったのだ。

「わたしたち、同じように人目を忍んで、つらい思いをしてきたからこそわかり合えた。彼女なら、わたしの名前を大事にしてくれると思ったし、わたしもそうするつもりだった。それからは園田礼子と名乗って、世間を騒がせた教祖と同姓同名の別人ってことになったわ。わたしたち、見た目はあきらかに違うから、同姓同名で問題なかったし、そうやって、新しい自分になろうとしたの。彼女も、七見万里子と名乗って別人になれたはずよ」

戸籍を取り替えて住民票や身分証を得れば、部屋を借りたり仕事を得たりできる。他人に戸籍を見せることはまずないから、お互いが納得しているならうまく別人になりすませる。

「だけど、別人になるなんて、想像以上に難しかったな」

万里子は深くため息をつく。

「結局は自分以外の誰にもなれないの。名前を変えて、過去のわたしを知ってる人と絶縁しても、過去のわたしがあってこその今でしかない。考え方も好みも習慣も、過去のわたしとつながってる。歌が好きで、それさえあれば幸せだったのに、ほんのワンフレーズでさえ歌うことができないし、音楽のことを人と語り合うこともない。誰にも心を開けないのは、本当に苦しくて、誰かと親しくなるたびに打ち明けたくなって、心を引き裂かれそうだった」

〝ナナミ〟の歌を思い出した朔実も、胸が痛くなる。あのころ、受験勉強の合間にイヤホンで歌を聞いた自室、窓の外から漂う金木犀の香り、階下で朔実を呼ぶ母の声。失っても、朔実の中にはきちんと残っている。あの家と、そこにいた人、もの、すべてが朔実の一部になっていて、夢に出てくる。〝ナナミ〟にもそんな過去があっただろうに、自分から切り離すことなんてできるはずがない。

「たとえ白い目で見られ続けても、自分のままでいたほうがよかったのかもしれない。わたしはわたしだって、歌い続けてれば、傷だらけでも今より苦しくなかったんじゃないかって……。それに、入れ替わったことで彼女とも二度と会えなくなってしまった。わかってたけど、本音で心を分かち合えた人と縁を切らなきゃいけないなんてね。もしかしたら彼女も、今ごろわたしと同じように苦しんでいるかもしれない。それで、さがそうと思ったの。離れていてもわたしたち、お互いに同じことを思ってるはずだった」

なのに、園田礼子はもういなかった。

「行方不明だなんて。たぶん生きていないって、ショックだった。自分の名前のことより、もうどうしたって、彼女には会えないんだって……。だけど、そのとき思い出したの。彼女は未来が見えるんだから、わたしたちの未来も見えていたかもしれない。そうだったなら、きっとわたしへのメッセージがあるに違いない。彼女がわたしの名前でどう過ごして、亡くなる前に何を思ったのか、知りたくてここへ来たのよ」

あかずの扉の中にあったものは、誰にも知られたくない秘密を暴く証拠、けれど礼子にとって、捨てることはできないものだった。いつか七見万里子が、本当の自分につながる糸を取り戻したくなるときがくるかもしれないと理解していて、園田礼子はあかずの扉を借りたのだ。自分自身も、どこかで他人になりきれないことを感じていたからだろうか。

「彼女はこの山へ出かけ、遭難しました」

風彦は、オルゴールのふたのモザイク画をそっと撫でた。

「よく夢に出てくる、富山の風景に似ていたそうです。オルゴールはイタリア製の古いものなので、イタリアの山の風景なんでしょうが、富山へたびたび出かけていました。事故があったのは、何度目の登山だったのか。いつもはツアーに参加していたんですけど、その日はひとりでのぼってみるんだと言って。でもその日にかぎって急な悪天候で……。初夏とはいえ、梅雨時で気候も不安定だったんです。豪雨と激しい気温の低下が襲う中、倒木や鉄砲水で山道が寸断され、下山できずにとどまった人、別の道を行こうとして迷った人は多く、亡くなった人も少なくなかった。彼女は土砂崩れに巻き込まれたか川に流されたか、結局いまだに見つかっていませんが、彼女らしき女性を最後に見かけた人に、話を聞きました」

風彦の話に、万里子は真剣に耳を傾けている。

「その人は年輩の女性で、彼女が怪我をしていて動けなかったと言っていました。ガイドとはぐれたその人に、あなたはきっと助かるから、自分を信じて歩いてと言ったそうです。僕は、彼女が予知能力で人を助けたように思います。ただ励ましたのではなく、未来が見えていたのだと。だから、怪我をしていたのは妻に間違いないと確信しました。翌日になって、その人の通報で彼女の元へ助けが向かったものの、一帯が鉄砲水で跡形もなく……。年輩の女性が聞いた名前は、サカガミレイコ、だったとか」

園田でも幻堂でもなく、万里子でもない。

「本当の名前は礼子なんですよね。彼女は最期に、そう名乗ったんです」

彼女も、万里子にはなりきれなかったのだ。

しかし、どうしてサカガミなのだろう。朔実には、唐突に出てきた名前に思えたが、万里子は理解しているのか、祈るように深くうつむいていた。

「彼女が戸籍を取り替えているのではと、僕もぼんやり感じていましたから、本名に近い名前だろうと思いました。でもあのとき僕は、ただ彼女が、万里子という名前を守ろうとしたように感じていたんです。自分が死んでしまったら、七見万里子さんは死んだことになってしまう。だからあえて、僕につながらない名字を使ったと。そしてそれは、僕への最後のメッセージだとも思えたんです」

それもまた、礼子の願いだったに違いない。風彦に伝えるべきことを考えたはずだし、自分の死後、本物の万里子がどうなるのかも気がかりだっただろう。

「幻堂さん、だから、もう七年も経つのに、失踪届を出さなかったの？　行方不明なら、失踪宣告ができるのよね？　なのに、いまだに結婚してる状態でいるなんて……。七見万里子を死んだことにできないから？」

風彦と結婚したのは、戸籍上の〝七見万里子〟だ。彼女が死亡したら、ここにいる七見万里子は、戸籍上は死んでいることになる。他人との入れ替わりを証明する方法はあるのかもしれないが、すべてを公にしなければならないし、簡単ではないだろう。

「彼女は登山届を出していなかったし、悩みましたが、僕は捜索を依頼しませんでした。幻堂万里子という名前が、遭難者として残らないように」

生きている本物の万里子のため、それ以上にたぶん風彦は、園田礼子を別人の名前のまま終わらせることにしたくなかったのだ。

「それで、生きてることにし続けたなんて……。お人好しね。礼子さんと結婚したくらいだもんね。彼女が世間から身を隠してるのは承知で、隠れ蓑になってあげたんでしょう？」

風彦は目を細めて微笑む。満ち足りているような、けれどほんの少し寂しそうにも見えた。

「彼女が、僕の未来を夢に見たと言ったから、信じたくなったんです。彼女との未来ではなかったけれど、それは、わかっていたような気がします」

木を植える夢だと、風彦は言っていた。まるで彼は、それまで未来があることさえ忘れていたかのようだ。この奇妙な館を受け継ぎ、あかずの扉の数だけ秘密を引き継いだ。両親がいないという、その事情も複雑そうだ。

木を植えることに墓標を想像した彼は、これまでどんなふうに過ごしてきたのだろう。未来へ伸びる木を、どこに植えていたのか、夏だったのか冬だったのか、明るい昼間だったのか静寂な夜だったのか。彼は、礼子の言葉の中の何を信じたのだろう。

鬱蒼とした森に囲まれた洋館を受け継いだ人。彼はここに愛着を感じているけれど、縛られてもいるのかもしれない。大きな影みたいな過去が、まぼろし堂にはまとわりついていて、彼は墓守のように忠実にここにいる。

礼子との結婚は、けっして隠れ蓑だけのためではなかったのだ。誰とも共有できない、心に秘めたものを、お互いが無言で分け合っていた。そこには紛れもなく愛情があったはずだ。

風彦は、離婚届を万里子に差し出す。彼の名前が書き込まれている。幻堂万里子という、偽名の妻との離婚は、これで速やかに成立するだろう。

「このオルゴールの中に、彼女の本当の身分を明かすものがあるのではと、僕は思っていたんですが、何より大切だったのは、あなたの名前だったんですね」

離婚届を、朔実に渡したときとは対照的に、感じ入ったように受け取った万里子は、〝七見万里子〟の身分証と引き替えに、持参していた〝園田礼子〟の身分証をオルゴール箱に入れた。あらためて彼女はあかずの扉を借りたいと言い、そこにオルゴール箱を入れておくことを望んだ。

箱の底のネジを巻くと、オルゴールが鳴る。『アヴェ・マリア』が流れる。曲が途切れるまで、みんな黙禱するように聞き入っていた。

園田礼子は、大切にしていたオルゴール箱の中で、やっと本当の自分に戻れるのだろうか。山を描いたモザイク画のオルゴールと、彼女の遺品が、もはや誰にも暴かれることなく安らかに眠り続けられるように、朔実は祈らずにはいられなかった。

*

連なる山の峰は、なかなか視界から消えなかった。行き先もわからないバスに飛び乗って、私たちは一番後ろの席に座り、背後の窓から黙って山を眺めていた。

「ねえ、どうせ別人になるなら、絶対にバレないやり方にしない？」

私が言うと、彼女は振り向いた。

「そんなこと、できるの？」

「わたしたちが入れ替わるの。それなら、本物が現れることはないわ」

名前を変えて生きていく。そうすればもう、誰かを欺くことも悲しませることもない。あのころの私はそう思っていた。

「あなたの名前になるのね」

「いや？」

「あなたが店に現れて、いっしょに働くようになって、はじめてわたし、孤独じゃないって思えた。だからうれしいけど、ちょっと寂しいな」

私も同じ気持ちだった。でも、自分たちは離れなければならない。近くにいたら、名前を入れ替える意味がないのだから。

「大丈夫、お互いの名前が、ずっと寄り添うんだから」

「うん、そうね」

でもたぶん、彼女は、誰も別人にはなれないと、最初から気づいていたのかもしれない。

「坂上……礼子」

彼女はつぶやく。

「なあに、唐突に」

「ちょっと言ってみただけ。あなたは、なりたい名前ってある？」

「坂上さん……ね、本当にあの人の娘になりたかった？」

彼女の本当の名前は礼子というのだと、そのとき私ははじめて知った。でも、定食屋のお父さんは、礼子という名前を知らない。だから、坂上礼子とつぶやいてみることができるのは彼女だけだ。

「ときどきね、考えてたの。もしわたし以外の何かになれるなら、あの山になりたいって」

彼女はまた唐突なことを言って、自分たちについてくるような山の風景に目をやった。

「変なの」

彼女はときどき、不思議なことを言う。私はいつも、変なのと言いながらもそれをおもしろく感じている。そのときだけは、少しだけ彼女の気持ちがわかるような気もしていた。

好きな町、神社の参道や杜、堤防沿いの散歩道、古びた定食屋も、そこを営むまじめな店主も、山はずっと眺めていられるのだから。

＊

「あの記事を書いたの、内海さんですよね？」

コーヒーを淹れていたらしく、キッチンに突っ立っていた内海に、朔実は声をかける。この数日、部屋にこもっていたためか、無精ひげが目立つし、よれよれといった雰囲気だ。

「記事？」

とぼけているのか、ぼんやりしているのか、内海は問い返す。

「幻堂さんに貸した『女性ライフ』の、〝ナナミ〟の記事です」

彼は答えずに、コーヒーメーカーのドリップを眺めながらひとつあくびをした。

昨日、万里子が帰ってから、朔実は下宿にあるピンクの公衆電話にかかってきた電話を取った。内海に取り次ぎを頼んだ相手は、自分の名前しか名乗らなかったが、背後のざわざわとした気配や他の電話が鳴っている様子から、どこかの会社からだと思われた。そんなざわめきにまじり、すぐそばで電話の応対をする声が耳に飛び込んできたのだ。

『週刊女性ライフ』です。たしかにそう言ったのを朔実は聞いた。

「それで、〝ナナミ〟さんが編集部に詳しいことを訊きに来たとき、幻堂さんと奥さんのことやこの洋館のこと、色々と教えたんでしょう？」

失踪宣告をしていないとか、妻だった人が使っていた下宿の部屋が残っているとか、そんなことを教えたはずだ。万里子は、記事を書いた人に会ったと言っていた。

「だから、何だ？」

内海は否定しなかった。

「幻堂さんの個人的なことを、勝手に記事にするなんて、ひどいです」

「〝ナナミ〟のその後、興味深いネタじゃないか。風彦くんのことを書いたわけじゃない」

「でも、ここで知ったことですよね？」

「だいたい、亡霊と結婚したままだなんて、風彦くんも物好きだよ。やっと別れられてよかったじゃないか」

「別れたって、なんで知ってるんですか？」

「昨日来てただろ、〝ナナミ〟」

部屋に引きこもっていたはずなのに、ちゃっかり情報収集しているのは職業柄か。

「水城さんも感謝してほしいね。これで風彦くんは独身だ」

「えっ、なに言ってるんですか！」

つい大きな声をあげる朔実を鼻で笑い、内海はさっさとマグカップにコーヒーを注いで出て行ってしまった。

内海の言ったことが、じわじわと朔実に覆い被さってくる。これまで朔実は、自分の気持ちを注意深く閉じ込めていた。風彦が結婚していると知り、同時に彼へのあこがれに気づいたけれど、あこがれに留めようと努めてきた。好きになってはいけないからと、自分に言い聞かせている間は、深く考えなくてすんでいたのかもしれない。

だから、急に不安になっている。本気になってしまったらどうしよう。恥ずかしいことをしでかしそうで、自分が信用できない。そもそも相手にされるわけがないのだから、彼が結婚していてもしていなくても同じだったのに、むしろ朔実はうろたえている。

とにかく、これまでと同じように振る舞うしかない。あこがれの人のままで。

深呼吸して、ポケットから細い瓶を取り出し、薄くふたを開ける。金木犀のポプリから、甘くさわやかな香りがあたりに広がる。小さな瓶なのに、目を閉じるとそばに大きな木が金色の花を咲かせているかのように感じる。

「ああ、金木犀の香り、それでしたか」

窓の外を通りかかったらしい風彦が、こちらを覗き込んだ。

「急に秋になったのかと思いました」

「タイムスリップですか？　あ、でも、ポプリって、そうですよね。時間を止めた花が、過去から香りを運んできてるんですから」

大丈夫、落ち着いてふだんのように話せる。挙動不審になったりしない。朔実は安堵する。

風彦は、朔実の手元の小瓶を、不思議そうに見つめる。

「この館で香る金木犀も、もしかしたらこんなふうに、香りだけを小瓶に閉じ込められているのかもしれませんね。過去の香りを」

あかずの扉に閉じ込められた過去も、ポプリの小瓶のように、いつか扉が開けられたとき立ち現れるのか。朔実はそんなことを考える。

「あかずの扉に入れるものは、誰にも知られたくない秘密であって、だけどいつか、誰かに伝えたいものでもあるんでしょうか」

以前に風彦が言っていた。あかずの扉を借りたい人は、隠したい秘密をこの世とあの世の狭間、消滅する一歩手前に置きたい人、だと。

礼子にとっての秘密は、自分が死んだとしても、ともに葬られてしまってはいけないものだった。むしろ不慮の事態を考え、秘密を墓場まで持っていく代わりに、その手前に、あかずの扉に置いていった。

同じように、もしかしたら不二代のあかずの扉にも、そんな意味があるのだろうか。

不二代の子は、本当のことを知らずに一生を過ごすかもしれない。閉じられた扉の中で秘密が忘れ去られるなら、それでいいと不二代は胸をなで下ろすだろう。でももし、彼が何かに疑問を感じたとき、たとえ厳しい現実でも本気で知りたいと願うとき、真実はすべてを乗り越える力になるのではないか。

だから、完全に葬り去ることはできなかった。消滅する一歩手前に置くために、不二代はあかずの扉を必要としたのだ。

朔実が不二代に思いを馳せている間、風彦もまた、どこか遠くに思いを馳せているようでもあった。

「水城さん、金木犀をさがしませんか？」

そして、ふと思いついたようにつぶやく。雨の晴れ間に吹く風に、木々がさわさわと鳴る、そんな音に紛れてしまいそうなやわらかな声が、朔実の耳に心地よく響く。

「……金木犀を、ですか？」

「あの香りの元を、木を見たいと言ってくれたのは、水城さんがはじめてですから。僕も、見てみたいような気がしてきたんです」

朔実も、知りたい。それはまぼろし堂に隠された、とくべつなあかずの扉につながっているような気がする。

「いいんですか？　わたしが手伝っても」

風彦も、たまたま金木犀が人目につかない場所に生えているだけだとは思っていないだろう。母親が夢で金木犀を見たという話も、きっと知っているはずだ。それに、金木犀の香りが苦手な人はとどまれないという噂も、母親の早い死を暗示しているようでもあって、彼にとっては複雑な思いがあるのではないだろうか。

なのに、朔実を誘う。

「ひとりでは見つけられないような気がするから」

芽生えた想いを、秘めておけるのだろうか。胸の奥に閉じ込めても、金木犀のように、香りを漂わせてしまわないだろうか。どこにあるのか、姿は見えないのに、見つけてと強く訴えかけるようなその香りに、朔実は自分の気持ちを重ねていた。

五章　木犀の香に眠る

バス停のそばの喫茶店で、風彦は久しぶりにその噂を聞いた。お客さんは地元の人がほとんどの古い店だが、古さが心地いいので、たまに訪れている。常連というほど溶け込んではいないが、店主には顔をおぼえられているという程度だ。

その店で、常連客がまぼろし堂のことを話していた。

「あそこには、白骨死体が埋まってるんだそうだ」

「ああ、昔からの噂だな」

「まあ、どう見ても幽霊屋敷だからなあ」

「そういやこの前、あの洋館のこと調べてるらしい人がいたよ。人骨があるとか見つかったとか、そんな話を知らないかって訊いてきてさ」

「あんなところ、もし誰かが埋められてたって、見つかりゃしないよ」

「えらくしつこかったよ。噂の出所とか訊かれたが、子供のころからの噂だ、出所なんかわからんよ。どうもあちこちで訊き回ってる様子だったな」

「単なる噂じゃないってことか？　それらしい事件でもあったかな」

「いいや、この界隈（かいわい）で事件なんてないよ。地元の者からすりゃ、あの洋館も、噂は色々あるがただの古い家だ」

空き家じゃないのか、と誰かが言い、住人がいるらしいと誰かが答える。幽霊じゃないのかとまた誰かが言うと、そういえば振り袖姿の老婆を見たと、また誰かが答える。

その老婆、子供のころにも見たことがある、と五十代くらいの紳士が言い出し、当時から白髪に振り袖だったらしい老婆が今も生きているはずがないと、間違いなく幽霊だという話になっていく。風彦は本を読むふりをしながら、つい聞き耳を立てていた。

まぼろし堂に人骨が埋まっている、というのは、あの建物から連想されるイメージなのだろう。どうしてなのかと考えるに、廃墟に見えるからだろうか。使われていない建物は、建物としては死んでいる。朽ちていくばかりなのだから、墓と結びつくのも不思議ではない。

もちろんまぼろし堂は生きているし、奇妙なことに成長を続けている。数年に一部屋くらいは増えているはずだ。

カフェオレを飲み終え、風彦は喫茶店を出る。店の前に、金木犀の鉢植えがある。最近購入したらしく、幼い子供の背丈くらいだ。もうじき花が咲くだろうか。

まぼろし堂の金木犀も、今年もどこかで花を咲かせる。むせかえるような香りの元を見つけたいと話したとき、朔実はうれしそうだった。そうして彼女は、時間を見つけては敷地を歩き回っているが、まだ発見できていない。ずっと住んでいる風彦や、庭園の手入れもしている平造でさえ見たことがないのだから、簡単に見つかるものではない。

それでも、香りが手がかりになるかもしれないと、朔実は花の時季を待っている。彼女が待ち遠しそうにしていると、風彦も待ち遠しくなる。まぼろし堂の秘密に触れたいなどと、これまでは考えたこともなかったけれど、朔実を見ていると、秘密がもたらすものは悪いものばかりではないと感じるからだ。

たとえ白骨死体が隠されていても？　どうだろう。しかしそれも、知るべきことであるような気がしているのだ。

＊

まぼろし堂にまつわる不吉な噂はこれまでもあったし、近所の子供たちが肝試しでもするように見に来ることもしばしばあった。しかし今回は、どうにもこれまでとは様相が違っていた。

「自治会長さんも、人骨のこと訊かれたっていうのよ」

朝からランが邦子に、ホールで立ち話をしつつ訴えていた。何かトラブルでもあって、嫌がらせの噂を流されているのでは？　と自治会長は心配していたらしい。

「いったい、どんな人がそんなこと訊いてきたの？」

「きちんとした身なりの、初老の男性だって。刑事さんかと思ったらしいけど、名乗ってはなかったみたい」

「ここのこと、何か調べてる人がいるみたいだって、わたしも聞いたことがあります」

朔実も加わると、邦子は不安そうに眉をひそめた。

「嫌がらせをされるようなことなんて……、何も思い当たらないわ」

下宿屋をしているとはいえ、今いる下宿人のほかは、ごくたまに短期で滞在する人がいるくらいだ。朔実が来てからもそんな様子だし、恨まれるようなことなど思い当たらない。設計事務所の仕事も平穏そのものだし、風彦自身だってトラブルとは無縁の人だ。

きっと取り越し苦労だと、気持ちを切り替え、朔実は設計事務所へ入っていく。会社が休みの日曜日、朔実は風彦がどこかから集めてきた廃材をチェックする。古いドアノブや蝶番、窓枠もガラスも、今では製造されていないものが多く、再利用するために分類して保管している。同じ時代の建物を修理するのに使うらしい。レンガもスレート瓦も床材も、倉庫に詰め込まれているが、写真に収めてデータベース化するのも朔実がやっている仕事だ。

自分で提案してはじめたとはいえ、倉庫の中身は風彦が次々に持ち込むので際限なく増えていく。それに彼は、どんなものをそこに放り込んだかおぼえているようだから、朔実の仕事が役に立っているかは微妙だ。

おぼえてはいても、雑然とした場所からさがし出すのには時間がかかる。思ったより状態が悪く使えなかったりすることもあるから、きちんと整理すべきだと思う。何より、時代と様式を調べながらの作業は、朔実自身の勉強にもなっている。

「水城さん、ちょっとこれ、見てくれますか？」

風彦に呼ばれて、資料を渡される。古い建物をリノベーションするのに、アイディアを出すのも手伝わせてもらえるようになった。暗い室内に光を取り入れたいという希望だそうだ。まるい小窓は趣があるが、施工主はレストランにしたいらしく、薄暗いと感じているようだ。

古いからこそいいところを残しつつ、新しくするのは難しいが、いつか自分の考えが採用されることを夢見ている。

「思いついたら、でいいですから。あまり無理をしないで、会社の仕事が忙しいときは、こっちは休んでくださいね」

けれどまだ、朔実は雑用のバイトだ。会社勤めをしながらでは、重要なことに関われないのはわかっている。

「はい、でも大丈夫です」

元気に答えるが、本業に支障が出ることを風彦が望んでいないのはわかっている。無理をすべきではないが、風彦には認めてもらいたいし、きちんとここで働きたいのだ。

仕事を続けようとすると、邦子が現れた。風彦にお客さんだという。さっき、ランと噂について話していたときと同じように、困惑したような不安げな顔だ。風彦はすぐに玄関へ向かうが、邦子は朔実に、「警察よ」と耳打ちした。

「警察？　何の用なんですか？」

「さあ……、噂の人骨のことかしら？」

「警察沙汰だなんて、困るわ。館の中まで調べに来ないでしょうね？」

通りかかったのは紀久子だ。会話を小耳にはさんだのか、事務所の中まで入ってきて、不安そうに言う。

「大丈夫よ。ただの噂だし、そんなのわたしが断ります」

邦子は、あやしいセールスマンを追い払うときの厳しさで断言した。

「そうだ、邦子さん、さっきこれ拾ったの」

紀久子が差し出したのは、小さな鍵だ。頭の部分に渦巻きのような文様がある。邦子は自分の鍵束を確かめ、あらいやだ、とつぶやいた。掃除などで出入りするため、館内あちこちの鍵を持っていて、ひとまとめにリングに通しているが、金具がゆるんでひとつ落としてしまったらしい。

「よかった、なくしたら大変だったわ。どこに落ちてた？」

「塔屋の階段よ」

紀久子が行きそうにない場所だったから、朔実は意外に思ったが、邦子は何かを理解したように頷いた。

「塔屋の窓から、おまわりさんの姿は見えるのかしら」

「ええ。最近、よく巡回してるのを見かけるから、なんとなく不安なのよ」

リエだ、と朔実は察する。塔屋にいたのはリエだろう。紀久子が何より心配なのも、リエのことだ。警察に来られては困るし、たぶんリエが、塔屋から見ていて不安がっている。やはり、噂に関する通報があったのだろうか。

「おまわりさんだって、噂なんて本気にしてないわよ。穣治さんがバイオリンをはじめたときなんて、夜な夜な悲鳴が聞こえるって、やっぱり警察が来たけど、笑い話よ」

「風彦さんのおじいさんがいたころとは時代が違うでしょ。今は悪い噂ほど一瞬で広まって、注目されちゃうんだから」

まぼろし堂の外観が、ホラーじみたイメージを呼び起こすのに一役買っているのは間違いない。しかし邦子がなだめても、紀久子はまだ心配そうだ。

「それに警察だなんて。本当に、事件を調べに来たんだったら……？　だって、風彦さんのお父さんは行方不明になってるんでしょ？」

「ずっと昔の話よ。行方不明ったって、急にここを出ていったきり、誰も連絡先を知らないだけだわ」

「だけどそのころ、トラブルがあったみたいじゃない。今になって誰かがさぐってるのかもしれないってことよ」

そこへちょうど戻ってきた風彦は、いっせいに注目されてたじろいだが、すぐに視線に応えた。

「ええと、見慣れない人がこのへんをうろついていると通報があったそうで、ここの下宿人ではないと話しただけですよ」

人骨のことではなかったようだ。しかしそれはそれで、心配ではある。まぼろし堂は、裏山からなら囲いもなく侵入できてしまうからだ。道のない森を迷わず歩けるかどうかは別にして。

倉庫からセメントの袋がひとつなくなっていると朔実が気づいたのは、午後になってからだった。しばらくチェックしていなかったが、風彦が使ったなら朔実も聞いているはずだ。不思議に思いながら、事務所に戻って訊ねると、やはり使っていないという。

「まさか、盗まれたんでしょうか……」

「セメントを？　ああ、そういえば、先週平造さんが使ったはずです。離れのそばの石垣を補修すると言ってました」

あっという間に解決した。まぼろし堂の敷地は、斜面に所々石垣が積まれていて、段状に平らな土地ができている。建物をそこに増築するためか、斜面を崩れにくくしているのか、とにかく石垣も古いので、補修をしないと崩れるかもしれず、危険だ。建物の外のことは、草木の刈り込みだけでなく、平造が手入れをしているらしい。

「でも、おかしいな。離れのそばは、べつに問題なかったような……。昨日あのへんを見回ってたんですけど、石垣を修理した様子もなかったなあ」

思い出し、風彦が首をひねる。

「もっと奥の石垣だったんでしょうか」

「そうかもしれませんね」

どの程度の補修が必要だったのか、セメントを買い足しておいたほうがいいか、平造に確かめておこうと思い、朔実は事務所を出て彼をさがす。キッチンにいた邦子に訊くと、外だろうというので裏庭を見に行く。平造の休憩場所だが、誰もいなかったので、西側へと向かった。まぼろし堂の敷地は、主に母屋の西側に広がっているが、建物の西棟は使われていないし、敷地もほとんど山林の状態なので、あまり立ち入ることはない。朔実も風彦の手伝いで入ることがあるくらいだが、夏の草に侵食されていても、かろうじて道らしきものは見分けることができた。

しばらく歩くと、レンガ造りの離れが見えてくる。蔦が葉を落とすにはまだ早く、今の時期は焼け焦げた壁が緑に覆われて、おとぎ話にでも出てきそうな風情だ。朔実は周囲の石垣を見回すが、新しくセメントを使ったような形跡はない。平造もいないので、少し迷ったが、もう少し奥へ行ってみることにする。

少しばかり歩いたときだった。上のほうで何やら叫ぶような声が聞こえたかと思うと、草木が大きくゆれる音がした。

小石が転がり落ちてくる。落石かと身構えた朔実は、続いて大きな何かが、木々の重なる斜面を落ちていくのを目にしていた。

石じゃない。人だ。

「平造さん？」

朔実は枝をかき分け、その姿を追う。下方を覗き込むと、急な斜面の下に無舗装の私道が見え、平造が倒れている。しかし朔実には、斜面をおりることができそうにない。上から呼びかけてみても、平造は動かない。

とにかく風彦に報せなければときびすを返す。

上のほうで、また枝葉が動く音がした。はっと振り返った朔実は、重なる枝の奥に黒い影を見たような気がした。誰か人がいたのだろうか。しかし確かめている場合ではなく、館へと朔実は急いだ。

救急搬送された平造は、頭を打っていて、意識を失ったまま集中治療室に入っているが、一命は取り留めたとのことで、まぼろし堂のみんなは胸をなで下ろした。

とはいえ、意識が戻るまでは安心はできない。それでも邦子は気丈に、管理人の仕事を休むことなく、平造のぶんまで働いている。

平造が、わざわざ足場の悪い斜面をのぼった様子なのは、キノコを採っていたのではないかと、朔実は邦子から聞いた。そうして、たまたま足を滑らせたのだろう。

別の人影を見たような気がした朔実だが、まぼろし堂の住人があの場にいた可能性はなかった。風彦は事務所、紀久子と内海は留守で、邦子はずっとキッチンにいたし、ランはあんな場所までのぼれない。リエは問題外だ。何か動物がいたのか、それとも風にゆれた枝葉の影が、生き物みたいに見えただけだろうか。たぶんそうなのだろうと、事情を調べに来た警察には言わなかった。

風彦にだけは、人影を見たような気がすると話しておいたが、彼もわざわざ警察に言わなかったようだ。

「それにしても、事故でよかったよ」

そう言ったのは紀久子だ。翌日、廊下で顔を合わせたとき、めずらしく立ち止まって朔実に声をかけてきた。平造の怪我の様子を訊ねたあと、そんなふうにつぶやいたのだ。

「事件だったら、わたしたちが調べられるかもしれないんだから」

「事件、ですか？」

平造は足を滑らせただけ、もうすっかりそう納得していた朔実は、紀久子は何を言い出すのだろうと驚いてしまう。

「だって、誰かが平造さんを突き落としたかもしれないじゃない」

「まさか、そんなことをする人、ここにはいませんよ」

「ここにはいなくても、平造さんが他人に恨まれてないとは言えないでしょ？」

「平造さんが恨まれるなんて、想像できません」

「今はね。だけど昔は、カタギじゃなかったって聞いたことあるのよ」

朔実が思い出したのは、平造は入れ墨があるという話だ。

「そんなこと、誰に聞いたんです？」

「前に下宿にいた人。その人も又聞きらしいけど、邦子さんがヤクザの女で、ふたりで逃げたんだとか」

「えっ、まさか。あり得ないですよ！」

朔実は声を上げる。料理上手でしっかり者の邦子が、バラバラな下宿人にも一人一人気配りしているから、ここは他人と距離を置いている人にも居心地がいい。強面の平造はともかく、邦子にはそんな想像をする余地もない。

「わたしだって、作り話だと思ったよ。でも、もし本当だったら、恨まれることくらいあるかもって思えたの」

関係があるかどうかわからないが、まぼろし堂に関する最近の噂も引っかかった。もし本当に、誰かがこの洋館の周囲をさぐっているなら、恨まれたのが平造だとは限らない。

「やっぱり、警察に話したほうがよかったんでしょうか。わたし、人影を見たような気がするんです」

朔実は声をひそめて打ち明けたが、紀久子は激しく反対した。

「ダメよ！　警察はダメ！　わたしの事情だけじゃない、ここにはあかずの扉がたくさんあるのよ。それに、警察が捜査して、もしもここで人骨が見つかったら、館も隅々まで調べられるわ」

「紀久子さんは、その噂が本当だと思うんですか？」

「平造さんが何か知ってるのかも。だから狙われたのかもしれないし」

「そうね、平造さんなら、もしも白骨死体があるなら、知ってるでしょうね」

別の声に振り向くと、朔実のすぐ後ろにランが立っていた。色鮮やかな振り袖姿なのに、彼女の存在は、古い建物の薄暗さになぜか溶け込んでいて、突然現れたかのように感じることがよくある。「ランさん、いたの？」と言った紀久子も、たった今彼女に気づいたようだ。

「ここにどんな下宿人がいたのかも、ここで起こったことも、一番知ってるのは平造さんよ。だってここで育って、そのまま働いてきたんだもの」

ランの言うとおりなら、平造がヤクザになる機会はない。人の噂なんてきっと、いいかげんなものなのだ。

「ランさんのほうが長いことといますよね？」

「あたしは一下宿人だもの。比較にならないわ」

「ねえ、ランさんの想像では、平造さんはどうして、あの場所から転落したんだと思う？」

いつになく、紀久子は深く知りたがる。

「そうねえ、平造さんは昔、邦子さんを追ってきたヤクザを庭に埋めたの。それに気づいたヤクザの子分が、復讐にやってきたんだわ」

邦子がヤクザの女だっただなんて、ランもまるで事実のように口にする。が、埋めただなんてますます不穏だ。

「それとも、復讐に来たのは、風彦さんのお父さんの恨みを晴らそうとしてる誰かかしら」

前から風彦の父親のことを気にしていた紀久子は、すぐに食いついた。

「恨みって何？　ランさん、そのときのトラブルって何だったの？」

プライバシーの侵害だと思いながらも、朔実もその場で聞いているのだから同罪だ。

「穣治さんのお嬢さんを騙してたから、とかそんなことよ」

「お嬢さんって、風彦さんのお母さんよね？」

「ええそう。湯木さん……って名乗ってた青年が、色々偽って、お嬢さんに近づいたことが許せなかったみたい。そのあと湯木さんは急にいなくなっちゃって、お嬢さんはひとりで風彦さんを産んだのよ。でもたぶん、湯木って名前は偽名だわ」

「いなくなったのは、どこかに埋められたってこと？　穣治さんとトラブルになったあとなんでしょ？　平造さんは穣治さんに雇われてたし、慕ってもいた。力仕事も得意だし。それで誰かが復讐に来たとしたら……」

紀久子の想像力は、ラン以上にたくましい。

「湯木さんはどこに埋められたのかしら。それとも、あかずの扉の中かしら」

あっけらかんとランは笑う。

「わたし、なんだか嫌な予感がする」

深刻に怯える紀久子は、神経質になっているようだった。その気持ちはわからなくもない。変な噂が流れて、警察まで来たりと落ち着かない。平造は一命を取り留めたとはいえ、意識が戻るかどうかわからないとなれば、年齢を考えても安心はできない。どっしり構えていた彼の存在は、みんなにとって大黒柱のような頼もしさがあったから、なおさらだろう。

朔実もたぶん、考えすぎている。平造が転落するのを見たことも、自覚している以上にショックだったのだ。だから、木々の陰に誰かがいるようにも見えてしまった。

そして、考えすぎでは説明できないことが残っている。結局、セメントはどこに使われたのだろう。

＊

思えば平造も邦子も、休みらしい休みもなく働いてきた。風彦が生まれる前からここにいて、館の管理と下宿の運営を続けてきたのだから、風彦は頭が下がる思いだ。たまの休日にふたりで出かけても、外食もせずに帰ってくる。風彦が家にいるならと、邦子は食事の用意をしてくれる。風彦は、ふたりに育ててもらったようなものだ。

彼らは誇りを持って働いているし、歳をとったといえど、仕事が滞ることもない。しかし、平造が入院した今は、ふだんどおりとはいかない。家政婦を雇うことを提案すると、邦子は気が進まないようだった。

「臨時で来てもらうだけです。邦子さんも、そのほうが、病院へ行く時間がつくれるじゃないですか」

彼女も、悩みどころだったのだろう。迷いながらも頷く。

「そうですね……。みなさんに迷惑をかけるわけにもいかないし」

「紹介所にたのんだので、明日から来てもらえます。仕事の割り振りはお任せします」

はい、と答えつつも、事務所から出ていこうとしない邦子は、まだ何か言いたげにも見えた。

風彦は少し待ってみたが、何も言わないので別の話を切り出す。

「平造さん、キノコ採りだなんてめずらしいですよね。あのへんに生えているなんて知りませんでした」

「それは、ええ、最近見つけたのかしら」

別のことで頭がいっぱいなのか、上の空だ。それとも、この話には答えにくい何かがあるのだろうか。風彦は実のところ、平造がキノコを採りに行ったとは思えないでいる。

「風彦さんは、事故じゃないと思ってるんですか？　キノコ採りとは別の理由で、平造さんがあそこにいたって」

邦子には、風彦の疑問は見抜かれている。

「心当たりはありませんか？」

さっきまでの迷いをかき消し、邦子は首を横に振ると、きりっと顔を上げた。

「あの人は、本当にやさしくて、芯のある人です。毎日まじめに働いて、この館を守り、幻堂家をささえてきた、それだけです。誰に恨まれるというんです？」

それは風彦もよくわかっている。

「何もなければいいんです」

「ええ、何事もありません。平造さんももう歳なのに、自覚がなくてあんなところにのぼるからですよ」

それで話は終わった。朔実が事務所へ入ってくるのと入れ替わりに、邦子は仕事に戻っていった。

「邦子さん、こんなときなのに仕事を休まないんですね」

朔実は心配そうだ。邦子は気丈にしているが、家族が入院する事態は、朔実も経験しているだけに気持ちが重なるのだろう。

「忙しいほうが気が楽なのかもしれません」

だからといって、甘えすぎてはいけないと、家政婦を雇うことにした。

風彦にとって、倉田夫妻は身内も同然で、雇っている側だという認識が薄いから、彼らの負担を考えにくかったが、要望があれば遠慮なく話してくれていたはずだ。しかし今回のことでは、自分たちのことに立ち入らなくていいと、邦子がいつになく一線を引いているように感じる。平造も、風彦には秘密にしていることがあるのではないか。

「平造さんが退院したら、ふたりで休みを取ってもらえるといいですね」

朔実はノートパソコンを開く。彼女も、休日に遊びにも行かず、必ず設計事務所に詰めている。風彦自身、仕事と趣味の境界が曖昧で、自宅にいれば事務所が自室みたいになってしまっているのだが、朔実の好きなようにすればいいと思うのも、甘えすぎているのかもしれない。

「水城さんも、何でもがんばろうとしすぎてますよ」

朔実は意外そうな顔をした。

「平造さんが転落したとき、水城さんが近くにいたのは幸いでした。でなかったら、私道を人が通りかかるまで、気づかれなかったでしょう。だから、結果的にはよかったけれど、どうしてあんなところにいたんです？　理由もなく入るところじゃないですよね。斜面が急で滑りやすいし、あなたが転落していたらと思うと……」

　雇ったことを後悔しそうだ。そもそも不用意に彼女を近づけすぎたのではないか。

　しかし、不用意に、というのも変な話だ。成り行きで部屋を貸して、雇ったけれど、それだけのことなのに、なぜ責任を感じてしまうのだろう。自分と関わらないほうがいいのではないか、と、どこかで感じているからか。

　どういうわけかずっと、風彦にはそんな感覚がある。自分が背負うものは、この館も含め、幸せに満ちあふれたものではない。だから朔実は、いずれここを出ていかねばならない。それまでいやな思いをしてほしくないし、危険なこともしてほしくない。

「平造さんに、セメントのことを訊こうと思ったんです。見当たらなかったから、離れの石垣を見てみようと思って。でも、石垣はどこも修理された形跡がなくて」

「それで別の石垣を確かめようと？」

「はい、でも、見つからないから奥へ入ってしまったんです」

　平造は、いったいどこにセメントを使ったのだろう。本当に石垣なのだろうか。

「水城さん、そんなに真剣に資材の管理をしなくても大丈夫ですよ」

「……ですね。ただ、ほとんど知らなかった石垣のこと、知りたかったんです。どんなふうに積み上げられてて、補修はどうやってするのか、あれも建物の一部なんですよね」

　彼女は本気なのだ。どんなことでも吸収しようとしている。風彦はどうだろう。朔実が建築の仕事に携わりたいなら、力になれればいいと思ったけれど、あくまでバイトとして雇っているだけだ。

しかし、それくらいしかできそうにない。

「どこに使われたかわからないのは、気になりますね。念のため、僕も離れの周囲を調べてみます」

「わたしも、いっしょに行っていいですか？」

朔実が敷地を歩き回らないよう、止めるためにそう言ったのに、効果はなかったようだ。風彦が返事をするよりも早く、朔実は勢いよく立ち上がった。

解体も修理もされないまま放置されている離れへは、石段のある小道が続いている。周囲の草が道にせまるように伸びているが、それでも平造が手入れをし、道が塞がってしまうことはない。彼が時々離れを訪れるのは、かつての住居だったという思い入れがあるからだろうか。しかし、建て直して住もうとしないのも不思議だった。

まぼろし堂が建てられた当初から、使用人の住居としてあったという建物だ。その後洋館が売られ、持ち主が次々に変わりながら無人の状態が続いた時期も、管理人だけはここで暮らしていた。風彦の祖父も、建物を購入すると同時に、館の管理を続けてきた平造の父を雇い入れたという。

時折ここを訪れて、平造は何を思っているのだろう。

「石垣は、やっぱり崩れていませんよね」

建物の周囲を一周して、朔実が言った。新しくコンクリートを使った形跡はやはりなかった。

「幻堂さん、どこか思い当たりますか？」

雑木林と化した敷地のどこかに、崩れかけた石垣は少なからずあるだろう。しかし、平造がわざわざ修理するだろうか。それに、ほかの場所なら〝離れ〟とは言わないはずだ。

「石垣じゃないのかもしれない」

風彦は、離れの建物へ入っていった。朔実もあとをついてくる。屋根が落ちた場所は明るいが、少し奥へ入ると薄暗く、すぐには目が慣れない。落ち葉やほこりが積もった床は、気をつけないと腐っていて踏み抜きそうになる。一方で、しっかりした柱と漆喰の壁に囲まれて、まだ使えそうな部屋もある。

気がつくと、朔実が後ろにいなかった。風彦を呼ぶ声が聞こえる。

「幻堂さん、来てください」

「どこですか？」

「洗面所の奥です」

声がしたほうへ向かうと、奥の部屋に朔実が突っ立っていた。家具だけは残っていて、本棚とクローゼットが並び、簡単な造りのデスクと椅子もある。背の高いクローゼットの扉は朔実が開いたのだろう。彼女は中を指さしていた。

覗き込むと、空っぽのクローゼットの奥が、コンクリートで固められていた。

「これ……ですか？　セメントを使ったのは……」

よく見ると、クローゼットは背面の板がなく、コンクリートが壁を塞いでいる。その壁を隠すように、クローゼットがつくり付けられているのだ。コンクリートの表面は固まっているようだが、見るからに新しそうだった。

風彦は、コンクリートや壁板を撫でたりたたいたりしながら確かめる。

「壁の向こうに空間がありそうですが」

「そこに何かあるんでしょうか」

「でも、入れないようにコンクリートで固めた……」

「今ごろになって塞ぐなんて、どうしてでしょう。これまでずっと、出入りできたわけですよね？」

「ここへ来る人は、平造さんくらいでしたから」

遊戯室の下にある地下室から、この離れはつながっている。地下には紀久子のあかずの扉があり、以前の出来事で朔実と見に来たが、その後は風彦もここへは訪れていない。管理人の住居だったのだ。家主といえど、用もなく出入りしなかっただろうし、住居にしていた平造しか知らない空間があっても不思議ではない。

「塞いだのは、誰かが入ってしまうかもしれないと思ったんでしょうか」

朔実が疑問に思うように、最近になって平造は、誰かに侵入されることを恐れたことになる。人骨があるという噂が、このごろ頻繁に耳に届くようになった。だから塞いだ、というのは考えすぎだろうか。朔実もそのことが思い浮かんでいるに違いない。おそるおそる、コンクリートの向こうを知ろうとするように手をのばす。

「出ましょう」

風彦が言うと、朔実はためらいながらも手を引っ込めた。クローゼットを閉じて、離れの建物を出る。

外がまぶしくて、しばらく真っ白な光に包まれる。この世ではない場所へ来てしまったかのようでくらくらする。このあたりには大きな木がないから日陰もないのだと、ぼんやり考える。

「幻堂さん、あの中を確かめないんですか？」

朔実の顔がようやく見えてくる。風彦はまばたきをする。彼女の言うように、確かめるべきだ。平造が誰かに狙われたのかもしれないなら、その人物の目的を知らなければ、手を打てない。あえて平造がここを閉じたなら、無関係だとは思えない。しかし、本当に何かが起こっているのだろうか。すべての出来事は偶然で、勝手に結びつけてしまっているだけなら、むやみに暴かないほうがいいのではないか。

しかし結局のところ、風彦は平造がコンクリートで閉じ込めたものを、知りたくないのかもしれなかった。

昔、平造が言っていたことがある。

骨が埋まっているかもしれないから、木の下をむやみに掘ってはいけない、と。

あのとき風彦は、死んだ飼い犬を祖父が木の下に埋めたのを思い浮かべ、平造が犬の墓の話をしているのだと思った。

タローのお墓なら、どの木の下かわかるから、掘ったりしないと風彦が言うと、

別のお墓ですよ。

誰の？

わかりません。

どの木の下もいけないの？

大きな木です。長い時間を生きている木は、過去を抱え込んでいるんだそうです。

この洋館の、かつての住人たちが、木の下に眠っているのではないかと風彦は想像していた。

だからいつか、自分もそうなるのだ。うねる根に抱かれ、上へと伸びる幹に溶け込み、枝葉の隅々に行き渡ったら、木とひとつになって、いつまでも建物を見守るのだろう。

まぼろし堂には人の骨が埋まっている、そんな噂を聞くたびに、平造の言葉を思い出し、森の中に過去の魂を感じていた。だから、恐ろしいといったイメージはない。

しかし、もしかしたら不本意に、この土地に、木の根に縛られている人がいるのかもしれない。その人が、ここから出たいと願うなら、まぼろし堂の秘密はすべて暴かれてしまうのだろうか。このところ急に、人の口にのぼる噂に、風彦はそんな意図を感じてしまう。

平造は、何を思ってそんな話をしたのだろう。

「あれも、あかずの扉でしょうか。あんなふうに、コンクリートで塞いでしまったら、扉じゃありませんけど」

質問に答えない風彦に、朔実は質問を変えたようだった。

「平造さんが、あかずの扉を借りているという記録はないはずですが……」

クローゼットで隠してあったが、平造はいつでも自由に出入りできたはずだ。

「ですからあれは、僕が管理しているものではないし、調べるのはやめましょう」

「でも、離れだってまぼろし堂の一部ですよね。もともとあったものでしょう？　この建物がどうなってるのか、構造も施主の意図も、幻堂さんは知りたいはずじゃないですか？」

「いいえ、いいんです。まぼろし堂のことはもちろん、僕にとって知る必要があるけれど、水城さんは違います」

朔実は傷ついたのだろうか。唇をぎゅっと結ぶ。風彦の助手として、彼女もこの館を知ろうとしているのに、冷たい言い方だ。しかし彼女の一生懸命さが、今は心配だった。

平造が転落したとき、やはり誰かがいたのだとすると、その人影は、朔実を見たかもしれないのだ。

「水城さんの気持ちはわかります。でも、誰かが平造さんの秘密に近づこうとしているのならなおさら、敷地へ侵入して平造さんを突き落としたのかもしれないんです。水城さんを危険な目に遭わせるわけにいきません」

言いたいことはありそうだったが、朔実は頷く。

「わかりました。わたしは金木犀をさがすのに専念します」

彼女が、風彦よりも熱心に金木犀について調べ、生えていそうな場所をさがしているのは知っているが、風彦の胸にはふと不吉なイメージが浮かぶ。金木犀も、大きな木ではないか。母が見たのは、見上げるような木だったという。その根元には……？

開かない扉、消えた人、幻影のような金木犀、埋められた骨。まぼろし堂にまつわる昔からの噂は、バラバラに思いついた作り話のようでいて、すべてがひとつの出来事を物語るピースなのではないか。

今回のことも、すでにヒントはちりばめられていたのだろうか。

「金木犀も、しばらくはやめておきましょう」

さすがに朔実は納得できなかったようだ。

「もうすぐ咲きますよね。ふだんは入らない場所でも、近づけば香りで木を見つけられるかもしれないのに。今がチャンスなんです」

「ひとりで敷地の奥へ入るのは心配です」

「奥へは行かないようにします」

「お願いですから」

彼女が心底がっかりした様子だったからか、風彦は自分自身にも失望をおぼえた。朔実の、静かに情熱を注ぐところを好ましく思っている。彼女と同じものを見るのは、楽しいだろうと思えたのに、否定してしまった。

彼女は、金木犀にまぶしい過去を見ている。それは家族との思い出であって、曇りのない明るさだ。風彦も、あの香りを身近に感じてきたし、記憶の中にしみこんでいるが、朔実とは違い、暗闇にぼんやり灯るような、淡い光に思える。

両親を失い、孤独を意識してきた彼女が、少しだけ自分に似ているように風彦は感じていたけれど、孤独の種類が違うのだ。

あかずの扉は二種類ある。いつか開くために、そのときまでは閉じておかねばならない扉と、永遠に閉じておくべき扉と。彼女には、開けてはいけない扉はない。だから、前を向いていられるのだろう。

*

夕食のあと、朔実は事務所でまぼろし堂の古い写真を引っ張り出していた。風彦の帰りが遅くなると聞き、こっそり調べようとしているのだから、後ろめたさはあるが、写真くらいなら、と自己弁護しながらだ。

大部分は風彦の祖父が撮ったものだ。建物が内も外も、いろんな角度から撮影されていて、資料としてはなかなか興味深い。建物の修理をするとともに、元々のデザインや設計が壊されてしまうことはよくあるが、写真に収められた最初の姿は、風彦が修復をするのに役立っている。

しかし彼の祖父、幻堂穣治は、そういう目的で撮影したわけではないらしい。霊の姿をとらえるため、要するに心霊写真を撮りたくて、あちこちでシャッターを押していたという。

しかし、霊が写っているものは一枚もない、と風彦は言っていた。古いカメラで撮り、自分でネガを焼き付けたものは、ブレやピンボケも多く、変に光が入ったり二重露光だったりと、見方によっては不気味な心霊写真もどきもあるが、穣治は冷静に、〝本物の霊〟が写っているものを求めたため、心霊写真は一枚もないのだ。

人の噂に反して、ここには幽霊などいないし出ない、という根拠になるのだろうか。それとも霊は、たまたま穣治の写真に写らなかっただけだろうか。

白黒もカラーも交じる写真は、穣治の死後、段ボール箱に大量に入っていたのを風彦が場所ごとに分類した。朔実はそこから、離れの写真をさがす。しかし、離れを写したものは少なかった。それもそうだろう、管理人の住居を、いくら家主でもあちこち撮影するのははばかられたはずで、ほとんどが外観を写したものだ。室内の写真はというと、ボヤがあって無人になってからのものが少しだけだった。

そんな中、朔実は一枚の写真に目をとめた。それは、室内で撮った家族写真のようで、年老いた男女と少年が並んで立っている。少年の目元には傷がある。平造だと、その面影からもすぐにわかる。とすると、男女は彼の両親だろうか。しかし祖父母というくらいに歳をとって見える。

彼らの後ろには、レンガのマントルピースがあるが、隣に置かれた書棚や壁紙の薄い縞模様は、クローゼットのあった部屋と同じだった。

離れには煙突がなかった。マントルピースはおそらく飾りだが、写真では暖炉のように内側が暗く、空間があるように見える。モノクロの古い写真ではよくわからないが、現状は、マントルピースを取り外して、クローゼットを作り付けてある。そうして、暖炉の空間だった場所を、ちょうどコンクリートで塞いだのではないだろうか。

あの奥には、いったい何があるのだろう。

「古い写真だなあ」

声に驚いて振り返ると、内海が背後から写真を覗き込んでいた。

「もう、内海さん、こっそり入ってこないでくださいよ」

「覗き見ほどおもしろいものはないからね。その写真、平造さん？」

「あ、はい。面影ありますよね」

「いっしょに写ってるのは、両親か」

「さあ、お歳を召してますけど」

「平造さんは孤児だったらしい。この夫婦に引き取られたってことだろうな」

「そうだったんですか……。よく知ってますね」

「ランさんが言っていた。風彦くんのおじいさんが、戦後すぐの大船駅(おおふなえき)で行き倒れかけていた子供を拾って、管理人だった倉田夫妻が引き取ったんだそうだ。子供がいないから跡継ぎにってね」

だから平造は、倉田夫妻と幻堂家に恩義を感じ、ここでまじめに働いてるのか。

「それにしても、何十年もここで暮らしてきて、慣れたはずの場所であんな怪我をするなんて、不思議だよな」

その誘導に、朔実はつい乗ってしまった。

「内海さん、本当に平造さんは不注意で落ちたんだと思います？」

「ふうん、水城さんは他殺説派？」

「他殺って……、生きてますから」

「不注意じゃないかもっていう根拠があるのか？」

内海はマスコミの人間だ。朔実に平造の事情を話したのも、逆に情報を得ようと思ったからだ。彼も、最近の噂のことも含め、何か嗅ぎつけているのだろうか。

フリーの記者を相手に、余計なことを言っていいものかどうか、朔実は迷う。

「ありませんけど」

「まぼろし堂から行方不明になった下宿人は、平造さんが埋めてる、っていうのは、新入りの下宿人が戒めを込めて必ず聞かされた話だ。俺がここへ来たころはそうだった」

意外にも、内海のほうから話し始めた。

「昔は、田舎を出てきたばかりってな若い男が多かったから、血の気も多いし、酔って暴れたりケンカするようなヤツもいた。そういう連中にも、平造さんは怖がられてたから、うまくおさまってたわけだ」

それに入れ墨があるだろ、と内海はそこだけ小声になる。

「下宿人にはたまに、水城さんみたいな若い女性がいたりするし、その昔は邦子さんもランさんも若いお嬢さんだったわけだし。野郎どもに注意を促す意味でも有効だったんだ」

ニヤニヤ笑っているのは、一種のセクハラだろうか。

「で、実際に埋められたのが、風彦くんのお父さんだ。穣治さんの娘に手を出してさ」

「またまた、ふざけないでくださいよ」

朔実は笑って受け流すが、ランも紀久子も、そして内海まで、平造の怪我について風彦の父を持ち出すのは引っかかった。もしかしたら風彦も、同じことを考えているのだろうか。

「みなさん、出ていったきりどこにいるかわからないって言いますけど、親しくもないからその後を知らないだけですよね。なのに行方不明っていうのも変だと思います」

「まあそうだな。元々の噂も相まって、どこかに埋められたと思ったヤツがいたんだろ。穣治さんがおおっぴらに罵ったらしいし。もしも穣治さんがやっちまったなら、平造さんが埋めることになるってのも、下宿人なら思いつきそうなことだ」

あくまで噂の話をしているのかと思うと、内海はそれが事実であるかのように翻す。

「俺が思うに、誰かが復讐に来たんじゃないのかね。穣治さんと平造さんが人を埋めたなら、その身内とかさ。穣治さんの孫なんだから、風彦くんも標的になり得るかもしれないな。たぶん相手は、風彦くんの父親が誰か知らないだろう」

言いたいことだけ言って、内海が行ってしまうと、朔実はじっとしていられなくなって、ふらふらと事務所を出ていた。ライトを手に、考えるまでもなく離れへ向かう。

コンクリートで塞がれた壁。その向こうには何があるのだろう。平造が突き落とされたとして、その理由があのコンクリートの中にあるなら、犯人はまた現れるだろう。もしそれが、風彦自身に関わることなら、平造は風彦のためを思って隠しているはずだ。悪意のある人に見つかる前に、なんとかしなくては。

ひとりで離れの建物までやってくると、朔実は中へ入る。一直線に問題の部屋へ行き、クローゼットの前で立ち止まる。この前、風彦がきちんと閉めた扉はそのままだ。誰もここへ来ていない。朔実はクローゼットの扉を開けて、ライトで照らしながら一歩中へ入る。荒っぽく塗られたコンクリートのざらつきが目の前に迫ると、背筋がぞわぞわする。

そのとき、背後からの光がコンクリートに反射した。はっと振り返ると、窓の外には内海がいて、ライトを壁に向けていた。

誘導された、と気がついたけれどもう遅い。彼はあの話をし、朔実の動きを見守っていたのだ。

窓枠を軽々と乗り越えて、部屋へ入ってきた彼は、クローゼットの中を覗き込む。

「『黒猫』って小説があったな」

塞がれた壁を見て、無精ひげの生えた顎を撫でる。

「小説みたいに、死体を壁に……ですか？　違うと思います。ここはごく最近塞がれて、それまでは自由に出入りできていたんじゃないかと思うんです。出入りする必要があったのなら、何かに使われていたんでしょうから、死体を隠したとは考えられません」

朔実は意外にも冷静になっている。あわててここへ来たけれど、内海の話はここの状況に当てはまらない。

「何にしろ、あやしい。開けてみるしかないな。ちょっと待ってろ」

言うと内海はきびすを返した。待っていなくてはいけないのか。開けるのを止めるべきか。朔実は悶々と悩んだが、結局内海が戻ってくるまでそこにいたし、電動ドリルで彼がコンクリートを壊すのを見ていることになった。

しばらくして、ドリルの音がやんだ。どうやらそこは、ブロックを積んだ上からコンクリートで固め、穴を塞いであったようだ。内海は、崩れたブロックとコンクリート片をどけて、ぽっかりと開いた穴を覗き込むと、朔実を手招きした。

「階段だ」

壁の向こうにあった空間は狭く、下へ続く階段だけがある。

「地下室でしょうか」

「入ってみるか？」

「わたしがですか？」

「俺は無理」

閉所恐怖症か。

「わたしもいやです」

「中が気にならないのか？」

「平造さんにも幻堂さんにも無断で入るなんて」

「だけどこのままじゃ、風彦くんにとってもよくないことが起こるかもしれない。そう思ったから、俺の話を聞いてここへ突撃したんだろ？」

これまで平造が出入りしていたのだから、死体なんてない。自分の推理を自分に言い聞かせ、朔実は意を決した。ライトを握り直し、崩れたブロックの穴に体を滑り込ませる。階段は朔実の身長くらいの高さしかなく、その下にはレンガで固めたアーチ形の横穴があった。

身をかがめてそこをくぐり抜けたとき、うっすらとした光が空間に漂っているのに気がついた。ライトを伏せてみると、上のほうがかすかに明るい。天井にまるいガラス板がはめ込まれているようだ。漆喰の壁に囲まれた円筒形の部屋は、地面の下にあり、天窓のようなガラスが落ち葉や草で埋もれつつあるのは、そこが地面の高さなのだろう。

朔実の足下にはまた階段がある。アーチ形の横穴は、部屋の床面より一メートルほど高い場所にあるからだ。

あらためて室内に光を当てたとき、朔実はあっと声を上げた。大きな木がある。黄色っぽい小花が雲のように枝にまとわりついている。

「金木犀……？」

のびのびと枝を広げ、つややかな濃い緑の葉をまとった木に、朔実は立ち止まったまま見入る。ライトの反射でかすむ目をこすり、もう一度よく見ると、それは壁に描かれた絵だとわかる。満開の、金木犀の巨木だけが、本物そっくりに描かれている。

呆然と見つめていたのはどのくらいの時間だっただろう。我に返った朔実は、もっと近づこうとし、ぼんやりしていたので階段の途中に立っていることを失念していた。

一歩踏み出した途端、段差に足を取られる。残りの段が少なかったのは幸いだが、下まで滑り落ちて尻餅をつく。ひねった足と打った腰が痛くて、うめきながらうずくまった。

「大丈夫ですか？」

頭の上から声がする。はっとして顔を上げる。

「幻堂さん……！」

帰ってきたばかりだろう、スーツに革靴の彼が駆け寄ってきて、朔実に手を差し出す。

「帰ったら、邦子さんと家政婦の河合(かわい)さんが怯えながら話してて、離れのほうで変な音がすると言うので見に来ました」

「すみません……、わたし、勝手なことをして。幻堂さんに止められていたのに、つい、確かめたくなってしまって」

恥ずかしくて痛みも忘れる。朔実は座り込んだまま頭を下げる。風彦は身をかがめ、朔実の顔を覗き込んだ。

「内海さんがそそのかしたんですね？　水城さんを中へ入らせて、自分は外で待ってるなんて、どうしようもない人ですよ」

「内海さんはまだ外に……？」

「逃げていきました」

あきれかえっている風彦は、少なくとも腹を立ててはいないようだった。

「怪我してませんか？　痛いところは？」

「いえ、それよりあれ、見てください！」

急いで壁を指さしたのは、風彦にすぐ近くで見られているのが恥ずかしかったからだ。壁面にライトを向けた彼は、そのまま言葉を失ったように見入った。

壁いっぱいに描かれた、金木犀の巨木。金色の小花がびっしりとまとわりついているのを見ているだけで、香りが脳裏をかすめる。朔実はそれが現実かどうか何度も息を吸い込んで確かめたほどだ。

しかしこの壁画は何だろう。何のために描かれたのか。現実に香りをまき散らす木が見当たらないのは、もうじき壁画の木が香りを放ちはじめるからだろうかとさえ思える。初秋になると館を覆うように立ちこめる香りから朔実が想像する金木犀は、ここに描かれた姿と不思議と重なる。

「これ、いつからあるんでしょう」

「さあ、でも、これはフレスコ画ですね。壁の漆喰が乾く前に描くものですから、部屋をつくると同時に描いたはずです。最初からあったのではないでしょうか」

木を上から下まで眺め、ふと朔実が目にとめたのは、根元に描かれているものだった。壁画の木は、何かまるいものを、根に抱え込んでいる。

「幻堂さん、あれは、何の絵でしょう」

風彦も気になったのか、壁際に歩み寄った。

「巻き貝、のようですね」

どうして、金木犀の根元に巻き貝なのか。風彦も考え込んでいる。朔実は携帯のカメラで絵の写真を撮っておく。そのとき突然、大きな物音が聞こえてきた。

びっくりして振り返る。階段の上、出入り口のほうだ。嫌な予感がした朔実は、立ち上がろうとしたが、途端、痛みを感じてよろけた。とっさに風彦が差し出した腕につかまる。

「すみません……」

あわてて離れたものの、体重をかけると痛いので、壁に手をつく。

「たぶん、くじいただけです。ゆっくり歩けば大丈夫です」

やせ我慢して、壁を伝いながらどうにか階段を上がる。ライトを点していたが、入り口が閉じているのは、上からの光がまったく入ってこないことから予想していた。

内海が開けた穴の向こう側、クローゼットの扉が閉じている。押しても開かないのは、向こう側を何か重いもので塞いだのか。

「……内海さんでしょうか。でも、どうして」

「たまたま近くにあったものが倒れて、クローゼットを塞いでしまったのかもしれません」

そうだったら、誰かに閉じ込められるよりはまだましだ。あるいは、平造が落ちたときにいた人物が、また侵入したのだったら？　その可能性もある。

「どうしましょう。そうだ、携帯はつながります。あっ、でも、ここのこと知ってる人でないと……」

「さしあたって、自力で出ましょう」

あっさりそう言うと、風彦はベストのポケットから一見ペンみたいなドライバーを出した。

「ライトを当ててもらえますか？」

言われたとおりにすると、彼は内側から扉の蝶番を外していく。片側をすべて外してしまうと、扉はクローゼットの本体から離れ、大きく傾く。そのまま少しずらして隙間を空けると、人が通れるくらいになり、朔実は片足をかばいながらもすり抜けた。

観音開きのクローゼットは、両側の取っ手部分にロープが巻き付けられていた。たまたま開かなくなったわけではない、誰かが意図して、自分たちを閉じ込めたのだ。

その誰かがまだ近くにいるかもしれないと思うと、朔実は身がすくんだ。

風彦は、窓から外をそっと覗き見たり、周囲の様子を確かめていたが、朔実のところまで戻ってきて言う。

「水城さん、抜け道を使いましょう」

外に危険人物がいる可能性を警戒したのだろうか。

「抜け道があるんですか？」

「ええ、母屋につながっています。ところで、ひとつ条件があるんですが」

「はい、他言しません」

「いいえ、そうではなく。背負っていってもいいですか？　足、痛いんですよね？」

「そ、それほどでも」

想像するだけでも朔実はあせった。

「通路はかなり段差がありますから、歩きにくいと思います。もし転倒したら、くじく程度ではすまないかもしれません」

母屋までだとすると、それなりに距離のある通路だし、ゆっくりとしか歩けなかったり、途中で転んだりしたら、風彦も困るだろう。背負ったほうがましだと思ったに違いない。

そのドアは隣室にあり、ごくふつうのドアだった。風彦は、いつも持ち歩いている鍵束を取り出し、中の一つを迷わず使う。向こう側は細い階段だ。

結局朔実は、彼の言うとおりに背負われることになった。こんなことならもう少しダイエットしておけばよかったなどと、バカバカしいことでも考えていないと、動悸が激しくなって彼に気づかれてしまいそうだった。

「あの、この通路は、何のためにあるんですか？」

黙っているのも緊張するから、朔実は口を開く。

「たぶん、使用人が速やかに主人の住まいに入るためでしょう。本館には隠れた通路がいくつかありますが、どれも使用人が人目につかないように移動するためのものです」

「そういえば、欧米の豪邸には使用人が大勢いて、隠れた通路を使うんですよね。映画で見たことがあります。でも、奇妙ですね。あの壁画は、どうして使用人の住居の地下にあるんでしょう」

「たしかに、壁画は使用人のためのものではなさそうですよね」

風彦は言葉を切り、たどり着いたドアにまた鍵を差し込んだ。

その先は、背の高い書棚に囲まれた部屋だった。部屋の中央にあるソファに朔実をおろし、風彦は自分たちが入ってきたドアをしっかりと閉める。ドアといっても書棚とひとつになっていて、閉じてしまえば、壁を覆う書棚のどこがドアなのか、わからなくなってしまう。

「祖父の書斎です」

母屋へ入ったのは初めてだった。書棚にぴったり囲まれるように、大理石のマントルピースが鎮座している。奥には、光を広く取り込むようにつくられたベイウィンドウがあり、観葉植物の緑が大きなデスクの背後に茂っている。

「ちょっと待っていてください」

風彦はそう言って部屋を出て行き、しばらくして戻ってくると、湿布を持ってきてくれた。

「少し腫れてるから、冷やしましょう。しばらく休んでいくといいですよ」

朔実はもう、恥ずかしがったり断ったりしても無駄な抵抗だと悟り、なされるがままに手当をしてもらった。

「幻堂さん、怒ってください。わたし、ものすごく迷惑をかけてます」

やさしすぎて、朔実は自分が情けなくなるばかりだ。

「怒ったら、おとなしくしてくれる？」

「……はい」

風彦の目は疑っている。朔実自身も、自分で自分が信用できない。

「どうして水城さんは、そんなに、一生懸命になるんですか？」

彼のことをただ知りたかったのだ。父親の噂を耳にし、彼が今何を感じているのか、救いになれることがあるのか、知りたかっただけだ。

「この程度の怪我ですんだけれど、心配なんですよ。あなたにまで被害が及んでいるとしたら、僕の責任です」

「違います、わたしのわがままなんです。だから、腹を立ててもいいんです」

うつむく朔実の頭に手を置き、彼は隣に座る。

「母は、金木犀を見たことがあるらしいんです。あの香りが苦手だったのに、満開だったその木はすばらしかったと言っていたそうで。僕には母の記憶がないので、祖母から聞いただけですが、たぶん、あれだったんでしょう」

「……そういえば、リエちゃんが見たっていう金色の花も、あれだったのかも。地下の、今は紀久子さんのあかずの扉がある部屋にいて、外へ出たとき見たっていうんです。月が見えたらしいけど、ガラスの天窓から見えますよね。入り口がコンクリートで閉じられたのは先週です。それまでは、天窓のところもきれいに落ち葉や草を取り除いてあったんじゃないでしょうか」

「たしかに、例の地下室の出口も近くにありますから、迷い込んだのかもしれません」

だとすると、本物の金木犀はまだ見た人がいないことになる。本当に存在しているのだろうか。でも、朔実が去年はじめてまぼろし堂へ来たとき、館を染めていた香りは現実のものだった。

「それにしても平造さんは、どうしてあの壁画を隠したのか……」

風彦は自問するようにつぶやく。

コンクリートで塞いだ場所にあったものは、人骨ではなかった。金銭的価値のあるものでも、犯罪の証拠でもない。ますます謎が深まる。あの部屋には、何かを隠せるような場所もなかった。

「ところで内海さんは、何を言ってあなたをあそこへ行かせたんです？」

「それは……」

朔実は言いよどんだ。平造が風彦の父を埋めたのではないか、などととても言えるものではない。

「僕の父のことですね」

顔に出てしまっていただろうか。

「昔から下宿人の間で噂になっていましたから、気にしないでください。僕にも、何が本当で何が作り話なのかわかりません。それに内海さんはもともと、ここの不気味な噂を調査しようとして下宿人になったんです」

「調査って、週刊誌に載せるためですか？　なのに、ずっとここにいるのを許してるんですか？」

「僕も、知りたかったのかもしれません。結局、大した情報を得られなくて、内海さんもネタにするのはあきらめたかと思っていたんですが、平造さんが転落したことと、父の噂を結びつけているわけですね」

「単なる内海さんの想像です」

それを鵜呑みにして、あの場所を内海に教えた朔実が言っても説得力はない。

「祖父が父と激しく言い争ったというのは事実です。その後間もなく、姿を消したわけですから」

「幻堂さんのおじいさまなら、何かそんな、恐ろしいことをするとは思えません」

朔実は、どんな人なのか知らない。この館を買い、霊魂を信じていたと聞いたことがあるだけだ。

「死者に会いたいと願う人が、人を殺せるでしょうか。だって、霊魂を信じてるのに、殺したりしたら化けて出てくると思うじゃないですか」

間抜けなことを言っている。風彦がじっとこちらを見ているのを感じるが、あきれているのかもしれない。

「それも、そうですね。……本当だ」

言うと彼は、力が抜けたように背もたれに体を預けた。

「水城さんは、やっぱり不思議な人ですね」

いつもは背筋を伸ばしている彼が、くだけた姿勢で隣に座っていることのほうが朔実には不思議だ。背負われていたときの体温を思い出してしまう。

「祖父の思いは、水城さんなら胸に響くのかもしれないな」

「わたしなら？　どうしてですか？」

「祖父が会いたかったのは、家族なんです。子供のころに、関東大震災で親兄弟を亡くしたそうで。当時は鎌倉も大きな被害を受けたんですが、この建物が無事だったことも、買い取った理由でしょう。倒壊しなかった家で、生者も死者もともに暮らすことを空想したんでしょうか」

震災に耐えた館は、彼にとって、あるべき完全な世界だったのだ。天災などなかったかのように、壊れることのなかった家は、失わずにすんだはずの人と、変わらない日常が続いている場所だ。

家と家族とを、火事で突然なくした朔実にとっても、その思いは胸に迫る。

「たとえ会えなくても、扉の向こうにいると思いながら暮らしていらっしゃったんですね」

風彦は、やっぱり不思議そうに朔実を見ていた。

「父だという人について、僕が知っていることはわずかです。祖母は、妊娠していた母のために、後になって父のことをさがしたらしいんですが、行方はまるでわかりませんでした」

静かに語りはじめる。受け止めたいと、朔実は全身で聞こうとする。

「大学院生だと言って下宿していたそうですが、彼の言う大学にはそんな院生はいませんでした。湯木という名前も本当なのかどうか。何のためにここへ来ていたのかもわからなくて、急にいなくなったのと、祖父を怒らせたという事情から、不穏な噂になったんだと思いますが、真相はわかりません。結局祖母には見つけられず、手がかりもありませんでした」

「幻堂さんは、その人が生きていると思いますか？」

「生きているとしても、ここに下宿したことも、母のことも、思い出しもしないでしょう。父は、僕の存在を知らないのですから。正直、その人の生死よりも、僕には平造さんのほうが気がかりなんです。平造さんも邦子さんも、僕にとっては親代わりで、祖父母より身近な存在ですから」

今回のことが、風彦の父と無関係ならいい。しかし内海だけではなく、風彦も本音では関連を疑っている。

「水城さん、調べるのをやめようと言ったのは、誰かが父のことを調べに来たと、祖父の罪を暴きに来たんだと思ったからです。僕は、幻堂穣治の孫でここを継いでいる以上、復讐の対象になるかもしれないから。あなたに手伝わせるわけにはいかなかったんです」

「復讐かどうか、わかりませんよね。もしかしたら、もっと別の理由があるのかも。……そうだ、あかずの扉は？　湯木さんのあかずの扉を、誰かが開けに来たのかもしれません」

思いついた途端、その考えは的を射ているように思えた。まぼろし堂に来る人は、あかずの扉を必要としているか、そこを開きたいか、どちらかだ。そういう人を、館が選んでいるに違いないのだ。

「貸してないはずです」

「なら、お父さんのことではなくて、別の扉が目的なんじゃないでしょうか」

「……誰の扉を？」

「わかりませんが、その扉のことを、平造さんは知っているのかもしれません」

風彦は立ち上がり、考え込みながら部屋の中をゆっくり歩く。ベイウィンドウの手前で立ち止まり、こちらに振り向く。

「あり得ない話ではありませんが……」

朔実も立ち上がった。足にはまだしびれるような感覚はあったが、冷たい湿布のおかげか、痛くはなかった。

「だったら、その扉は金木犀と関係があるはずです」

金色の小花が、重そうに枝を覆っていた。満開の金木犀の絵が、本物の金木犀と関係がないとは思えない。

「あの絵はきっと、本物の木とそこに込められた謎を解くヒントなんです。壁画をよく調べれば、あかずの扉のことがわかるんじゃないでしょうか」

「そうかもしれません。でもやっぱり、これ以上水城さんが首を突っ込むのはよくない」

「いえ、わたしも手伝います」

「無理をすると、足の痛みが悪化しますよ」

ふと、甘い香りを感じた。現実かどうかわからないくらいかすかだったけれど、朔実はその香りに背中を押されていた。

「もう、平気です」

歩み寄ろうとし、思うように足が動かずによろけた。風彦に差し出された手よりも、とっさにその体にしがみつく。

「お願いです、手伝いたいんです」

妙に頭の中がふわふわしていて、酔っているみたいに大胆な自分に驚きながらも、離したくなかった。

「ほら、あなたはむやみにがんばろうとするから、心配なんです」

しっかりと抱き止めてくれているから、朔実はほっとする。自分の中で留め金が外れてしまっているのを自覚しながらも、羞恥心よりも心地よさを優先する。

「あかずの扉に入れるものは、わたしには後ろ暗いものだと思えません。あかずの扉は、開くべきときに開かれるんです。わたし、幻堂さんと金木犀を見つけたい。いっしょに見つけようって、言ってくれましたよね。わたしのこと、助手だと認めてくれましたよね？」

思ったことがそのまま口からこぼれ続ける。

「これは仕事じゃないんです」

「個人的なことは手伝ってはいけませんか？　わたし、建築の仕事をしたいし、ここで働きたい。でもそれ以上に、幻堂さんの力になりたい」

とんでもなくわがままなのはわかっているけれど、止められない。

「ダメですか？」

大胆にも、間近で彼の顔を見上げている。

「認めてくれないと、離しませんから。昼も夜も、重たい腰巾着がくっついてるんですよ、いいんですか」

あやすように、風彦は朔実の額の髪を撫でる。片手で頬を包み込む。やさしい目でこちらを見ているけれど、やさしすぎる空気は朔実にとっては物足りない。女として扱われているわけではなく、子供をなだめるようなものだとわかるからだ。

「脅しになっていないような気がしますが」

声は、ちょっと困っているのだろうか。

「口説いてるんです」

言ってから、この言葉は間違っているような気がしたが、もういいやと投げやりになる。もっと困ってほしい。子供扱いしないでほしい。

「わかりました。少し、考えさせてください」

想像しなかった返事に、朔実は我に返る。考えるというのは、何をどう考えてくれるのか。しかもまじめな口調だ。朔実は頷くのが精いっぱいだった。

*

その日、内海は下宿の部屋へ戻ってこなかった。クローゼットの扉を閉めたのは彼なのか、風彦は確かめるべく、知り合いの編集者に呼び出してもらうことにした。風彦自身が内海の携帯に電話をしても、出なかったからだ。

品川(しながわ)まで行ったのは、編集者の名前で呼び出すのに地元では不自然だからだ。約束の時間に喫茶店へ現れた内海は、すぐに風彦に気づき、口元に妙な愛想笑いを浮かべながら近づいてきた。

「クレームがあったかと、ビビりながら来たのに、風彦くんか」

「クレームですよ」

椅子に腰を下ろし、ばつが悪そうに頭をかく。

「昨日のこと？　水城さんを利用したのは悪かった」

「僕たちを閉じ込めた理由は？」

「何だって？　閉じ込められたのか？　あのあとに？」

内海はサングラスを取って身を乗り出した。

「誰がそんなことを？」

興味津々に問いかける目は、内海が仕事をしているときの真剣さで、はぐらかしているわけではなさそうだ。

「内海さんじゃないんですね？」

「俺が何のためにそんなことをするんだよ」

風彦はため息をついて、コーヒーカップを持ち上げた。ようやくやってきたウェイトレスに、内海はコーヒーと短く告げた。

「平造さんを突き落としたヤツと同じか？」

「突き落としたなんて、誰が言いました？」

「ランさん」

朔実が見た不審者のことは、みんな知りながら口をつぐんでいるということだ。まぼろし堂に警察の捜査が入ってほしくないのだろう。

「誰なのかはわかりません。それより内海さんは、父のことをまだ調べてるんですか？」

「少し前、平造さんが下宿の公衆電話で話してるのを聞いたんだ。なんかもめてる感じで、湯木がどうとか言っていた」

風彦は無意識に眉間にしわを寄せていた。

「電話の相手が、湯木さんなんでしょうか？」

「さあ、湯木って人のことを話題にしたのかもしれないが。それで気になってたところに、平造さんの事故があった。ちょっと水城さんをさぐってみたら……、壁にコンクリートだ。平造さんは風彦くんにも何か隠してるようだな」

「知っていることがあったら教えてください」

「見返りは？」

「下宿代の未払いを減額しておきますよ」

運ばれてきたコーヒーに、内海は砂糖をたっぷり入れた。

「風彦くんの父親とは別に、湯木って名前が意外なところから出てきてな。どこだと思う？」

まったくわからないから、首を横に振る。

「まぼろし堂を建てた変人の関係者だ。前に風彦くんが、あの洋館を建てたのは奇術師だと言っただろう？　それをヒントに調べたら、該当しそうな人物がいたんだ。幽我学（かすがまなぶ）っていう、まあこれは芸名みたいなものだろうけど、貿易商の家業を手伝いながら洋行して奇術をおぼえたとか。本人は美術商とも名乗っていたらしいが、多趣味で、流行のものにはあれこれ手を染めていた。西洋建築に降霊術、博物学、冒険、探検、考古学……、日本で目新しかったものは何でもだ」

「それで、湯木は？」

「幽我のパトロンに、湯木典弘（のりひろ）って男がいた。九州の地主で、幽我のいろんな趣味にお金を出したり、ともに行動したり、同好の士ってところかね」

「当人はとっくに亡くなっているでしょうけど、例えばその子孫が、幽我のつくった建物へ現れる理由はあるんでしょうか」

「さあなあ。幽我は事業に失敗して、世間から姿を消している。あの洋館を売ったとしたら、そのころじゃないか？　美術品の贋作（がんさく）を多数、本物として売ったらしくて、人の目をくらます奇術のイメージが悪いように重なったのか、ペテン師呼ばわりされ、身を隠したんだろう。湯木も大損をしたが、幽我との共犯を疑われたり、むしろ首謀者だとも言われて、こちらも姿を消している」

「湯木の身内は、幽我を恨んでいるということでしょうか」

「だとしたら、湯木の子孫が幽我家に金の無心に来たのかね。風彦くんのおじいさんを幽我の親族だと思ったのかもな」

そうして幻堂穰治の娘と関係を持ち、トラブルになって追い出された。なのにまた、関係者が、過去のことを引きずって現れたのだろうか。

根拠はない。幽我のパトロンと同じ名字を、風彦の父が名乗っていたというだけだ。しかし、平造が隠した金木犀の壁画は、おそらく幽我がつくらせたものだ。もしかしたら、すべての原因は幽我学にあるのだろうか。

「で、閉じ込められてどうしたんだ？」

急に内海は話を戻した。彼が知っているのはそこまでだということだろう。

「すぐに出られましたよ」

「なんだ、つまらん。せっかくふたりきりになれたのに」

「そういえば、口説かれました」

「へえ、一生懸命に口説くんだろうな」

「それはもう」

「かわいいな」

「はい」

だからって、安易に受け入れるわけにはいかない。

「面倒くさいな、風彦くんは」

風彦が、あくまで他人事のように話すからか、内海は苦笑いする。

まぼろし堂に下宿し続けている内海の興味は、たぶんもう、風彦の父にはない。今回のことも、むしろ風彦自身を観察しておもしろがっているかのようだ。朔実が現れて、風彦が変わっていくのかどうかを、ニヤニヤしながら見ているのだ。

「僕は、誰かの未来に関わってはいけない気がするんです」

「じいさんが親父さんを殺して埋めた、かもしれないから？」

彼は歯に衣を着せない。

「やはりそうなんでしょうか」

「はっきりさせればいい。今起こってることは、その手掛かりかもしれない」

知らないほうがいい、曖昧でいいと思ってきた。しかし、いつまでも自分にまとわりついて、消えない傷のようにうずく。

どこかに、金木犀を閉じ込めたあかずの扉があるのなら、朔実は、後ろ暗いものではないと言った。不思議とその言葉が、どこか遠くから漂ってくるあの香りのように、彼の内に届きはじめていた。

＊

ほとんど告白したようなものだ。じわじわと自覚が生じると、朔実は思い出すだけで赤面した。

一方で激しく落ち込み、自力で部屋へ戻ったあとは、そのままベッドに潜り込んだ。翌日はひねった足の腫れも引き、変に力を入れなければ歩くのにも問題はなかったが、風彦と顔を合わせなくてすむよう早々に出勤した。

背伸びしても、釣り合わないのはわかっている。けれどこの洋館に惹かれ、あかずの扉に惹かれた朔実にとって、風彦に惹かれるのは止めようもなく自然なことだったのだ。

金木犀の花が咲いたら、木を見つけられるかもしれない、そうしたらもっと彼に近い存在になれるのではないかと、淡い期待もいだいていた。だからつい、前のめりになってしまったのだろうか。

悶々としながら仕事を終え、定時に帰宅する。門をくぐっても、金木犀が香る気配はない。この前、母屋の穣治の書斎で感じた香りは、気のせいだったのか。

いつものように設計事務所に顔を出すべきか迷いながら、できるだけゆっくりアプローチをたどると、玄関を掃いていたのは先日から通っている三十代くらいの家政婦だった。朔実が会釈すると彼女も同じように返し、掃除は終えたらしく奥へ消えた。

玄関の前で立ち止まり、なんとなく建物を見上げる。ドアの上にあるレリーフが目に入ると、朔実はあっと声を上げそうになった。大きな木を描いたレリーフは、根元にまるいものが描かれている。カタツムリみたいだと思っていたが、つまりは巻き貝だ。壁画と同じ構図ではないか。

簡略化されたレリーフの木は、何の木かはっきりしなかったが、根元が巻き貝なら金木犀に違いない。この館にとって、金木犀と巻き貝は、想像以上に重要な象徴なのだ。

風彦に話したかった。館の中に、ほかにも木や貝の装飾があれば、何かのヒントかもしれないではないか。そうだったなら、平造が秘密にしていることは、風彦の父にまつわる噂とは、ますます離れる。

気まずさを振り払い、意を決して事務所へ入っていくと、そこにいたのは風彦ではなく邦子だった。

「あら、朔実ちゃん、お帰りなさい。ちょっと今ね、落とし物をさがしてたの」

そう言って邦子は、デスクや椅子の下を覗き込む。

「何を落としたんですか？　さがしましょうか」

「ううん、いいのよ。ここで落としたのじゃないのかも」

「幻堂さんが拾ってるかもしれません」

「そうね、帰ったら訊いてみるわ。風彦さんは病院へ行ってるの。平造さんのお見舞いに」

平造はまだ意識が戻らない。みんな心配しているが、邦子の心労は計り知れない。毎日病院へ通いながらも、管理人の仕事もまかないも仕切っているのだから、家政婦に来てもらっていても疲れは顔に出ている。しかし、彼女の心配事はそれだけではないのかもしれないと、朔実はさっきから考えていた。

「もしかして鍵ですか？　ほら、邦子さん、リングがゆるんでるって言ってて、前も落としてたじゃないですか」

あの鍵は、頭の部分に渦巻きの装飾があった。あれは巻き貝のイメージだったのではないだろうか。

「あれって、何の鍵ですか？　平造さんの、あかずの扉の鍵じゃないんですか？」

邦子なら、あくまで平造の立場で動くはずだ。離れのあの場所を平造がふさいだなら、邦子だって暴いてほしくなかっただろう。あれを見た朔実たちが、巻き貝の鍵で開ける場所を見つけるのは阻止したかったに違いない。

「もしかして……、邦子さんが、幻堂さんとわたしを閉じ込めたんですか？　あの鍵で開ける場所を、わたしたちが見つけてしまう前に、何かを隠そうとしたんですか？」

クローゼットは観音開きで、左右の取っ手がロープでしっかり結びつけられていたが、閉じるために持参したなら、偶然居合わせた侵入者だとは考えにくい。あのときは、内海がやったのかもしれないと思っていたが、彼はあの中を知りたかったのだ。知られたくないなら、コンクリートをぶち壊す必要はなかった。

「朔実ちゃんは、怖いもの知らずね」

邦子は、ため息まじりにそう言った。

「そんなことはありません。でも、邦子さんは怖くないですから。理由を知りたいだけなんです」

「わたしがヤクザの女だったって、聞いたことない？」

けだるそうに、風彦が使っている椅子に腰を下ろし、足を組む邦子は、いつもの気のいいまかない婦とは違っていたけれど、細かなしわが刻まれ、苦労をしたことがもはや過去のことになったやさしい目は、やはり邦子だった。

「でも、平造さんはヤクザじゃありませんよね」

「あの人は、わたしをとことん守ってくれたわ。ひとりの、ふつうの女にしてくれた。ここで、夫婦で管理人の仕事をして、田舎から働きに出てきた子や学生さんの面倒を見て、親みたいに慕ってくれる子たちもいて、穏やかな暮らしに馴染んでいけた。平造さんのことを、カタギじゃないって怖がる人もいたけど……。入れ墨のせいでね」

朔実の反応を見ながら、邦子は話す。入れ墨と聞いても特に驚かなかったからか、彼女は話を続けた。

「入れ墨があるのは、わたしよ。だから求婚を断ったのに、そしたら彼も入れ墨を入れてきたの。そんな人に会ったのははじめて」

「だから邦子さんは、平造さんを守ろうとしてるんですね。誰かがまぼろし堂のことを調べているみたいだから、平造さんの秘密を暴こうとしているのかもしれないって、あの鍵を盗まれないように持ち歩くことにしたんですか？」

うっすらと微笑む邦子は、どこか寂しげだ。

「もし自分に何かあったら、って、以前から平造さんにたのまれてたの。あの鍵で扉を開けて、中にあるものを処分してほしいって」

それは、処分すべきものなのだろうか。だとしても、悪いものではないはずだ。ここへ来て、あかずの扉に幾度となく接してきて、朔実はそう信じている。

「でもね、あの鍵が合う扉がどこにあるのかわからないの。平造さんも知らない。わかっているのは、ヒントがあの絵だってだけ。だから、あなたたちより先にと急いだのよ。でも、鍵を落としたのに気づいてね」

鍵も扉も、まだ見つかっていないようだ。

「平造さんが、あかずの扉に何を隠しているのか、邦子さんも知らないんですよね？」

邦子はじっと朔実を見ていたが、淡々と口を開いた。隠し事をするのも悪者になるのもやめたようだった。

「昔、わたしを追っていた男かもしれないわ。ここへ乗り込んできたこともあるの。だけど、平造さんが話をつけて、それから来なくなった。だから、誰かに見つかる前に、まずわたしが確かめるべきだと思ったの」

もし、平造の犯罪を暴くようなものなら、邦子はその証拠を自分の手で処分したかったのだ。

「違うと思います。あの渦巻き模様のある鍵は、この館の成り立ちと関係があるんです。離れの壁画も、玄関上のレリーフも、そのためのヒントです」

それを信じていいのかどうか、悩んだように邦子はため息をついた。

「結局、鍵もないし、場所もわからない。どうすればいいのかしら」

事務所のドアが開く。ノックもなくランが中へ入ってきたかと思うと、意外な素早さで邦子に近寄り、その手を握った。

「邦子さん、あたしたちであかずの扉をさがしましょう」

「ランさん……、聞いてたの？」

戸惑いながらも邦子は、ランをしみじみと見つめる。

「お腹がすいたから部屋を出てきたんだけど、食堂に邦子さんがいないし。そうそ、家政婦さんが、仕事は終わったからって帰ったわよ」

「やだ、もうそんな時間ね。河合さんに、明日の買い出しメモを渡すのも忘れてたわ」

立ち上がろうとする邦子を押しとどめ、ランは首を横に振る。

「大丈夫、渡しておいたから。それより、こっちのほうがもっと大事よ。ねえ邦子さん、あなたがここへ来たときのこと、おぼえてるわ。雨の日だった。あなたはずぶ濡れで裸足、平造さんに拾われたっていう、まるで捨て猫みたいだったわ」

邦子は小さく頷いた。

「平造さんは、通りすがりに助けたあなたのこと、理由も聞かずにここへ連れてきたんですってね。穣治さんは、身元のわからない下宿人は入れない主義だったけど、あなたは例外。平造さんの連れてきた人を、排除しようなんて人は、ここにはいないのよ」

「ええ……、ランさんも、着替えに浴衣を貸してくれたとき、わたしの入れ墨に気づいたけど、見て見ぬふりをしてくれた」

「今も、いつでも、ここの住人は味方よ。家族だとか、そんな熱いものじゃないけど、困ってたら力になるのよ。そうでしょう？」

ランは朔実を見て、それからドアのほうにも視線を向けた。そこには紀久子の姿もあった。

「だけど、何を見つけても黙っててくれるの？　場合によっては共犯よ」

「いいじゃない、お互い共犯者で」

紀久子がドアのそばに立ったまま言う。

「邦子さんだって、わたしのこと、見て見ぬふりをしてくれてるんだし。とにかく、事件だなんてことになったら、ここにあるたくさんのあかずの扉は守れなくなるわ。平造さんが何を隠してるにしろ、誰かに見つけられる前にわたしたちでなんとかしなきゃ」

邦子は戸惑いながらも、今度は朔実のほうに顔を向けた。

「でも、せめて朔実ちゃんは距離を置いたほうが……」

「彼女は風彦さんの助手よ。まぼろし堂の、あらゆるあかずの扉を守りたい気持ちは同じよ」

ランの言葉はありがたくて、朔実はしっかり頷いた。邦子はやっと力を抜いたように見えた。

「ありがとう、みんな。まずは腹ごしらえね」

これまで朔実は、自分のためにも、誰かのためにも生きてきただろうか。流れに身をまかせるのも悪くはないけれど、流れの中で、自力で動きたいと思えるものを見つけたなら、もう流されなくてもいいのかもしれない。

そのとき朔実は、記憶の奥に届くやさしく甘い香りを、すぐそばに感じて、窓の外に目をやった。

やはり咲き始めている。どこかで、黄金色の甘い吐息が、無数にこぼれている。

*

平造の容態は安定していて、いつ目が覚めてもいいくらいだと医者は言った。風彦は安堵しながら、その顔を覗き込んだ。眠っていても強面だ。目元の傷は、年月とともに深くなるしわに埋もれ、もう顔の一部になっている。眉間の縦じわも、への字に結ばれた口も、今にも怒り出しそうだ。しかし風彦は、平造がめったなことでは怒らないのを知っている。子供のころ、祖父に叱られると、やさしく頭に手を置いてくれたのはいつも平造だった。大きく分厚い手は、歳を重ねても変わっていない。

面会時間は午後八時まで、そろそろ時間だ。また来るよ、とささやき、ベッドのそばを離れる。

部屋を出たところで、曲がり角からこちらへ向かってきた人物とすれ違う。その人が、平造のいる病室のドアを開けるのを背後に感じ、風彦は足を止めた。同室の患者は、もうひとりだけだ。これまでほかの見舞い客と遭遇することはなかったから、どうしても気になって、きびすを返す。

うっすら開いているドアから中の様子をうかがうと、その男は、あきらかに平造のベッドのそばに立っていた。

帽子を取って、じっと彼を見おろしている。六十代か少し手前か、ネクタイはなく、ジャケットもくたびれているせいか、なんとなくサラリーマンふうではない。そもそも、平造を見舞いに来るような親しい人間が、風彦には思い当たらなかった。

まぼろし堂で育ち、若いころから年老いた養父母を手伝ってきたという。そのまま何十年もの間、管理人の仕事を続けてきた彼は、無口な性格もあって外と接することはほとんどなかったはずだ。友人が訪ねてきたことも、風彦が知る限りない。

風彦は、息を詰めて男の様子をうかがった。もしかしたら、平造を突き落とした人物なのではと頭に浮かんだ。男はじっとしたまま、わずかにも感情が波立つような気配を見せなかったが、漂う緊張感を風彦は感じ取る。無防備な平造に危害を加えられてはたまらないと、風彦はドアの取っ手に手をかける。

そのとき、よく知った声が静かな室内に響いた。

「来てくれると思ったよ」

ベッドの上の平造が、ゆっくりとまぶたを開くのが、風彦の位置からも見える。平造は、意識が戻ったばかりだとは思えないくらいはっきりした口調だった。

「江東(えとう)さん、だったな」

江東と呼ばれた男は、深く息をついた。

「無事だったんですね。本当によかった。あなたが落ちたときは、気が動転してしまって……。申し訳ありませんでした」

やはり、朔実が見た人影だ。いったい、平造との間に何があったのか。風彦は結局その場にとどまったまま、会話に耳を傾けた。

「あれは、事故だ。あんたにつかみかかろうとして、足を滑らせたんだから。こうならなかったら、あんたの首を絞めてたかもしれないけどな」

「私はよほど嫌われているんですね。なのに、私が来るのを待っていてくださったんですか？」

「あんたが恨んでるのは俺だろう？　あの館に、あんたを近づけたくないから、ここで待つことにしたんだ。医者に、まだ意識が戻らないってことにしてくれって頼んでな」

どうりで、医者がやけに楽観的だったのだ。風彦は、病院長が祖父の知り合いだったことを思い出す。平造も旧知だったから頼めたのだ。

「三十年以上前のことです、もはや恨むようなことでもありません」

「ふん、目当ては鍵か。悪いが渡せない」

鍵とは、あかずの扉の鍵だろうか。

「そのことですが、隠してあるのは人骨だと、あなたも耳にしていらっしゃるのでしょう？」

男は、その骨が誰なのか、知っているかのように冷静だった。

「知らないね。ただの噂だろう」

「いいえ、それは確かです」

「ふうん、で、あんたは、骨を暴いてどうしたい？　そいつの恨みを晴らしたいのか？　そんな昔のことのために、香澄（かすみ）さんを口説いて、利用したのか」

幻堂香澄、風彦の母親だ。ゆっくりと、風彦は理解する。江東、と平造は呼んだけれど、彼が湯木と名乗っていた人物だ。幻堂穣治の娘に近づいた。そしておそらくは、風彦の父親だ。

「湯木と名乗ったのは、遺骨の子孫だとでも言って、幻堂さんを脅迫するつもりだったんだろう？」

「湯木は、私の曾祖父です」

湯木典弘のことだろうか。内海が言っていた奇術師、幽我学のパトロンだった。その人が、まぼろし堂に埋められているのだろうか。

「本物の子孫？　だからどうだって言うんだ。いいか江東さん、あの家はもう幽我のものじゃないし、今は、幻堂さんの孫が継いでいる。すべて彼のものだ。幽我ってヤツが何をしたか知らないが、無関係な幻堂家の人間を不幸にするのは、もうやめてくれ」

平造は悲痛な声を絞り出す。江東も苦しそうに眉をひそめた。

「倉田さん、あなたの言うとおりです。しかし、私が調べたかったのは、曾祖父の行方ではなかったんです」

「何でもいい、二度と関わるな、それだけだ」

「そのつもりでした。ですが、私のゼミにいる助手が勝手に調べはじめたようなんです。洋館の周辺で人骨の噂を聞き回り、敷地に侵入して建物の写真を撮っていました。止めたのですが、それから連絡が取れません」

最近、人骨の噂が耳に入ってくるようになったのは、その人物が周囲で騒いでいたせいなのだろうか。それにしても、家を覗かれていたとしたら、風彦はいい気分ではない。

しかし江東は、隠されているのは人骨ではない、別の何かであるかのようにほのめかした。

「助手は、幽我と湯木について調べ、彼らの遺産を手に入れたがっていました。それで、あなたに伝えようと……」

江東が突然言葉を切ったのは、廊下でぱたぱたと足音がしたからだろう。巡回に来たらしい年配の看護師が、ドアの外にいる風彦に近づいてくると、よく響く声で言う。

「幻堂さん、まだいらっしゃったんですか？　面会時間は終わりましたよ」

「すみません、もう帰るところです」

病室のドアが開く。江東が出てくると、ちらりと風彦を見て会釈したが、急ぎ足で去っていく。その後ろ姿をぼんやりと眺めた風彦は、視界から消えたときにやっと我に返り、後を追おうとした。

追って、どうしたいのだろう。自分の父かと問いたいのか。それとも平造との意味深な会話について訊きたいのか、まぼろし堂に隠されたものを知りたいのか、よくわからないまま駆け出していたが、エレベーターホールには、もう姿は見当たらなかった。

風彦は、急いでエレベーターに乗り込み、一階へ下りる。ドアが開いたとき、目の前にいた内海とぶつかりそうになり、お互いがあわてて後ずさった。

「あれ？　風彦くん、来てたのか」

「内海さん……、面会時間はもう過ぎましたよ」

内海は腕時計を見て、肩をすくめる。

「それより、帽子をかぶった男が出ていきませんでした？」

ああ、と内海は頷く。エントランスを指さす。

「そこでタクシーに」

タクシーはもういない。追うのをあきらめた風彦は、深く息をついた。

「あの人は、湯木典弘のひ孫だそうですよ。まぼろし堂はやはり、幽我学が建てたもので、湯木のひ孫は、曾祖父の遺骨と彼に関わる何かがあの洋館にあると思っているようです」

それから風彦は、平造と江東の会話をかいつまんで説明する。内海は、その内容よりも平造が意識不明を装っていたことに苦虫をかみつぶしたような顔をした。

「てことはあのじいさん、俺が見舞いに来て悪口言ったのを聞いてたんだな！」

意識がないと思っている相手に、悪口を言うのはどうだろうか。

「話の内容からするに、やっかいなのはあの人よりもその助手のようです」

「ゼミの助手か。湯木のひ孫は大学の教授？　幽我と湯木のことが、研究に関係があるってことか？」

内海はタブレットで検索する。江東という大学の関係者は複数引っかかったようだが、やがて彼は、写真を一枚見つけ出した。

「これ、さっきの男に似てないか？」

十人ほどが写っていて、どこか田舎でフィールドワークでも行ったかのような雰囲気だった。人物は小さかったが、その中のひとりは、江東と輪郭が似ているようでもあった。

「ええと、K大学人文学科、江東ゼミ、としか記述はないか。うーん、人文って、研究対象の範囲が広いな」

「幽我と関係がありそうなところは、社会学とか犯罪史とか？　美術史関連の可能性もあるでしょうか」

写真に何か情報はないかと、風彦はよく見ようとする。かすかに引っかかるのは何なのか。どこかで見たことがあるような。

はっとして、風彦は言う。

「水城さんは……、きっと、平造さんのあかずの扉をさがしていますよね」

「え？　ああ、意外と怖いもの知らずっていうか、気になったら一直線だもんな」

年齢の割に落ち着いているかと思うと、まっすぐに向かってくるのを、風彦は実感しているし、好ましく感じてきた。同時に、戸惑ってもいる。

彼女は、夢を持つことがなかったと言っていた。将来を考える余裕もなく、どうやってひとりで生きていくのか、心細さを紛らせるのに必死で、自分の望みから目を背けてきたのだろう。けれど内側には、誰にも負けない情熱があって、閉じ込めきれずにあふれ出ている。彼女の、白熱灯みたいに熱を持った光が風彦にも届き、暗がりを照らしてしまいそうで、戸惑うのだ。

今回のことは、まぼろし堂の成り立ちとともに、風彦の父が大きく関わっている。平造は無事だったけれど、もしも朔実に何かあったら、風彦が巻き込んだようなものだ。

金木犀を見つけたいと誘ったのだ。

「帰ります」

風彦は駆け出していた。

＊

食事を終えて、まぼろし堂の女性陣はみんな談話室に集まっていた。もちろんリエはこの場にいないが、こんなお茶会ははじめてだとランは愉快そうだ。お茶会ではないのだが、紀久子が勤め先から持ち帰ってきたロールケーキと、朔実が淹れたコーヒーがテーブルに並び、どう見てもお茶会のようだった。

「まずは、わたしたちで何ができるのかよ」

紀久子が意外と真剣なのは、リエを守るためだ。

「まぼろし堂のどこかに、金木犀の木があるはずなんです。見たことがないのは隠されてるからで、平造さんのあかずの扉の内側にあるんじゃないでしょうか」

朔実がひとまず提案する。

「庭にないんだ？　意外」

「紀久子ちゃん、あの香りは、あの世から漂ってくるのよ。ああほら、今年も香りはじめたわ。死者が扉を開いたのね」

ランは恍惚（こうこつ）と目を閉じる。

「朔実ちゃん、部屋の中に木が生えてるってこと？」

邦子が話を現実に戻した。

「わかりませんが、サンルームのような部屋なら可能でしょうか」

「大きさによるわよね。あたしが来たころから、あの香りは毎年絶えたことがないの。それなりに大きな木でしょうし、日光や雨水もじゅうぶんある場所じゃないと枯れちゃうわ」

玄関のレリーフからしても、ここが建てられたときからあるはずだ。樹齢百年以上、人の手が加えられずに生長していることになる。とても室内にあるとは思えない。

「あと、巻き貝がヒントだと思うんです。館のどこかに、巻き貝に似たものや、それを連想させるようなものはないでしょうか」

朔実が言うと、みんな黙って考え込んだ。

「装飾には使われてないの？」

「あらゆる彫刻や壁紙や、取っ手やタイルの模様まで、幻堂さんが資料にまとめてるんですが、巻き貝はなかったんです。巻き貝の装飾は、玄関のレリーフだけ、っていうのも意味ありげですが」

「玄関のか。あれって、渦巻きに放射状の模様があるよね」

「模様なの？　断面かと思ってたわ。ほら、アンモナイトの化石みたいな」

またみんな黙る。かと思うと、ランが急に目を見開いた。

「化石！　そうよ、あれは巻き貝よ！」

彼女の言う場所に、みんなで移動する。サロンの高い天井を支える、大理石の柱にランは歩み寄った。

「ほら、これ、レリーフの模様と似てるわ」

「ほんと、化石だわ。アンモナイト？」

邦子が覗き込む。朔実もよくよく観察したが、確かに巻き貝の化石だった。遠い昔、海の底に堆積した珊瑚（さんご）や貝が、長い年月をかけて、うねるような文様とつややかな光沢を持つ大理石になった。そこには、かつて生きていたものの痕跡が残っていることがある。

「この近くに隠し扉があるのかも」

紀久子が場を仕切り、手分けしてさがしたが、扉は見つからない。ただ、別の柱にも化石が見つかり、新たな問題に突き当たってしまった。

「まぼろし堂に使われてる大理石って、けっこうあるんじゃない？」

実際、ほかの部屋も確かめてみたが、巻き貝の化石は思いのほか、あちこちで見つかったのだ。

「本当に化石が目印なのかしら。巻き貝はあるけど、ここにも扉はなさそうじゃない」

床に大理石が使われたサンルームで、邦子が首をかしげる。朔実は、離れの壁画を撮った携帯の画像を手に、巻き貝の模様をよく見る。渦巻きを仕切るような縞のラインは、化石にもある。化石は、貝殻の断面が大理石の表面に現れているため、殻の中の隔壁が放射状の縞模様みたいになって現れるのだ。とすると、絵のほうも断面を描いているのだろうか。

しかし、化石と絵とは、少しばかり印象が違う。

「巻き貝は、アンモナイトのことなんでしょうか」

「こういう化石って、だいたいアンモナイトじゃないの？」

「じゃあこの、写真の壁画もアンモナイト？」

覗き込んで、紀久子は「同じじゃないの」と言う。

「ねえ、何してんの？」

いつの間にかリエが部屋から出てきたらしい。ドアの向こうからこちらを覗き込んでいた。いつもなら、たとえリエの存在を知っている邦子や風彦でも見られるのに抵抗があるらしく、すぐに逃げ出すのに、めずらしく声をかける気になったのは、みんなで集まっているのがよほどの異常事態に思えたのだろう。

「リエ、ダメじゃない。部屋にいなきゃ」

紀久子があわてて駆け寄り、連れ出そうとするが、リエはどうしても気になるらしく、動こうとしない。

「みんなであちこち行ったり来たりしてるから、何があったのかと思って」

紀久子はランをちらりとうかがう。一応ランは、リエの存在を知らないことになっているはずだが、いつもの動じない態度でリエににっこり微笑んだだけだ。リエのほうも、ほっとしたように笑顔で返す。

「それに、アンモナイトとか化石とか聞こえたから」

「化石が好きなの？」

　朔実が問うと、リエは頷く。

「図鑑とネットで見るのが好き」

「だったら、わかるかな。リエちゃん、この大理石の化石と、こっちの壁画の巻き貝は同じ種類？」

　壁画を撮った携帯の画面と、大理石とをリエは交互に眺め、違う、と答えた。

「化石はアンモナイト、絵のほうは、たぶん、オウムガイ」

「オウムガイ？　って、今もいるよね。化石もあるの？」

「生きた化石っていうくらい、アンモナイトがいたころより昔からいるらしいよ」

「あら、そうなのね」

「でもリエ、どう違うの？　そっくりじゃない」

「アンモナイトは、中心に初期室っていうまるい殻があるの。でもオウムガイは真ん中が詰まってる。あと、隔壁が外に向かってふくらんでる凸形のがアンモナイトで、内側に向かう凹形がオウムガイ」

「すごいわ、かしこいのね。じゃあオウムガイの化石をさがさなきゃ」

　ランが色めき立つ。これまでに見つけた化石は携帯で写真を撮っていたが、リエはどれもアンモナイトだと言った。とすると、オウムガイの化石がどこかにあるのではないか。

「そうだ、母屋にも立派な大理石のマントルピースがありました。幻堂さんのおじいさんの書斎です」

思えばそこは、離れとつながっていた。離れに壁画があったのだから、そこから導かれるようにつながった書斎に、秘密の扉があるのはごく自然ではないか。

「書斎？　穣治さんは書斎にはめったに人を入れなかったから、隠し扉もあり得るわね」

幻堂家の住居だから、下宿人は招かれなければ入ることはない。邦子は掃除のために入ることがあるというが、風彦がいない今、勝手に入っていいものだろうか。朔実は迷うが、邦子が堂々と先頭を切ると、みんなついていくことになった。

書斎は母屋の西の端で、暗い静寂に包まれていた。間接照明しかない室内は、明かりを点しても薄暗い。黒木目調の書棚も、革で装丁した立派な本も、その薄暗さに溶け込んでいて、大理石のマントルピースだけが青白く浮かびあがっている。分厚い書物にぎっしりとはさまれるようにして、それは書棚から前へとせり出している。

近づいていくと、すぐに巻き貝の化石が目についた。

「オウムガイだよ」

リエが言う。マントルピースはあきらかに装飾で、内側にも本が詰まっている。思えば、離れのクローゼットの部屋を写した、古い写真のマントルピースも飾りだった。その奥に、壁画の金木犀の部屋があったのだから、本物の木はここにこそあるはずだ。

すでに書斎には、金木犀の香りがはっきりと漂っている。朔実が風彦とここへ来たとき、かすかに感じたのは、咲き始めた花に一番近い場所だったからだろう。

「この壁の向こうに部屋をつくるのは無理よね。岩の斜面に接してるもの」

邦子が言うように、母屋は岩山を囲むようなU字形だ。そそり立つ岩の壁に、洋館が張り付くようにして建っているのは外から見てもよくわかるし、もしもこの壁にドアがあり、開けてみたとしても、一歩も踏み出せないほど切り立った岩盤がせまっているはずなのだ。

「でも、背後の岩に亀裂があったら、空間もあるんじゃないでしょうか」

思いついて、朔実は言う。建物で囲まれているために、岩盤は隠れているともいえるのだ。背後は一枚岩がそそり立っているわけではないのかもしれない。岩の隙間に地面があれば、木が生える空間もある。

「このマントルピース、開くんじゃない？」

リエが床の絨毯をめくると、片開きの扉を動かしたような、半円形のこすれがかすかに残っていた。マントルピースそのものが、扉として開くことができそうだ。側面をよく調べると、鍵穴らしいものも見つかった。

「ここで間違いなさそうですね。でも邦子さん、平造さんの鍵をなくしたんですよね」

「ええ……。わたし、もう少しさがしてみるわ」

邦子が通りそうな場所を、みんなで手分けしてさがすことになった。館の中を歩いているうちにも、金木犀の香りはどんどん強くなる。開いた窓から、それとも暗闇の奥から、忍び込んできた香りは、密になった蚊柱のように、不意に濃くなり、髪や体にまとわりつく。

もしこの香りをたどれたなら、金木犀の咲く場所へ行けるのに。そう思いながら朔実は、香りの濃いほうへと足を向けてみる。でも、濃く香っていたかと思うと、急に途切れたり、またうっすら漂ってきたりと気まぐれだ。いつの間にかまた、母屋に入り込んでしまっている。

ドアが開けっぱなしの室内が、ちらりと見える。やけに散らかっていたから、風彦が使っている部屋に違いない。好奇心で覗き込むと、おそらく世界中の、めずらしい建物の写真や模型が部屋を占領している。彼の懐に入り込んだようで、朔実は緊張しつつもわくわくした。物にあふれた小部屋は、まるで秘密の隠れ家だ。きっと子供のころから、ここで好きなものに囲まれて、ひとりの時間を存分に楽しんできたのだろう。そんな想像をすると、頰がゆるんでしまう。

まるでだめだ。一度たがが外れたら、もう、気持ちを秘めておけなくなっている。会えば顔に出てしまうに違いないし、何を言い出すかわからないと思うのに、無性に会いたい。

そっとドアを閉めたとき、物音が聞こえた。風彦が帰ってきたのだろうか。朔実は音のほうへ向かう。金木犀の香りが近づいてくる。廊下の先は穣治の書斎だが、音はそちらから聞こえている。重いものを動かしている。

書斎は暗いままだったが、廊下の明かりが差し込み、大理石のマントルピースを照らした。驚いたことに、そこが開いている。誰かが鍵を見つけて開けに来たのだろうか。

「邦子さん？　ランさん？」

朔実は声をかけるが、返事はない。マントルピースに歩み寄り、中を覗き込むと、甘い花の香りが押し寄せてくるように匂った。

壁にはトンネル状の穴が開いていて、レンガを重ねたアーチの向こうが、ぼんやりと明るい。朔実は中へと足を進める。短いアーチをくぐると、淡い光の中に、大きな木が一本生えていた。木犀独特の、皮目が目立つ太い幹を、厚く取り巻いてこんもりと葉が茂り、霧が立ちこめるかのように芳香が漂っている。目には見えない香りが、うっすらとした色彩をまとって感じられるのは、花の色のせいだろうか。それとも、ほのかに注ぐ淡い光のせいなのか。

見上げると、まるい月がある。そこは、切り立った岩に囲まれたコップの底みたいな空間だ。

朔実の背後には、岩壁の囲いを塞ぐようにまぼろし堂が建っていて、出入り口はそこにしかない。岩山の上に登れたとしても、草木が密生していて、穴があることはすぐそばまで来ないとわからないだろう。葉の隙間から、かろうじて月が覗いている様子は、離れの、壁画のある空間とまるで同じだった。

朔実は木の根元に目をやる。壁画では、オウムガイが描かれていたが、代わりに墓標のような四角い石がある。それはすでに動かされたらしく、下にある穴が見えていた。

朔実は穴を覗き込んだ。思ったより浅くて、ふたを蠟(ろう)で固めた壺(つぼ)のようなものが入っている。取り出そうと前屈みになったとき、背後に草を踏む気配がした。

振り返る。そこにいた誰かが、朔実に向かって何かを振り上げる。よけるというよりもただ身をすくめるしかなかった朔実は、次の瞬間には腕と肩に強い痛みを感じてうずくまった。

痛みと恐怖と動揺で、しばらく動けなかった。さらなる攻撃に身構えていたが、背後の気配が朔実から離れる。やっとのことで顔を上げると、誰かが壺を取り出し、持ち去ろうとしているのが見えた。

「待って……！」

朔実は夢中で相手につかみかかっていた。女だ。しがみついた体でそう感じる。深くかぶった帽子がじゃまで、顔を見ることはできないまま、抵抗する相手と取っ組み合い、女なら頑張れば勝てるかもしれないという思いで、朔実は離すまいとした。

「離しなさいよ！」

相手も必死だ。もみ合ううち、彼女は壺を落としてしまった。割れた壺の内側に、白い布に包まれたものがちらりと見えるが、彼女が駆け寄ろうとするのを朔実は飛びついて止める。

「あの骨を、葬るわけにいかない。明るみに出して、真実を世に問うのよ！」

彼女が叫ぶ。骨？　本当に骨なの？　誰の？　風彦さんのお父さん……？　悪い予感が胸をよぎったとき、つい弱気になって力がゆるんだ。

とたん、勢いよく突き飛ばされた朔実は、バランスを失い、後ろに倒れ込んでいく。背後にはむき出しの岩がせまっている。頭を岩にぶつけることを想像した瞬間、ぐいと引っ張られ、誰かに抱きとめられた。

風彦だ。そう気づいたのは、冷静な声が耳に聞こえたからだ。

「やめてください。河合さん」

河合……？　朔実は相手をよく見る。肩で息をしながら突っ立っていたのは、家政婦の河合だった。どうして彼女がここにいるのか、朔実は混乱する。

「あなたは、江東教授の助手ですね？　江東さんは、かつてここで、湯木典弘にまつわるものをさがそうとしたそうです。いったい、何をさがしているんですか？　骨だと言いましたが、湯木のですか？」

風彦は、壊れた壺に視線を動かす。朔実は、足に力を入れようとするが、今ごろになって震えている。立っているのがやっとで、結局風彦に抱きとめられたままだ。

「教授もわたしも、彼らの名誉を挽回したいんです。幽我学と湯木典弘は、ペテン師じゃない。当時の識者という人たちが、無能だっただけです」

動悸がおさまらない朔実とは対照的に、河合の声は落ち着いていた。

「人骨が、彼らがペテン師ではないという証拠なんですか？」

なりふり構わず取っ組み合う姿を、風彦に見られただろうか。たぶん見られた。これまでの人生で、一人っ子だった朔実はあんなふうにケンカをした経験もないというのに、初めての醜態が、一番見られたくない人の前だったなんて。

「それは、化石人類の骨です」

必死で持ち去られまいとしたものが何だったのか、河合の言葉も頭に入らないくらいだった。

＊

幽我学は当時、化石の収集にも興味を持っていた。絶滅した生物の化石や、古代文明の遺跡を発掘することは、遠い過去を知る手掛かりとして研究されはじめていたが、まだ学問としての歴史が浅いぶん、金持ちが趣味で行うようなところがあり、幽我のような好事家にとっては強いロマンを感じる対象だったことだろう。

湯木とともに離島へ出かけ、発見した頭骨を独自に調べた幽我は、新発見の化石人類だと発表したが、タイミングが悪いことに、彼自身に悪評が立ちはじめたころだった。高価な美術品を贋作と知りながら売ったとか、神秘のエネルギーで不治の病が治ると吹聴したとか、あの世と対話ができる、未来予知や透視ができるなどと言っては人と金を集め、あらゆるペテンを行っているとの噂が横行し、世間から身を隠さねばならなくなったのだ。

幽我が商売にしていた美術品が贋作だったのは、彼にも言い分があり、犯罪として裁かれることはなかったが、悪い噂は止まらなかった。人の目をくらます奇術師であり、霊媒師も名乗っていた彼は、世間から見れば、とにかくあやしげな人物だっただろう。

しかし幽我にとって、化石人類の発見は、けっしてペテンではなかった。学術的にも貴重だとの確信があったのに、自分の評判のせいで否定され、証拠の骨も偽物と決めつけられる。このまま闇に葬られてしまうのはやるせないと、奇妙な館を建て、隠された扉の内に封印した。

まぼろし堂の複雑さや、未完のままの奇妙な構造は、そこに貴重な何かがあることを訴えるメッセージだったのかもしれない。

一方で湯木典弘は、幽我との活動の記録を残していた。彼も幽我の仲間とされ、身を隠したが、化石人類の骨をさらに詳しく調べようとし、発見場所の離島を何度も訪れた。行方がわからなくなったのは、乗っていた船が沈んだのではないかと、そのひ孫である江東は言うが、幽我と仲違(なかたが)いをして殺されたという噂もあったらしい。

幽我のその後のことはわからない。洋館は、彼にとって住む場所ではなかったのか、すぐに売られ、幻堂穣治が買い取るまでに何度も転売された。

それから長い時間が経ち、江東は曾祖父の記録を手掛かりに、まぼろし堂に現れた。しかし、古い記録は曖昧なところも多く、幽我が隠したものが本当にあるのか、はっきりした根拠はない。幻堂穣治は、建物のことを調べたがる他人を異様に嫌っていたから、正面切って訊ねれば追い出されかねなかった。まぼろし堂にまつわる奇怪な噂はいくらでもあり、闇に葬られた事件を暴こうとした推理マニアがやってくることも少なくなかったからだ。

本当の目的は隠し、うその経歴で下宿人として入り込むと、江東は館の中をひそかにさぐりはじめたが、母屋には入れない。そこで、まだ学生だった幻堂香澄に近づいたのだ。

江東にとって香澄がどういう存在だったのか、風彦には知る由もない。香澄の気持ちも想像するしかない。それでも、自分はここにいる。

しかし穣治には、江東が館を穢(けが)そうとしていると思えただろう。彼はまぼろし堂を、魂のすみかとなるような神聖な場所にしたがっていた。あかずの扉を貸したのも、空洞のような空き部屋を、人の思いが宿る何かで満たしたかったからか。謎めいた洋館で、死者と通じることを空想し、心の平安を得ていた風彦の祖父は、あらゆる扉を開けようとする江東の行動には、我慢がならなかったのだ。

まぼろし堂を追い出された江東は、その後調査をあきらめたようだが、考古学の研究者として大学で教えるようになった。

やがて、助手の河合が湯木の記録と人骨の存在に興味を持った。江東が気づいて止めたものの、彼女はすっかり調査にのめり込んでいた。貴重な骨を手に入れるには、強引な方法しかないと思ったようだ。

このままでは、誰にも価値を気づかれないまま、ただの石ころとして捨てられてしまうだろう。かつて、湯木が知り合いの研究者に鑑定を求めてあずけた骨の一部は、きちんと研究されないまま紛失したと知り、河合はますます前のめりになったのだ。

家政婦としてまぼろし堂に入り込むと、邦子が目を離した隙に鍵を抜き取り、朔実たちが扉を見つけるのを盗み見ていたと、彼女は告白した。

人骨には違いはないが、犯罪とは無関係だった。平造も邦子も、そして紀久子も、それぞれの心配事が解消され、安堵している。

平造は、間もなく退院した。みんなに心配をかけたことをわび、少しずつ体を慣らしながら仕事を始めた。

「風彦さんには、申し訳ないことをしました」

数日後、めずらしくわざわざ母屋を訪ねてきて、彼はそう言った。椅子を勧めても座らず、帽子を取って深く頭を下げた。

「あかずの扉は、けっして開けてはならないと思ってきたんです。鍵をあずかったとき、父はもう、ほとんど頭がぼんやりしていて、あかずの扉に何があるのか忘れてしまったようでした。骨だ、人の骨だと言うばかりで、ときには誰かにわびる様子を見せたり、泣いていたり。それで、父が誰かをあやめたのかもしれないと思っていました」

しかし、金木犀が香る時期には、しっかりした様子になることがあったと平造は言う。

「真剣な顔で私に、生涯、管理人としてここを守るようにと。たとえ持ち主が変わっても、ここにいてくれと」

香りは、記憶と強く結びついているという。金木犀の香りは、平造の父親にとって重要な何かを思い出させるものだったのだ。あの木の下にあるものを、あかずの扉を忘れるなと、繰り返し伝えるための香りだった。

「平造さんのお父さんは、この洋館の管理をずっと担ってきたんですよね。ここを建てた、幽我学という人に雇われたんですか？」

平造を養子にしたとき、養父はもうずいぶん歳をとっていたという。平造が戦中に生まれていることを考えると、養父は、明治半ばくらいの生まれだと思われる。

「幽我本人です。父は、かつて幽我学と名乗っていました。この館を建て、死ぬまでここで暮らしました」

そんな気がしていたから、風彦は驚かなかった。だから、管理人の住む離れにあの壁画があり、母屋の書斎と抜け道でつながっていた。そして平造が、館の要となるような扉の鍵を持っていたのだ。

「風彦さんのお父さんが追い出されたのは、私が穣治さんに進言したからです。彼が香澄さんに近づいたのは、愛情ではなく、この館を手に入れて調べたいからだ、と。香澄さんには許婚がいましたし、私は、湯木という名前を父から聞いていましたから、彼のことはいやな予感しか……。父がその人を、敷地のどこかに埋めたのではないかと思うと、暴かれたくなかったんです」

平造のまるめた背中が苦しそうだった。子供のころから見上げてきた背中を見下ろすのは、風彦にとってとても苦しかった。

「香澄さんが身ごもっているとは知りませんでした。私のせいで風彦さんは父親を知らないままに……」

「もうやめてください。あの人が本当に父親かどうかはわかりません。それに僕は、自分に与えられたものすべてをありがたく思っています。父が、どこかで自分の人生を生きているなら、それでいいんです」

死んでいると思っていた。この館には、自分にまつわる罪が隠されているのではないかという、不穏な感覚が常にあった。けれど朔実は、後ろ暗いものが隠されているはずはないと言った。金木犀の下にあるものが、風彦を新しい方向へ導くかのように考えていた。そうして彼女は、本当に金木犀を見つけ出した。

今も、館の中はどこもかしこも、金木犀が香っている。毎年、変わることなくこの香りに身を置いてきたのに、はじめて知る香りにも感じている。

「平造さん、あの大きな金木犀は、かなり古いのでしょうね。この館ができる前からあったんでしょうか」

平造は、しばし考えてから答えた。

「もしかしたら、薄黄木犀かもしれません」

「薄黄木犀、ですか？」

「ええ、金木犀は園芸品種で、日本に持ち込まれたのが江戸時代ごろだそうです。日本では種子ができずに、すべてが挿し木で植えられたものだとか。薄黄木犀は、もっと昔から自生していたようで、古くからここに生えていたなら、人が植えたものではないのでしょう」

そういえば、花が少し黄色っぽいようでもあった。

「幽我氏が骨を見つけた場所にも、同じ木が生えていたのかもしれませんね」

平造も、思いを馳せるように目を細める。

「あれが薄黄木犀なら、金木犀を植えようかな」

風彦はふと思いついて口にする。いい考えだと思える。朔実がいつでも見られる場所に植えよう。

「これから、人骨の鑑定結果を聞きに行ってきます。少し遅くなるので、夕飯はいらないと邦子さんに伝えておいてください」

平造は再び深く頭を下げた。

いつものように、出かける風彦を見送る大きな体は、老いても力強い筋肉で盛り上がっている。節くれ立った手も、深く刻まれたしわも傷も、どっしりと根を張った老木を思わせる。彼こそが、この館と魂をひとつにしているのだろうか。むしろ、館を囲むこの森こそが、幽我から受け継いだ、平造の魂なのかもしれない。

この地を訪れ、薄黄木犀の木を見上げ、遠い未来に届くよう強い意志を込めた人を、静かに取り囲んでいたのは、切り立った岩や斜面や、木々ばかりだったのだから。

残業で帰宅が遅くなった朔実は、徐々に減っていく乗客を見送り、最寄りのバス停でひとりバスを降りる。ベンチがひとつあるだけのバス停は、周囲に人影もなく、住宅街の明かりが灯っているものの、静まりかえっている。

歩き出そうとしたとき、バス停の向かいにある喫茶店から、ひょろりと背の高い人が出てくるのが目について、朔実は立ち止まった。

風彦だ。クラシックスーツに帽子をかぶった姿は、古びた喫茶店と相まって、今がいつの時代なのかわからなくなる。朔実にとって、会社勤めの日常と彼の周囲では、別の時間が流れている。

風彦がこちらを見て微笑むと、懐かしい場所へ帰ったかのようで、朔実はほっとしながら、広くはない道を渡って風彦に駆け寄った。

「お帰りなさい、水城さん」

「幻堂さんも、お帰りなさい」

喫茶店の入り口には、金木犀の鉢植えがある。毎日通る場所なのに、それが金木犀だということを、今になって知った。

「わあ、鉢植えの金木犀なんですね。小さくてかわいい」

まぼろし堂のが老木なら、これは赤ちゃんのようだ。それでも、金色の小花をたくさんつけて、あたりの空気をやさしい香りで満たしている。

「今日は残業だったんですか？」

「はい。でもあんまり遅くなると、洋館への坂道は人も車もいなくなって、民家も明かりを消して真っ暗だから、もう切り上げてきました」

「街灯を立ててほしいって、自治会に要望してるんですけどね」

ふたりして、帰り道を歩き出す。もしかしたら風彦は、迎えに来てくれたのだろうか。喫茶店からタイミングよく出てきたのは、待っていてくれたからかもしれない。なんて朔実は能天気な想像をするが、単純に浮かれてはいられない。

この前、朔実の一方的な告白に、風彦は考えさせてほしいと言っていた。あれからも彼の態度は変わらないし、河合と取っ組み合った朔実に幻滅したかどうか、そんな態度も見られないけれど、ますます子供っぽく思えたことだろう。と思うと、夜道をふたりきりで歩いているのが落ち着かなくなってくる。彼は、まぼろし堂では話しにくいことを告げるために、朔実を待っていたのかもしれないのだ。まさか、仕事のパートナーという立場さえ危ういなんてことはないだろうか。

「幻堂さんは、今日は、お父さんに会ったんですよね？」

何か話したかったとはいえ、いきなり立ち入った質問になってしまった。

今日、風彦が訪れた都内の大学は、江東教授が考古学を教えているところだったはずだ。彼がかつて、まぼろし堂に下宿していて、湯木と名乗っていた人だということも、朔実は聞いていた。河合がなぜあの人骨をさがしていたのか、朔実に乱暴なことをしてまで持ち出そうとしたのかも含め、風彦が説明してくれたのだ。

その後風彦は、人骨の化石を調べたいと熱望する江東の意を汲み、大学側に提供したというわけだ。助手の河合は、朔実にもみんなにも素直にわびた。つい熱意に動かされたらしく、冷静になれば、深く反省しているようだった。

「実感はないんですよね。向こうは、母が当時の婚約者といっしょになったと思っているようですし、あきらかにする必要も感じないんです」

　やけにすっきりした顔をしていたから、本音だろう。

「それで、あの人骨ですが、幽我氏の発見は本当に貴重なものになりそうですよ。放射年代測定を簡易的に行ったところ、十二万年前のものだそうで、これから詳細を調べていくそうです」

「それくらい古いのはめずらしいんですか？」

　朔実にはピンとこない。風彦も似たようなものだろう。「みたいですね」と答えた。

「原人が日本列島にいたという証拠は、まだないそうですから」

「そっか……、明治時代には、古いものがどれくらい古いかなんて、正確にはわからなかったんでしょうね」

「ええ。最近の考古学研究はずいぶん進歩しているそうで。かつて原人だと思われていた骨が、縄文時代以降のものだったりと、近年になってわかったことも多いようです」

「幽我さんは、あれを偽物だと否定されて、科学の発展を待つしかないと思ったんでしょうか」

　そして、そのときを迎える前に亡くなった。けれど、洋館とあかずの扉は、人知れず化石を守り続けてきたのだ。捨てられてはいけないし、忘れ去られてもいけない。貴重なものがここにあると、いつか誰かが気づいてくれるよう、強く香る木の下に隠していた。

「オウムガイを象徴的に使ったのはどうしてなんでしょう」

「そうですね……。あの貝は、殻のほとんどの部分が空洞で、そこあるガスを調節して、浮き沈みするんだとか。オウムガイの英語名はノーチラス、船や潜水艦の名前によく使われますが、海の中を自在に移動するだけじゃなくて、長い時間をも移動してきた生きた化石だから、どこまでも遠くへ行けるような、そんなイメージが込められているのかもしれません」

まぼろし堂も、そんな建物だ。オウムガイみたいに、空っぽの部屋を増やしながら成長し続けている。完成されないことでこの家は、いつまでも在ろうとしてきた。廃墟になって朽ち果ててしまわないように、忘れ去られることがないようにとの願いを込めて、あえて未完のままだったのだ。

「幽我さんは、船を建てたんですね」

未来へ向かう船を、そこでしか価値を見いだせない宝物を乗せるために。

両側に木々がせまる道はもう真っ暗だ。坂道をのぼる足取りは、どちらからともなくゆっくりになる。

「あかずの扉は、願いの方舟(はこぶね)なんですね」

朔実は重ねてつぶやいた。だから、いつか開かれるときを待っている。この世の片隅に残したいからこそ、あかずの扉を必要とする人がいて、大切なものをそこへしまうのだ。

坂の傾斜がきつくなるほど、朔実は風彦から数歩遅れる。少し振り返った彼が、朔実に手を差し出す。

「水城さん、この前の話、考えてみたんですが」

手をつないでいることに動揺する間もなく、急にその話になる。心の準備ができていない朔実はあわてた。

「あの、それはいいんですっ。わたしつい、突っ走ってしまって、でもわかってるんです、幻堂さんにとってわたしなんて子供で」

「そんなことはないですよ」

そんなこと、ない？　女として見てくれるのだろうか、なんて考える自分にあきれ、どう反応していいかわからない。

「思えば、水城さんに対する僕の態度は中途半端でした。都合よく助手にしたり、退けたり、戸惑わせてしまいましたね」

逃げ出したい。けれど風彦と手がつながっているし、本音を言えば離したくない。

「ですから、きちんと雇いたいと思います。僕の設計事務所で、正式な職員として働いてくれますか？」

えっ、そっち？　思わず顔を上げると、彼と目が合うが、風彦はごくまじめな顔だった。

「……職員、ですか？」

「はい。あかずの扉を理解してくれたあなたを、雇いたいんです」

一瞬呆然としたけれど、じわじわと朔実は楽しくなってきた。やっぱりこの人っておもしろい。変わり者なのか鈍感なのかよくわからないけれど、すごくまじめだ。見ていたいし、話していたいと思ってしまう。

少なくとも朔実は、働き方で認められたのだから、自信を持ってもいいのだろう。

「はい！　お願いします！」

表情をゆるめた風彦は、よろこんでいるように見えた。

森のように木々が茂る、そんな坂の上に、まぼろし堂の塔屋が黒っぽい影となって見えはじめる。木犀の香りが立ちこめている。それは朔実に、風彦のそばは、いてもいい場所なんだとささやく。

門柱の明かりが、暗い坂道を抜けたことを教えてくれると、傾いた門扉は、ふたりを迎え入れるように、少しばかり開いていた。

初出
「青春と読書」
二〇二〇年四月号～二〇二一年五月号
単行本化にあたり、加筆・修正を行いました。

装丁　鈴木久美
装画　橋本佳奈

谷瑞恵（たに・みずえ）

三重県出身。一九九七年、『パラダイスルネッサンス——楽園再生』でロマン大賞佳作に入選し、デビュー。「伯爵と妖精」「思い出のとき修理します」「異人館画廊」などの文庫シリーズ、単行本では『木もれ日を縫う』『語らいサンドイッチ』『神さまのいうとおり』など、著書多数。

あかずの扉の鍵貸します

二〇二一年一〇月一〇日　第一刷発行

著者　谷瑞恵
発行者　徳永真
発行所　株式会社集英社
〒一〇一-八〇五〇　東京都千代田区一ツ橋二-五-一〇
電話　〇三-三二三〇-六一〇〇（編集部）
〇三-三二三〇-六〇八〇（読者係）
〇三-三二三〇-六三九三（販売部）書店専用
印刷所　大日本印刷株式会社
製本所　ナショナル製本協同組合

ISBN978-4-08-771768-6　C0093
定価はカバーに表示してあります。

谷瑞恵の本　好評発売中！

『木もれ日を縫う』

ファッション業界で働く紬（つむぎ）の前に、長らく行方不明だった母親の文子が姿を現した。紬の部屋で暮らし始めた母は、自身を「山姥になった」と言い、面影にもどこか違和感がある。困惑する紬は、同じく故郷を離れ東京で暮らす二人の姉にこのことを相談するが……。20代、30代、40代。それぞれの年代の三姉妹が、母との再会をきっかけに、自分自身を見つめ直す、母娘の絆を描いた感動作。

集英社文庫

『恋に焦がれたブルー』　宇山佳佑

「僕が作ります。あなたが胸を張って笑顔で歩きたくなる靴を」。靴職人を目指す高校生の歩橙（あゆと）は、思いを寄せる同級生・青緒（あお）に手作りの靴をプレゼントしようと思い立つ。いつも一人ぼっちだった青緒も、ひたむきな歩橙に徐々に惹かれるが、歩橙を愛おしいと思う気持ちによって、青諸の身体に耐えがたい痛みが走るという不思議な病を発症してしまい……。切なく胸を焦がす、かけがえのない恋の物語。